MÜGGENBURG

EL GUARDIÁN DE LA PUERTA I

1. CANCIÓN DE LOS CAÍDOS

SALTO AL REVERSO

EL GUARDIÁN DE LA PUERTA I:
1. CANCIÓN DE LOS CAÍDOS
© Müggenburg
Ciudad de México, México, 2022

SALTO AL REVERSO

De esta edición:
Editorial Salto al reverso, 2022
editorialsaltoalreverso.com

Primera edición: octubre de 2022
Ilustración de portada:
Iñigo Mendoza Müggenburg
Diseño de portada:
Fiesky Rivas

*A los sueños de toda la gente,
para que nunca mueran.*

*No hay otra forma de decirlo, todo y nada son
parte de la misma esencia y aquí podrás
encontrar todo, pero no habrá nada.*

AGRADECIMIENTOS

Agradezco a la vida por tenerme aquí; a la naturaleza, que sin ella no habría forma de haber creado esto; a mi difunta hermana por enseñarme el esfuerzo y gran cariño por el trabajo; y a mi hermano por la creatividad tan inalcanzable que tuvo hasta el final. Un último agradecimiento a Iñigo por el diseño de la portada, entre otras cosas.

PREFACIO

Abrir los ojos tras ser enterrado, despertar de un letargo para comenzar una nueva vida cuando apenas se ha pasado por la muerte... En esta novela —la primera entrega de la saga *El guardián de la puerta*—, Müggenburg nos introduce a la historia de Andariel, un joven que rememora los sucesos que condujeron a su fallecimiento en un territorio ahora lejano.

A través de los recuerdos del protagonista descubriremos su lugar de origen: el reino de Karzos, un sitio próspero, cargado de energía y acción. Allí, líderes y fuerzas del ejército se preparan para recibir una sospechosa visita de los lores de Toxoc, un Estado conocido por sus inhóspitos parajes y su espíritu combativo. El rey karzo y sus dos hijos, Ermes y Andariel, liderarán el encuentro con los atípicos visitantes, junto con Dorael, el diestro comandante de las fuerzas especiales.

Las habilidades con las armas no lo son todo cuando los combatientes cuentan con la magia ancestral del Kronium, el cual permite aprovechar los elementos de la naturaleza para el ataque y la defensa. El Agua, el Aire, el Fuego y la Tierra se manifiestan y combinan en los entrenamientos y batallas de aquellos que poseen este poder en su sangre. En estas páginas, seremos testigos de cómo el protagonista aprende a utilizar el quinto y raro elemento del Vacío, cuyos poderes son aún poco conocidos.

La intriga y el misterio rodean a los personajes de *El guardián de la puerta I: Canción de los caídos* tras la visita de los toxianos. Como lectores, conoceremos las motivaciones irrefrenables que obligan a Andariel a emprender una travesía para tratar de salvar a su reino del peligro. Pese a su determinación, en este viaje no irá solo; amistades nuevas y antiguas recorrerán junto con él un camino de lucha, supervivencia y, en ocasiones, horror.

A través de la ágil narrativa del autor, conoceremos las andanzas del grupo en el entorno fantástico del mundo llamado Kraus, y compartiremos sus aventuras mientras se encaminan a un amenazante lugar. Müggenburg nos relata, por medio de descripciones vívidas e incluso sumamente explícitas, las experiencias del personaje principal y de sus compañeros de viaje en busca de respuestas y acuerdos para salvar a Karzos del riesgo que corre.

En esta lectura trepidante, que nos atrapa página tras página, conoceremos el primer capítulo de una historia que incita a la imaginación y la fantasía, y que deja abierta la puerta y el deseo por saber más sobre Andariel y su destino final.

Carla Paola Reyes
Octubre de 2022

PRÓLOGO:
CANCIÓN DE DESPERTAR

I

Desperté en un estado de letargo. No supe el por qué o qué había ocurrido; mi cuerpo se encontraba inerte; intenté moverlo, pero fue en vano; aun así, me sentía tranquilo, sin preocupaciones ni sentimiento alguno.

A lo lejos podía ver siluetas de lo que parecían ser personas a mi alrededor; que no reconocí en el momento. Tras apartar mi mirada siguió su imagen en mis ojos, la cual ya se encontraba borrosa; esta vez desapareció cualquier indicio del panorama en ellos hasta volverse todo negro. Por lo que pude sentir como horas o días, me quedé en un trance entre dormido y despierto; todo se encontraba oscuro y asemejaba ser de noche, la noche más negra y oscura que haya existido. Me encontraba recostado encima de lo que se sentía ser un cuerpo de agua; de repente a lo lejos pude escuchar una gota caer, esto de alguna forma abrió mis ojos; la onda que se esparció por todo el lugar comenzó a soltar mi cuerpo y a darme la movilidad de nuevo.

Pude observar el lugar en el que me encontraba, parecía ser un mar infinito, el cual se extendía hasta donde mi vista me permitía observarlo, sin curvatura alguna y tranquilo. Gota tras otra cayeron en el extenso mar, dándome más movilidad en el cuerpo hasta darme el funcionamiento total del mismo. Me puse de pie con paciencia y observé para todos lados en busca de dónde me encontraba, al fin y al cabo, era un lugar desconocido. Comencé a caminar sobre el agua hasta encontrar al fondo del horizonte una luz, llegué hasta ella y acerqué mi mano, esta se posó sobre de mí y, tras colocarse sobre mi palma, algo comenzó a suceder. Mi cuerpo comenzó a iluminarse a la par que una voz retumbaba por todo el lugar.

—La luz es el camino a otro lado. En tu vida pasada has probado lo que vales, no intentes regresar; te será imposible hacerlo y solo fue una prueba, al igual que lo será esta. Un nuevo mundo te presento en el cual podrás vivir y hacer partícipe tus acciones. Levántate y anda…

Desperté de golpe, mi cuerpo se movió como si una corriente le hubiera pasado por dentro, intenté observar dónde me encontraba; todo estaba oscuro.

—¿Ahora dónde me pusiste?, ¿qué es esto? —grité, intentando que la voz antes escuchada me respondiera; todo fue en vano.

Moví mi cuerpo, pero este se sentía impedido por paredes; pasé las manos por todos lados y pude sentirlo: me encontraba encerrado en una caja, la cual parecía ser un ataúd. Mi respiración se aceleró y la ansiedad comenzó a entrar en mí; varias preguntas llegaron a mi cabeza: «¿Cómo había llegado ahí?». «¿Qué estaba haciendo vivo dentro de aquel lugar?». «¿Por qué me habían puesto aquí?». «¿Me habían enterrado con vida?».

Mi cerebro se movía a mil por hora, dándome pensamientos incoherentes ante el momento y mi respiración se encontraba bastante forzada por la adrenalina; empeoró mucho al estar gastándome el oxígeno de aquel pequeño lugar. Debía pensar en hacer algo lo antes posible o me quedaría ahí dentro paralizado, dándole significado al lugar donde me encontraba.

Sin pensarlo y de una manera instintiva, puse mis ropas sobre mi rostro y pegué una vez tras otra a la tapa del ataúd.

—¡Vamos, ábrete! —gritaba mientras golpeaba con

todas mis fuerzas.

La madera comenzó a crujir hasta quebrarse poco a poco, y por sí sola se rompió, haciendo caer tierra sobre mi rostro. Con las manos hice fuerza empujando hacia afuera, volviendo el hoyo más grande hasta lograr ampliarlo lo suficiente como para que mi cuerpo pudiera pasar. Me acomodé compactándome en la caja para así poder sacar primero la cabeza. Una vez fuera del sarcófago, escarbé para salir de la tierra, la cual se encontraba muy compacta y esto me dificultaba salir. Después de un rato pude sentirlo: la tierra cerca de la superficie se encontraba un poco húmeda. Saqué la mano de golpe y pude sentir gotas de lluvia caer entre mis dedos. Me empujé, abrí el hoyo y me moví como pude para salir hasta lograrlo. Una vez fuera me quité la camisa de la cabeza y respiré hondo y con fuerza, sintiéndome mareado por la falta de aire; lo había logrado.

Me encontraba entre dos árboles, uno frente al otro, a ambos lados de donde yo estaba. Estos se encontraban frondosos y hacían que la lluvia que caía fuera mínima; observé todo a mi alrededor y pude divisar a lo lejos un camino de terracería detrás y otro delante mío, los cuales tenían la misma curva, y a lo lejos se podían observar árboles de la misma especie que los que tenía a ambos lados; pero estos se encontraban secos; más al fondo volvía el verde a las plantas; ambos lados eran un espejo del otro. Tomé el camino de terracería frente a mí, el cual se perdía en el bosque; daba pinta de ser el camino por el que iría y así dejé el otro tras de mí.

Miré por los alrededores en busca de alguna demarcación o establecimiento por el cual pudiera orientarme y encontrar a alguna otra persona o algún establecimiento que me permitiera salir de ahí o bien darme una ruta para encaminarme en la dirección que debía estar; no encontré nada. Acto seguido corrí a uno de los árboles para subirme a la copa; tenía las ramas cerca de mi cintura por lo que podía subirme y eran resistentes para poder escalarlo. Una vez arriba, solo pude observar un frondoso bosque tapizar el mundo hasta el horizonte; no había ninguna estructura o demarcación humana o algún humo proveniente de cualquier lugar para darme una señal. Grité desde la copa del árbol para ver si alguien podía escucharme; aun así, no hubo respuesta ni movimiento del lugar. Levanté la mirada y pude observar al sol moviéndose por la bóveda celeste; no había nubes ni estrellas, solo encontré el astro bajo un manto grisáceo, el cual parecía una neblina a una altura extraordinaria e impensable.

Una vez observado todo lo que tenía a mi alrededor, bajé por el tronco y caminé hasta llegar al camino de terracería. El agua caía y, con el lodo en mis ropas, cada paso dado en conjunto con el agua cayendo se volvía cada vez más difícil, pesado e imposible de dar, por lo que aproveché la lluvia para remover toda la tierra de mis prendas y caminar así con una mayor facilidad. Una vez que me limpié lo mejor posible y llegué a la parte del bosque donde se encontraba el verde de nuevo; intenté observar dentro de los árboles en busca de algo, pero solo pude observar a animales provenientes de un bosque común, quienes tras cada paso que daba me observaban curiosos y atentos a cualquier cosa que hiciera; al voltearlos a ver de regreso, unos desviaban la mirada, otras se iban corriendo y se escondían, y otros la mantenían o la disimulaban. Quién podría culpar aquella actitud; yo era algo ajeno cruzando por sus tierras, no podría haber sido recibido de mejor forma que esa.

Tras una hora en el camino, me encontré en un claro rodeado por el bosque, que tenía un lago y, al centro de este, un árbol diferente a todos los demás; este tenía un color pálido y blanco como la nieve, y tenía hojas de un color rojizo. Me acerqué más para observarlo y, una vez que di la vuelta, me encontré con un reno del mismo color, con unos cuernos hermosos y grandes, bebiendo agua del lugar. Para no molestarla me alejé a paso lento y rodeé el cuerpo de agua para hacer lo mismo; sabía que me estaba observando como yo lo hacía a él. Me sentía sediento y cansado por todo lo que había hecho, a la par que sentía que no había ingerido nada en milenios.

Dejé de observarlo y comencé a beber a cántaros del lago, donde vivían varias truchas que nadaban de un lado al otro y se alejaban de la orilla por el movimiento de las manos al entrar en el agua. Mi cuerpo no podía controlarse; me sentía seco, deshidratado. Por un momento alcé la mirada para observar lo que estaba ocurriendo; pude notarlo desde antes: el reno se había movido unos metros y se había acercado a mí en silencio; al quedármele viendo, este se quedó inmóvil como estatua, pensando que quedándose en su lugar no la vería. Al momento de juntar miradas pude sentirlo: una conexión extraña que nos unía; aquel momento solo fue un par de segundos, sin embargo, se sintió como horas. No hice caso ante eso y continué bebiendo hasta que pude volver a sentirlo, alcé la cabeza de nuevo, pero esta vez no encontré nada; el reno se había movido a otro lugar. Ignoré por completo a dónde se había dirigido y me sequé la boca. A terminar, me paré y di media vuelta hasta encararla de frente, él había rodeado el lago en silencio y se había posicionado tras de mí.

—Pero… ¡qué haces aquí, largo!

Un escalofrió recorrió todo mi cuerpo haciéndome pensar con rapidez que ese animal tan majestuoso querría hacer algo conmigo, era posible que patearme o hacerme algún daño, por lo cual posicioné una pierna frente a la otra y cubrí mi rostro y mi pecho con los brazos. Pero esto fue una sugestión del miedo que había anticipado por el movimiento de la criatura. Pasamos un tiempo quietos, observándonos en silencio, esperando a que uno hiciera el primer movimiento; no sucedió nada por lo que bajé la guardia. Una vez tranquilo, y al ver que no hacía movimientos toscos, me relajé y pude admirar su belleza, el color del pelaje, los cuernos tan majestuosos como solo él podía tenerlos y aquellos ojos azules como el hielo. Su mirada y la mía chocaron de nuevo, esta vez me dio seguridad y extendí la mano hacia su nariz siendo precavido para que pudiera olfatearme. Acercó su hocico a mi mano y comenzó a olerla; acerqué mi mano intentando tocar el arco de la nariz para acariciarlo y decirle que no iba a hacerle daño; él, como si supiera lo que intentaba hacer, no se alejó y espero la caricia.

—Lo entiendo, no se puede confiar en nada ni en nadie tan fácil; la vista algunas veces engaña. La confianza se gana con pasos y actos, nunca por palabras o vista.

Se alejó unos pasos para volver a oler mi mano y, como si hubiera reconocido a un viejo acompañante de la vida, se acercó a mi rostro y comenzó a lamerme y a juguetear conmigo, corriendo de un lado al otro, empujándome con su hocico y moviendo la cola en señal de felicidad.

—Creo que me confundes con alguien más, yo no sé a quién esperabas. Le decía entre risas mías y lengüetazos de él.

Una vez que terminó de hacer su fiesta, se sentó a mi lado y me observó, como si estuviera esperando a que hiciera algo o que algo ocurriera. Levanté el rostro y observe el cielo, la lluvia había cesado y el sol se encontraba cerca del horizonte para darle la bienvenida a la noche; tenía que conseguir madera y hacer una fogata para calentarme, de lo contrario moriría de frío con las prendas aún frescas y el aire que comenzaba a soplar. Regresé sobre mis pasos por el camino de terracería hasta llegar de nuevo a la parte donde se encontraban los árboles secos; busqué por los que se encontraban en la parte más baja para poder recoger las ramas más secas posibles y así encender la fogata que me ayudaría a pasar la noche; por alguna razón, se encontraban varias ramas y troncos secos. Con un poco de fuerza y ahínco pude trozar varios, ya que podrían verse secos por fuera, pero algunos todavía se encontraban verdes por dentro. Una vez que recolecté la madera, me encaminé de regreso al árbol blanco para así poder encender la fogata que me calentaría por la noche.

El reno solo caminaba tras de mí, a la par que con su hocico intentaba jalar de igual forma madera para ayudarme.

—Me agrada tu compañía, amigo, pero creo que tu lugar es otro y que tu especie no es la mía. Anda, vete de aquí y regresa con los tuyos, no han de estar lejos —le dije mientras él solo seguía haciendo lo suyo.

Logró quitar una rama del árbol y tan pronto como la obtuvo se acercó a mí y la escupió a mis pies.

—Gracias… creo.

Regresé al lago y, viendo cómo todo se encontraba empapado, decidí poner lo que habíamos recolectado de pie bajo un árbol para que no se mojara nada; acto seguido, excavé un hoyo con mis manos, quitando pasto y terreno hasta encontrar tierra seca. Volteé al lago y pude ver algunas rocas dentro, las saqué e intenté sacudirlas para colocarlas en el contorno del hoyo y de esta forma no esparcir el fuego en la noche y morir quemado. Una vez que las puse, regresé por la madera y la dejé en su lugar. Para encenderla, agarré una contra otra y comencé a frotar hasta que logró encender.

Me quité las prendas y las remojé en el lago para quitarles todo rastro de lodo; una vez hecho esto, las puse a secar junto al fuego utilizando dos maderas en forma de «y» y una en el centro de estas para que no estuvieran en el suelo y se pudieran secar mejor durante la oscuridad.

La noche no tardó en hacerse presente. Del cielo, como en el día, surgió una estrella, que se podía observar extraña. Tenía un halo de color blanco alrededor y por dentro era negra por completo; como si se tratara de un eclipse.

La luz desapareció en cuestión de segundos, como si aquel cuerpo estelar pudiera absorber todo el color; dejando todo en penumbra. No una oscuridad cualquiera, era una tiniebla negra, opaca, no se podía observar nada. El árbol, como si fuera algo ajeno a la completa oscuridad, con el tiempo se encendió y brilló en su color, dejando la zona cercana al lago todavía con luz.

La fogata, a comparación del árbol, solo calentaba y no parecía iluminar nada ante aquella espesa noche. En ese momento, no le di importancia, solo fascinación. ¿Cómo podía un objeto como el fuego, que no solo emanaba calor, sino también luz, no poder iluminar algo de aquella espesura negra? A lo lejos, entre lo que parecía ser el bosque, podía observar algunas luces moviéndose entre el follaje.

«Ha de estar alguien por ahí, he encontrado a alguien», pensé emocionado.

—¡Hey! —grité moviendo los brazos de un lado al otro.

Pero, tras observar de mejor manera los movimientos y las siluetas de estas luces, pude darme cuenta de que parecían ser animales que, al caer la noche, se encendían y así podían caminar y observar durante la penumbra. Intenté salir y acercarme para ver con más claridad cómo era que ellos brillaban, pero el reno se acercó a mí poniéndose al frente y empujándome de nuevo hacia el árbol.

—¿Qué sucede, amigo? Solo voy a observar a tus compañeros del bosque.

Di otro paso hacia delante y él en respuesta me empujó de nuevo a la luz con el hocico y, dando como justificación su punto, exhaló con fuerza.

—No te preocupes, solo voy a observar; no los voy a molestar.

El reno comenzó a bramar y a empujarme con más fuerza en dirección al árbol.

—Hey, está bien, no iré para allá, los dejaré en paz.

El reno regresó conmigo a la fogata, no sin antes quedarse observando a la negrura que nos rodeaba. Pronto, sonidos extraños comenzaron a resonar dentro de todo el bosque.

—¿Qué sucede?

El animal no hizo más que bramar de nuevo y acercarse más al árbol, el cual seguía iluminando el lugar.

—No te preocupes, han de ser los animales moviéndose…

Tras decir eso, los sonidos se volvieron más agresivos hasta el punto de que un animal comenzó a gemir de pánico. Podía verlo apenas por los troncos, corría alterado, alejándose de algo. Momentos más tarde, una sombra saltó sobre el animal, que gimió de dolor y cayó al suelo; solo para apagarse y ser arrastrado.

Tras unos instantes de ver aquella escena horrenda pude sentirlo alrededor nuestro: había cosas extrañas que estaban esperando a que saliéramos de la luz del árbol, pacientes, de mente fría, acechándonos, pero por alguna extraña razón no pasaban a la luz. Me acerqué a la fogata y me puse del mismo lado que el reno, observando la negrura, esperando a que algo saliera de ella y nos atacara, pero nunca sucedió; solo había sonidos guturales y movimientos entre los arbustos.

El sueño llegó tras unos momentos gracias al calor de las brasas y la oscuridad. El reno se recostó en el suelo sin importarle lo demás.

—Ya que no puedes irte, como yo, te utilizaré de almohada para la noche; no quiero dormir en el suelo y te presentas cómodo.

Él, ante tales palabras, se acomodó y presentó su abdomen, como si de alguna forma supiera y ya hubiera hecho esta acción antes. Sin pensarlo dos veces me recosté sobre él y me tranquilicé, no sin antes volver a ver a la oscuridad por unos instantes. No pareció importarle mi acción y, al ver cómo me relajaba y descansaba, hizo lo mismo. Juntos cerramos los ojos y dormimos.

Mi sueño llegó rápido y me posicionó en mi vida pasada, haciéndome recordar todo lo que había vivido. Mientras el sol vuelve a nacer del horizonte, creo que debería contarles lo que ocurrió y dar un poco de claridad a los acontecimientos que sucedieron antes de que llegara aquí.

1. CANCIÓN DE RECUERDO

I

Mi vida anterior se desarrolló en un mundo llamado Kraus. Nací en la ciudad de Karzos, que fue alzada por mis antepasados, provenientes de una nación al sur del mundo llamada Elorian; este se convirtió uno de los reinos sede del Kronium, una magia ancestral.

Siendo lores y gente de la alta sociedad, empezaron en una montaña, que no fue elegida por su tamaño o belleza, sino por lo difícil que sería comenzar ahí. Pensaban que si se erguían en una ciudad lo más lejos posible de su tierra natal podrían empezar algo nuevo sin ser molestados. Nunca supieron que aquella comunidad creada a esfuerzo se volvería una ciudad completa al comenzar a excavar la piedra y encontrar cuevas dentro, llenas de minerales y metales ricos, que aceleraron el crecimiento de un pueblo de cincuenta personas hasta llegar a ser una ciudad de miles de personas, que trabajaban día y noche para obtener y recolectar aquellos minerales que había.

Tras unos años de haber comenzado la construcción del lugar, llegaron las guerras por parte de otras naciones, que mandaron protegidos suyos dentro de la población para que dieran informes sobre lo que se hacía en el nuevo reino que se estaba construyendo. Una vez que supieron que dentro de la montaña se encontraban riquezas inigualables, decidieron ir a invadir. Esto provocó que cientos de hombres que se encontraban en la ciudad la defendieran y murieran, y que el Kronium casi se desvaneciera por completo.

Lo único que hizo sobrevivir a Karzos del ataque de otras naciones fue el cauce de la cascada que emanaba de la cima de la montaña rodeándola por completo; esta se convertía en río, que servía como protección ante invasiones ajenas, como todas las que habían sido hechas. La velocidad del cauce y la puerta elevadiza para entrar a la ciudad impedían su invasión, así que esta nunca fue derrocada por más invasiones que sufriera. Esto apoyó a los defensores, que se retiraron al otro lado del río y atacaron con flechas, dejando así solo a diez personas vivas con el Kronium todavía en su sangre. Estas, para aumentar el poder, se relacionaron entre ellas dando así lugar a actos endogámicos entre algunos de ellos, provocando que las siguientes generaciones tuvieran que buscar candidatos sin Kronium o bien se fueran a otras tierras a buscar gente con la magia y así poder esparcirla ya que, si se tenían más hijos entre ellos podrían provocar que estos salieran infértiles y con un trastorno llamado «enfermedad de Kronium», un padecimiento que provocaba darles una habilidad del Kronium muy avanzada y fuerte a cambio de ser muy débiles en su físico, tanto que, si en una pelea se les pegaba con el más mínimo esfuerzo, este golpe podría romperles hasta los huesos, que tardaban años en sanar, dejándolos así inútiles casi de por vida.

El Kronium solo se pasaba de generación en generación, porque no todos los ciudadanos lo obtenían. Solo las clases altas del lugar y pocos soldados que eran bastardos de los lores de Karzos nacían con estas habilidades.

El Kronium utilizaba el aguante de una persona y, el uso prolongado de este podría llegar a agotar a sus usuarios hasta matarlos. Se utilizaba en las herramientas; no era una magia para usarse sola con el cuerpo sino para darle potencial al arma cargada empleando los cinco elementos naturales: Agua, Tierra, Fuego, Aire y Vacío.

Al nacer junto con mi hermano gemelo Ermes, la genética nos favoreció con el Kronium, ya que mi padre, Elton, era el Rey de Karzos. Se decía que entre mas puro fuera el linaje, más habilidades de Kronium tendrían los descendientes. Mi hermano, con el paso del tiempo, fue un erudito en las artes del Kronium logrando obtener los cuatro elementos naturales Aire, Agua Tierra y Fuego y poder utilizarlos de una manera eficaz desde sus seis años. Por mi parte, yo solo nací con Vacío, un elemento poco conocido y que muy poca gente obtenía al nacer, dificultando el estudio del elemento y requería mucha práctica a solas para descubrir algo nuevo sobre él. Mi entrenamiento, al igual que el de mi hermano, era con mis padres en tiempos iguales al principio, quienes solo nos enseñaban a manejar las armas que ellos sabían utilizar, que eran espadas y cuchillos. En este tipo de entrenamiento Ermes surgió como el mejor, demostrando sus habilidades con la espada. Por otra parte, mi entrenamiento con los cuchillos fue mejor, el saber lanzarlos y darle al blanco fueron mis mejores resultados en el entrenamiento. Poco a poco fuimos creciendo y los entrenamientos se hicieron por separado para ambos, mientras mi hermano entrenaba su Kronium con mis padres, yo por otra parte entrenaba el mío estudiando del libro que se me había dado, logrando así una práctica más lenta, pero igual de eficaz a la de mi hermano.

El palacio se construyó en la cima de la montaña y este, al igual que toda la ciudad, fue creado con el mismo material de la piedra que sacaban de la montaña. El jardín del palacio daba cara al sol cada vez que amanecía, así que la creencia que recorría todo ese mundo decía que era la única ciudad protegida por el Sol y la Luna, ya que era la primera que los veía salir y ocultarse. El jardín real contaba con sus propios árboles frutales, vegetación y plantas tanto comestibles como medicinales.

Mi crecimiento junto al de mi hermano fue dentro del palacio; nuestro padre, Elton, se basó y nos enseñó sobre lo que hacía dentro del reino; no esperaba a que los demás nos dieran clases, sino que nos llevaba consigo para mostrarnos lo que se debía hacer, moviéndonos por toda la ciudad y poblados dentro del reino, demostrando lo que un rey hacía. Esto no se basaba en solo saludar al pueblo, sino en tener reuniones con los dueños de la mina y los establecimientos para saber qué era lo que se necesitaba y en dado caso de necesitarse apoyo, darlo.

Trataba al pueblo y a su gente como a nosotros; para él no había diferencia entre un sirviente y un hijo del rey, por eso todos amaban su forma de gobernar. Nuestra madre, Antonela, por otro lado, era más tranquila y, al igual que nuestro padre, nos enseñó lo necesario sobre la historia del lugar, así como sus costumbres y sus vidas antes de juntarse ambos. Antonela solo contenía dos elementos del Kronium, Fuego y Aire, que al combinarlos podían generar relámpago. Elton, por otra parte, contenía Agua y Tierra, lo cual generaba lodo y este se utilizaba para inhabilitar a los oponentes que uno tuviera, algo muy bueno para un rey siendo el escudo de su pueblo. Por sus habilidades, ambos enseñaron a mi hermano a utilizar sus aptitudes a una corta edad para que pudiera controlar los elementos y, en dado caso de que algo sucediera con mi padre, él pudiera tomar su lugar y defender la ciudad. Por mi parte, ya que ellos no contenían mi elemento, me dieron un libro de sus antepasados para aprender lo mínimo y que pudiera defenderme.

Mis entrenamientos al principio no fueron fructíferos; veía a mi hermano avanzar tan rápido que me desesperaba saber que él tenía un camino más fácil, dejando así, muchas veces, un pensamiento de derrota y desesperación. Hasta que un día logré mi primera habilidad. Me encontraba sosteniendo una espada de madera golpeando un muñeco del mismo material, intentando una y otra vez concentrarme en lograr colocar mi poder en la espada. Al principio solo salía una pequeña marca negra alrededor del arma y mientras golpeaba no sucedía nada. Me pasé horas y días practicando aquella habilidad hasta que llegó el momento. Me tranquilicé, cogí la espada de madera y concentré todo mi poder en ella, esta se iluminó con un halo negro alrededor, momentos más tarde di un movimiento transversal a la espada golpeando al muñeco; al principio no sucedió nada.

—Esto no está sirviendo —dije incrementando mi poder en la espada, pero nada pasó.

Me di la media vuelta y, tras hacer esto, el muñeco se partió en dos y cayó al suelo. No podía creerlo, lo había logrado. Con una velocidad y emoción nunca sentida, fui corriendo a mis padres a enseñarles la habilidad que había aprendido. Mi madre me felicitó con un abrazo y mi padre se contuvo a darse la media vuelta y decir:

—Ese es mi muchacho, sigue así.

Una vez que crecimos, conocimos a gente de la ciudad. Ahí conocí a los que serían mis amigos de toda la vida: Argos, Jenn, Frederick, Omar, Patrick y Lucas, quienes eran hijos de comerciantes y lores, con los que jugábamos y cometíamos travesuras por todo el reino.

Jenn era hija de los lores Hista, los más comprometidos de la ciudad; se encargaban de la minería del reino y de ejercer condiciones favorables para sus trabajadores; era de estatura alta, de tez blanca y cabello rubio, tan dorado como el sol, tanto que se hacía relucir por donde fuéramos y por lo mismo era la más conocida en la ciudad. Sus pómulos pequeños, su nariz respingada y sus ojos azules que brillaban como el agua le hacían ver muy bien dentro de todo el grupo, no solo haciéndola deseable por su belleza sino por su posición en el reino. Por otra parte, era gentil e inteligente; tímida si no la conocían; no sabía cómo desarrollarse en el mundo, ya que había sido protegida por sus padres desde pequeña; ella dominaba el Kronium del Aire y era muy buena en ello. Su padre y su madre también contenían el mismo elemento y, por su parte, su aprendizaje fue tan bueno y asombroso que sus padres la enlistaron en la Guardia Real para que sirviera no solo como un soldado más, sino como una maestra de la inteligencia en Karzos.

Argos, por otra parte, era hijo de comerciantes; sabía hasta por dónde sacarle el brillo a la moneda, era avaro y terco, sabía cómo sacar provecho a sus formas de ser y las ocasiones en las que brillaba era para sacar descuentos o bien para que le cobraran menos por lo que compraba. Siempre vestía con el ropaje de los lores, el cual era color caoba o bien mármol, ya que su familia tenía mucho dinero y se encargaba de exportar los minerales tan preciosos que se sacaban de la montaña. Era de estatura media, tez blanca, ojos azulados, cabello lacio, con una nariz pequeña que tenía como un pequeño gancho en su arco, era lampiño; aun así, era el más lanzado de todos los del grupo, ya que era muy extrovertido.

Frederick y Lucas eran hermanos y habían nacido de cuna media; su familia, la Pedrel, era conocida por enlistarse en la Guardia Real y ser promovida a generales o privados por sus habilidades con las armas y en pelea, que eran excepcionales.

Frederick tenía el cabello pelirrojo como su madre, ojos cafés, nariz mediana y rectangular y una barba tupida que le llegaba hasta el pecho. Lucas, por otra parte, había nacido castaño como su padre y tenía un ojo blanco, que había sido dañado cuando era crío en un entrenamiento de espadas con su hermano. El resultado de este incidente lo volvió el más aguerrido y valeroso del grupo, ya que decía:

—Esta cicatriz no es una humillación; es una muestra de valentía en el combate.

Omar nació en la casa Harmin de lores bien acomodados en la Policía del reino. Estos se encargaban de dar las órdenes y mantener a raya los robos y secuestros dentro de la población. Tan bueno era su trabajo que el índice de estos delitos había bajado hasta quedar en un veinte por ciento de casos, de que la mitad no se podían resolver, lo que daba una buena cara al gobierno de Elton. Su tez era blanca y sus ojos verdes, su rostro era circular y portaba un bigote tupido, que siempre se agarraba cuando tenía que pensar algo, fuera importante o no. Su Kronium era de Fuego. Siempre vestía ropa común del lugar y no le importaba su apariencia a vista de los demás. Si había un evento importante, él vestía lo mismo y no le importaba dar la cara de esa forma; eso no denotaba que no se aliñara y arreglara todo el tiempo.

Patrick era nacido de cuna comerciante; su familia se dedicaba a vender el licor de las tabernas. Este era producido en los campos de los poblados fuera de la capital y era traído por caballos a los almacenes, se fermentaba y tras esto se repartía por las cantinas de la ciudad. Patrick, por su parte, no tenía interés alguno en el negocio de sus padres, pero sí en el de la Guardia Real, en donde de muy joven se internó para poder aprender un poco de combate y así poder defender los cargamentos que se llevaban a la capital. Él tenía la barbilla partida, ojos color avellana y el cabello pardo como la tierra, era muy excéntrico y le gustaba estar practicando todo el tiempo los movimientos nuevos que aprendía en la academia.

Aún recuerdo el correr con mi hermano y mis amigos por la calle de la ciudad, que era una espiral que bajaba por la montaña y, de ambos lados se erguían casas y establecimientos; algunos de ellos se encontraban encendidos de día y noche por el trabajo y la clientela, ya fuera por el licor o bien por las piedras preciosas y los alimentos que vendían, entre otras cosas. Recuerdo los carros con caballos moverse de un lado al otro mientras jugábamos entre ellos; al vernos los cocheros se paraban en seco y nos gritaban:

—¡Eh, chicos, muévanse de aquí; la próxima vez que los vea no pararé el carruaje!

O bien jugar entre los tejados a ver quién podía llegar al castillo sin tocar el piso.

—Apuesto diez Karzos a que no pueden llegar antes que yo —decía Jenn.

—Yo no entro en la apuesta; siempre nos ganas, tienes una ventaja más grande que los demás. Yo me salgo, a menos… que no uses tu Kronium —dijo Argos con una moneda en la mano y lanzándola por el aire.

—Acepto la apuesta —respondió Jenn alegre.

—Nadie dijo que yo no podía usarla —dijo Ermes con una sonrisa en la boca y señalando a Argos.

—Ah no, tú tampoco puedes usarla, todos tenemos que empezar de cero o si no nos vas a aniquilar en la carrera y a ganarte tus diez Karzos que no necesitas. Aplica a Jenn y también a ti —replicó Argos un poco molesto.

—Está bien, pero cuando los aplaste no vengan con que utilicé el Kronium. —Sonrió Ermes.

—¿Vamos a empezar ya o qué? Tengo que practicar los movimientos nuevos de la academia y correr y saltar no va a servir de nada más que para pérdida de tiempo —dijo Patrick mientras se estiraba de un lado al otro y hacía movimientos extraños con la mano.

—Esta bien, empezaremos a las de tres… ¡uno, dos… tres! —grité.

La carrera comenzó; Ermes fue el primero en moverse tras decir el tres, dándole la ventaja sobre todos los demás. Detrás de él íbamos Jenn, Argos y yo.

—¡Trampa! —gritó Argos cuando vio lo que sucedía.

Al final iban Patrick, Omar, Frederick y Lucas, ambos hermanos eran uno y dos años menores a nosotros. Las tejas de los techos se tambaleaban de un lado al otro haciendo que varias se cayeran a la calle. La táctica más rápida se la sabía Jenn, correr lo más pegada a la montaña para reducir la distancia y llegar lo más rápido posible a la entrada del palacio, mientras que los demás corríamos por nuestra línea y separados de la piedra. Jenn comenzó a rebasar a Ermes, el cual ya tenía una leve ventaja sobre los demás, haciendo que él volteara a verla por un instante y se distrajera del salto al siguiente edificio y quedara en último lugar por eso, tras chocar con la pared y el techo. Jenn solo soltó una carcajada y siguió corriendo para ya no ver más a su contrincante número uno. La carrera siguió por los techos, en donde Argos me rebasó, saltando con todas sus fuerzas de un establecimiento a otro sin caer de rodillas.

—¡Solo faltas tú, Jenn! —gritó Argos con una sonrisa en su rostro.

—No creo que puedas alcanzarme, nunca puedes —respondió Jenn jadeando.

—Ah, pero esta vez no tienes tu Kronium que te salve de mi velocidad.

—¡Andas como tortuga!

—La tortuga le ganó a la liebre si no mal recuerdas.

—Eso es un cuento, nunca va a pasar.

—Hoy se hará realidad y te lo demostraré.

—¡No lo creo, lentuchón!

Ermes, al ver que se había quedado atrás y como no le gustaba perder, metió su mano en el bolsillo y sacó una fina daga de su estuche, con la que estiró el brazo como si apuñalara el aire y se arrojó por los aires quedando entre Jenn y Argos.

—Eso es trampa, ¡quedas descalificado! —gritó Argos, molesto.

—No si llego antes que ustedes —Ermes soltó una mueca a Argos.

—¡Eso no era parte del trato!

—Ahora lo es.

—¡Ah, maldita sea!, no dejaré que me ganen como siempre.

—No te preocupes por eso, tortuga, yo no lo usaré y verás que soy más rápida que tú —dijo Jenn respirando hondo.

—Al menos alguien sí sigue las reglas, malo sería que tú hicieras la apuesta y quedaras mal con ella —dije.

Quedaban tres edificios por saltar antes de llegar a la entrada del castillo. Todos metieron fuerza a sus pasos haciendo que más tejas se movieran y cayeran al suelo. Poco a poco Argos fue alcanzando a Jenn, ya que estaba corriendo con todas sus fuerzas hasta el punto de jadear hasta casi desmayarse, mientras que ella mantenía un ritmo y lo dejaba casi a la par que él; unos dirían que lo quería dejar ganar, pero otros que lo hacía para burlarse de él. Solo quedaba un edificio y Argos estaba muy cansado, pero dio todo hasta el final y llegó a tocar la entrada casi al mismo tiempo que Jenn. Ermes ya se había adelantado y se encontraba encima de la pared de entrada. Los demás llegamos a pocos segundos de que ellos acabaran.

—Gané, me debes mis diez Karzos, mujer —gritó Argos, saltando y celebrando.

—No te debo nada, llegamos al mismo tiempo y si llegamos iguales es un empate.

—Claro que no, yo llegué primero; me debes diez Karzos al igual que todos los demás —señaló Argos a todos.

—Yo lo vi todo y les puedo decir quién llegó primero —se carcajeó Ermes ante el espectáculo.

—El insidioso va a hablar, de algo sirvió que hicieras trampa después de todo. ¿Quién llegó primero?

—Ambos.

—Estás escudando a Jenn, de seguro te gusta.

Ermes se sonrojó un poco y alzó la mirada en dirección a Argos.

—Si quisiera que ella ganara, hubiera dicho ella; lo que vi es lo que pasó, sin más ni menos.

—Mírate, tortuga, sí que sabes correr; me sorprendiste —dijo Jenn.

—Entonces, ¿quién gana los diez Karzos si fue empate? —pregunté.

—Muy fácil, amigo, tres para ella y siete para mí. —Sonrió Argos.

—Oye eso es más trampa que lo que hizo Ermes —Jenn señaló a Argos.

—Empatamos y dijiste que no te ganaría; empate es algo, dice que puedo correr como una liebre.

—Si hubiera usado toda mi energía estarías en segundo lugar.

—¿Tu Kronium? Eso es ilegal, con él es obvio que me habrías ganado.

—Yo nunca lo usé y, mírame, estoy más fresca que una lechuga. En cambio, tú, obsérvate un poco, te encuentras agotado, eso muestra que yo todavía tengo fuerzas y te podía ganar peor. ¡Cinco y cinco o nada!

—Nada más porque no corrí de más.

—No puedes correr ya, estás agotado Argos, mírate tirado en el suelo.

—Solo estoy tomando aire y acostado se me facilita.

—Tortuga.

—Cinco y cinco está bien, pero la siguiente, si empatamos, vamos siete y tres porque corro tan rápido como tú.

—La próxima vez te mostraré lo lento que eres, Argos, y así me darás tus diez Karzos gratis. Sé cuánto te gusta perder dinero.

—Y que lo digas…

Siempre que hacíamos esto, varias tejas de los lugares por los que pasábamos caían al suelo y se rompían, causando que Elton nos llamara la atención y nos hiciera trabajar en el cuarto de calentamiento del palacio, donde laborábamos como los de ahí, que con palas enormes recogían el carbón y lo metían en los hornos gigantes para calentar el agua y el ambiente. Esto no nos detenía, solo provocaba que buscáramos más y nos divirtiéramos. Cuando no podíamos salir, nuestros amigos iban a visitarnos dentro del castillo y nos apoyaban con los castigos para que saliéramos más rápido del lugar y nos pudiéramos escapar antes de que el rey fuera a buscarnos. Todo esto lo sabía Elton; aun así, cumplíamos con lo que nos decía y no había forma de reprocharnos nada.

Ese día, una vez que terminamos de hacer la carrera y llegamos al castillo, varias personas molestas llegaron tras nosotros pidiendo llamar al rey; este se encontraba en una reunión con la corte viendo cómo utilizar de mejor forma el mineral y utilizar combinaciones nuevas del mismo, para que este fuera más fuerte y resistente. Tras oír los gritos de la gente, un soldado entró al palacio y, momentos después, salió Elton a recibir a la gente y sus quejas.

—¿Qué es lo que sucede? Estoy en una reunión importante —gritó Elton mientras se acercaba a la multitud enfurecida.

—Los niños están corriendo de nuevo en los tejados, han hecho daño a las estructuras —dijo un comerciante molesto.

—Sí, los tejados están en el suelo y pudieron haber herido gente; merecen un castigo —repuso una mujer.

—No se preocupen por los tejados, serán reparados y el suelo será limpiado. Mientras tanto, hagan llamar a Andariel y a Ermes, esos niños van a pagar caro por lo que hicieron.

Una vez que nos llamaron, nos pusieron frente a Elton y la gente que se había quejado fuera del palacio.

—Chicos, la gente se ha quejado de sus acciones impertinentes. Merecen un castigo y deben ofrecer una disculpa.

—Pero, padre, no sucedió nada; solo fueron unas tejas —dije con nerviosismo.

—Tejas o no, han hecho un alboroto y necesitan reponer lo que han dañado; no son constructores por lo que no los puedo poner a colocar las tejas, pero sí puedo hacerlos recoger todo el desastre que han causado y, después de eso, al cuarto de calentamiento a trabajar y a aprender de lo que es faenar de verdad. Ofrezcan disculpas.

—Lo sentimos —dijimos ambos al mismo tiempo.

—Que no vuelva a suceder —dijo otro señor.

—Soldados, hagan llamar a los constructores y que trabajen rápido en esos techos para que evitemos un problema en el próximo diluvio y tengan cómo cubrir el interior de los establecimientos —concluyó el rey.

II

En nuestra juventud Ermes y yo nos separamos un poco; mientras yo seguía entrenando mi Kronium y visitaba a nuestros amigos, él se encontraba centrado en cosas del castillo, tanto así, que se hizo amigo de Ostum, la cabeza principal de la corte. Él le enseñaba poco a poco cómo dirigir a la corte y cómo ser un soberano de acuerdo con su forma de ver el reino, ya que había servido a dos generaciones de monarcas, y había llegado hasta su puesto por lo inteligente que era.

Ostum llegó a la capital con tan solo dieciséis años de edad cuando Elton tenía treinta y cuatro años y Antonela veintidós, tiempo en el que mi hermano y yo todavía no nacíamos; en ese entonces el padre de Elton, Veritas, seguía vivo con setenta años de edad. Pocos años después pereció dejando así a mi padre al cargo del reino. Ostum llego de un territorio llamado Toxoc que se encontraba al norte del mundo; se caracterizaba por ser un lugar frío e inhóspito, y ahí se forjaban los guerreros más bravos y fuertes de todo Kraus.

Luchaban por la escasa comida que había y sobrevivían por medio de la caza y pesca.

Ostum llegó tras un viaje de dos meses, según la distancia entre reinos. Una vez llegó al territorio karzo, pidió asilo en la capital donde fue llevado como protegido y llegó al castillo en donde pidió ser trabajador del rey, quien en su tiempo no tenía corte. Veritas lo cobijó y aceptó como uno de sus criados, pero, tras un tiempo de trabajar para él, comenzó a apoyarlo y, al ver sus facultades y razonamientos pronto lo promovió a primer canciller de la corte. Tiempo después mi padre instauraría la corte, dando como resultado otras ocho personas en los puestos, dejando así una corte de nueve personas y a Ostum como la cabeza; personas que apoyarían al rey en las decisiones más difíciles acerca del reino.

Ostum era alguien complicado, era engreído, confiado y manipulador, sin embargo, se confiaba en él; era una persona muy cultivada, características que lo habían dejado en su posición actual. Era alto, con una barba de candado pronunciada, que le colgaba hasta el cuello, sus ojos eran verdes y poco expresivos, su nariz grande y triangular, siempre se mantenía en silencio y con un rostro serio todo el tiempo. Cuando podía hacía sus movimientos solo. Sacaba dinero y riquezas de los lugares y momentos menos pensados, pagando así fianzas de sus «protegidos», que eran los reveladores que necesitaba para mantener la calma en la ciudad. Descubrí que protegía a la gente que le servía, pero en qué lo hacía. Ermes, por otra parte, pasaba mucho tiempo con él; y yo en los ratos que podía escuchaba sus conversaciones para intentar aprender algo, ya que no me educaba.

—Tienes que ser mejor rey que tu padre, velar por la economía del reino y saber qué hacer con ese dinero que tiene guardado —decía Ostum.

—Pero mi padre ya es bastante bueno, y aprender es lo que hago para seguir sus pasos y volverme como él —respondía Ermes.

—Sus pasos no, debes ser mejor y para eso yo te voy a enseñar a ser mejor.

—¿Y cómo lo hago?

—Primero debes enseñarle que eres mejor defendiendo el reino. Por lo que sé, tienes los cuatro elementos a tu favor, así que puedes salir beneficiado en un duelo.

—¿Pero duelo a quién? El reino no ha sido invadido por varias décadas ya que tenemos una defensa muy eficaz, esa cascada…

—Eso no va a salvarnos de todas las invasiones y si los reinos entran en disputa debe haber alguien mejor en el trono; uno que sepa defendernos y haga algo más con la economía, que solo guardarla.

—Pero mi padre dice que tener guardado el mineral es lo más importante por si llega una guerra y con ella poder seguir abasteciendo la ciudad con las riquezas que se tienen guardadas.

—No habrá guerra, no si antes les declaras la guerra a los demás reyes y te haces de sus riquezas.

—Pero hacer una guerra por riqueza es algo que padre no haría, tenemos ya bastante aquí y no se necesita.

—Por eso te haré mejor rey que tu padre, él ya está viejo y su fuerza se cae con cada día que pasa, tú por el contrario sigues joven y tienes más fuerza, en un combate por el trono saldrías vencedor.

—¡Pero no quiero derrocarlo, quiero ganarme mi título de buena forma!

—Tu hermano también está en la lista y si llega una guerra y tu padre no puede defendernos, caerás y serás forzado a entregar tus riquezas a ese nuevo gobierno, dejándote así como una colonia a cargo de otro reino.

—Lo pensaré, Ostum, pero que quede entre nosotros.

—Lo que diga usted, mi rey.

—Todavía no soy rey, dime por mi nombre.

—Algún día lo serás y serás mejor que él, yo me encargaré de eso, Ermes.

En ese momento, por lo jóvenes que éramos no presté atención, y con el pasar del tiempo se me olvidó.

Las travesuras se convirtieron en celebraciones dentro de las tabernas y entrenamientos por mi parte, y enseñanzas más estrictas para Ermes; que eran dadas por Ostum con el que pasaba todo el día hasta el anochecer en su habitación.

La capital, para ese tiempo en el que nos habíamos hecho adultos, ya se encontraba más allá del río y varios poblados se habían establecido más allá de las faldas de la montaña hasta extenderse por las llanuras del territorio karzo.

Llegó una noche, en la que mi padre se encontraba en su estudio leyendo las nuevas propuestas de ley que se darían a conocer con nuevos impuestos que serían incrementados a la clase alta para poder apoyar a los poblados del reino para que crecieran más rápido. Entré a la habitación y lo llamé.

—Padre, necesito un poco de tiempo, si puedes otorgármelo. —Me arrodillé.

—Estoy ocupado hijo, hablemos cuando termine.

—No tendrás tiempo después, sé que irás con la corte a seguir planeando qué hacer con el territorio.

—¿Cómo sabes lo que voy a hacer? —preguntó Elton alzando la mirada y volteándome a ver.

—Escuché a Ostum hace unas horas estructurando el plan de la semana.

—Ese hombre siempre atento a todo, bueno dime, ¿qué necesitas? —dijo Elton parándose de la silla y encarándome.

—Quiero enlistarme en la Guardia Real para poder entrenar mejor y aprender a usar más mi Kronium.

—Si te enlistas perderás tu derecho a ser rey y se lo otorgarás a Ermes.

—No me interesa ser rey, lo que me importa es ser mejor y poder proteger esta nación que tanto tiempo ha sido defendida por nuestros antepasados y ahora nosotros.

—¿Estás seguro de lo que acabas de decir? Llegará un día en el que tenga que elegir a un heredero para el trono y tú puedes ser el siguiente.

—Vamos, padre, ambos sabemos que Ermes es el candidato perfecto, tiene cuatro elementos a su favor y es educado por Ostum; sabe mucho sobre el gobierno que tienes y el que tuvo tu padre antes de ti.

—Puede saber mucho sobre gobierno y Ostum puede estar ayudando a tu hermano, pero tú tienes dotes que él no y por eso podría elegirte a ti, saber mucho puede hacerte rey, mas no un buen soberano.

—¿Qué tengo yo que no tenga él?

—Tú tienes un pensamiento más crítico y estructurado, en momentos difíciles sabes sacarle brillo a las adversidades y, por sobre todo, tienes toda la experiencia y dotes que yo te he dado con todos estos años de reinado en los que te he educado para tomar mi puesto.

—No importa, no pelearé con mi hermano por el título.

—No vas a pelear con él, yo elegiré a uno en su tiempo, por lo tanto, entrar en la Guardia Real queda removido de tus posibilidades.

—Pero, padre, quiero y necesito entrenar más mis habilidades, tú no tienes tiempo y madre se encuentra ocupada atendiendo a los lores del reino.

—Mandaré una carta al coronel Atmios, haciéndole una petición para que te deje entrar con ellos a entrenar, pero no para formar parte del ejército.

—Muchas gracias, padre. Lo abracé.

—Se ve que estás decidido, Andariel, por eso haré todo lo posible porque mejores tus habilidades y ayudes a este reino de la forma que puedas.

Pasaron los días hasta que llegó una carta de respuesta a la que Elton había escrito. Por remitente estaba el coronel Atmios y de destinatario se encontraba mi nombre; impaciente entré a mi habitación sin que nadie más se diera cuenta y rompí el sello de la Guardia Real, abrí el sobre y leí la carta.

Cadete Andariel:

Se le felicita por solicitar su entrada en la Guardia Real, que con alegría se encuentra por recibirlo. Por indicación del rey Elton se le enlistará como cadete dentro de la organización sin recibir cargo alguno para que así pueda seguir teniendo la posibilidad de ser elegido el siguiente gobernante de Karzos y no perder la posición que tiene de prestigio.

Su alistamiento comenzará mañana al alba, si logra salir adelante en la primera prueba quedará aprobado para continuar su entrenamiento con nosotros, de lo contrario será declinado y no podrá volver a hacer su petición de nuevo por un año.

Ante lo ya mencionado se espera que pueda entrar en la academia sin problema gracias a los dotes y el entrenamiento que ya ha recibido por parte del rey. Estaremos muy interesados en las habilidades que pueda otorgar a este ejército y en las que le podamos obsequiar por medio de las prácticas internas.

Que el corazón de Karzo y la fuerza del pueblo estén con usted

Coronel Atmios

Por la desesperación de presentarme, la noche llegó con lentitud. La emoción por la respuesta me había dejado sin palabras ni aliento; había logrado obtener una carta de aceptación a la academia de la Guardia Real, donde no se podía entrar, no sin antes haber pasado por la policía capitalina, que entrenaba de forma laxa en comparación. Una vez que pasaban dos años dentro de la organización policial, podían solicitar la entrada al ejército de la Guardia Real. Si lograban pasar la primera prueba, que no era nada fácil, entraban y eran ascendidos a cadetes, sin importar que tan alto habían llegado en la policía.

Podía sentirlo; mi prueba sería compleja, me elegirían a un contrincante digno, adepto a mis capacidades y cualidades, si lograba derrotarlo sería enlistado, si me derrotaba tendría que esperar otro año y entrenar más duro por mi cuenta para lograr acceder a lo que tanto quería. Una vez llegó la noche bajé a la cocina del palacio en donde se encontraba Antonela dando órdenes a las criadas.

—Muy bien, Nadia, necesito que acabes la cena del rey y se la lleves a su oficina, se quedará trabajando hasta noche y no vendrá al comedor.

—Si, mi reina —respondió con una reverencia la criada.

—Y tú, Plabes, limpia la cocina una vez que Nadia termine de cocinar; debemos dejar todo limpio, tendremos una importante visita. No quiero que nada esté fuera de lugar.

—Si, mi reina.

—Oriandela, acomoda las sillas del comedor principal y saca otras ocho, limpia el suelo y sacude la mesa, cambia las velas de los candelabros y enciéndelas hasta mañana por la tarde, haz esto todos los días y limpia los candelabros hasta el momento en el que lleguen nuestras visitas.

—Sí, mi reina —contestó Oriandela.
Las tres comenzaron a trabajar a toda velocidad.

—Madre, tienes un momento —dije en voz baja para no interrumpirla, observando el movimiento de las sirvientas.

—Claro, hijo, ¿qué necesitas? —Volteó a verme.

—Me acaban de enlistar en la Guardia Real.

—Tu padre hace unos días me había comentado que iba a mandar una carta al coronel, por lo que me dices ya te llegó la respuesta. ¿Cuándo empieza tu prueba?

—Mañana al alba.

—Deberías estar descansando, las pruebas que hacen no son nada fáciles —dijo sorprendida.

—Es lo que he oído, ¿tienes alguna sugerencia?

—Descansa y da lo mejor de ti, no dejes que te quiten la espada e intenta tirársela a tu enemigo; si alguno de los dos es desarmado o se le coloca la espada al cuello sin que se pueda defender se dará por terminada la prueba.

—Gracias, madre, lo tendré en cuenta, ¿Sabes quién será mi contrincante?

—No, sin embargo, creo tener una ligera sospecha de quién es.

—¿Quién?

—Dorael, el hijo de Atmios. Ha sido entrenado como tu padre los ha entrenado a ustedes, pero, por lo que he escuchado, los entrenamientos de Atmios son implacables, tanto así que sin tener Kronium alguno, ha derrotado a gente con la habilidad.

—Por lo que veo me espera un rival complejo.

—Si tú en verdad quieres entrar, utilizarás todo lo que tienes en tus manos para lograrlo. Te deseo suerte, hijo.

—Muchas gracias, madre —respondí abrazándola y dirigiéndome a mi habitación.

Una vez dentro, me cambié y recosté sobre la cama para dormir.

2. CANCIÓN DE AMISTAD

I

LLegó el alba del día siguiente; desperté y fui a la bañera del castillo en donde tomé un baño de agua fría para despertarme; salí, me vestí y agarré la carta que me habían mandado. Solo faltaba media hora para llegar, lo suficiente para estar a tiempo. Salí del palacio y tomé un caballo que ya estaba preparado para partir. Me subí y corrí a galope a la academia que se encontraba a las faldas de la montaña. La calle estaba vacía; sin alma alguna que me impidiera llegar a tiempo, solo había uno que otro transeúnte que salía de alguna taberna y caminaba a su hogar. Cuando llegué me recibieron dos soldados que estaban esperándome.

—Príncipe Andariel, un gusto el recibirlo, ¿qué hace aquí? —preguntó uno de los soldados extendiendo su mano para ayudarme a bajar del corcel.

—Recibí una carta del coronel Atmios citándome para mi prueba —respondí.

—¿Trae alguna responsiva que lo compruebe?

—Si, aquí la tengo, toma —saqué la carta de mi pantalón y se la entregué, esperando a que terminara de leerla.

—Déjalo pasar al campo de entrenamiento, aquí dice que hoy tiene su prueba —dijo viendo al otro guardia.

—Mucha suerte, su majestad —replicó el otro soldado que apenas entraba y me guiaba por la academia.

—¿De casualidad sabes quién va a ser mi rival? —pregunté ansioso.

—No lo sé, su majestad, pero será un rival digno.

Al llegar al patio de entrenamiento el soldado se despidió para regresar a su puesto.

—Por ahora espere aquí mientras notificamos al coronel de su llegada.

—Muchas gracias, cadete, que tenga un buen día.

Los minutos pasaron hasta que llegaron dos personas que estaban del otro lado del patio. Por lo que pude divisar era el coronel y alguien más.

—Su majestad, qué bueno que llegó, lo estábamos esperando —saludó Atmios.

—Muchas gracias por la oportunidad —respondí.

—Por nada, por cierto, le presento a mi hijo, Dorael, será su prueba para el día de hoy.

—Mucho gusto —comenté cruzando miradas con él.

Dorael tenía todos los parecidos a su padre; el cabello corto casi al ras, ojos color caoba oscuro, estatura media, de tez morena, cabello quebrado, una barba de candado, nariz grande y redonda, cejas poco pobladas, y era musculoso.

—Un gusto conocerlo, príncipe —dijo mientras extendía la mano con una sonrisa en el rostro—. Espero que esté preparado para esto.

—Dime Andariel, príncipe es muy formal, ¿cuándo empezaremos la prueba?

—En unos minutos, solo déjeme llamar a los escuadrones que se encuentran en la academia para dar paso a la demostración —respondió Atmios.

El coronel sacó de su bolsillo un cuerno que sopló, haciéndolo sonar por todo el lugar. Con una velocidad incomprensible, cientos de soldados salieron al patio y se colocaron en filas con una mano en el pecho y la otra en la espalda.

—¡A sus órdenes, coronel! —gritaron al unísono una vez formados.

—Hoy vamos a presenciar la prueba de su majestad

el príncipe Andariel contra el comandante de fuerzas especiales Dorael; si pasa la prueba será bienvenido. Cadetes, formen un círculo y observen la pelea, les vendrá bien para practicar —gritó el coronel.

Los soldados despejaron las filas y comenzaron a hacer un círculo alrededor nuestro. Varios comentarios en voz baja surgieron de entre los cadetes que estaban a punto de presenciar el encuentro.

—¡No puede ser, el tigre de Karzos va a pelear con el hijo del rey! —dijo un soldado al frente de todos.

—Esta va a ser una pelea muy buena, por fin veremos si los entrenamientos del coronel son tan despiadados como dicen —habló otro.

—¡Traigan las espadas de madera! —gritó el coronel. —Mucha suerte, comandante, y que la fuerza del reino esté con usted.

—Gracias, coronel.

Atmios salió del círculo y se metió a su oficina para salir al balcón y poder observar mejor la pelea. Las espadas de madera fueron traídas por dos soldados; los cadetes se retiraron y nos acercamos Dorael y yo para darnos la mano.

—Que gane el mejor —dijo Dorael aún con la sonrisa en el rostro.

—Que gane el mejor —repetí tras de él.

Al terminar el saludo nos alejamos diez pasos y esperamos la señal del coronel que ya estaba en su terraza aguardando el momento correcto. El silencio reinó en el lugar por unos instantes, todo parecía estar en sigilo; ni la más mínima voz se escuchaba por ningún lado. Todos estaban pendientes al comienzo de la pelea y el resultado que tendría. Atmios levantó el cuerno y se lo puso en la boca, instantes después lo sonó dando así entrada a la prueba.

Dorael corrió en mi dirección, al estar cerca, saltó dando una pirueta en el aire y movió la espada hacia mí, chocándola contra la mía; el golpe casi tiró mi arma al suelo. Su fuerza y movimientos eran rápidos y fuertes, más de lo que estaba acostumbrado en los entrenamientos con mi padre. Retrocedí con un salto, dejando así un poco de distancia entre ambos y moví la espada entre mis manos para acostumbrarme al peso.

—¿Qué esperas, a que yo haga todos los movimientos? —preguntó Dorael mientras me volteaba a ver intentando leer mi pose.

—Solo me acostumbro a la pelea —le contesté.

—¡Pues no te acostumbres tan lento!

Al terminar de hablar se volvió a lanzar, moviendo la espada de un lado al otro. Si no leía rápido sus movimientos perdería la pelea en ese momento. Al cabo de un instante, vi la entrada que iba a hacer dando un corte transversal; tranquilo, defendí el golpe con ambas manos en la espada. Y respondí agachándome para intentar dar una patada a la pierna para desestabilizarlo, pero Dorael respondió rápido levantando la zanca y, como resultado, mi patada fue al aire.

—Con que vamos a pelear con más que espadas. —Sonrió Dorael.

—¡Daré todo lo que tenga para vencerte!

—Eso es lo que me gusta escuchar proviniendo del hijo del rey, veamos que tan bien te ha entrenado tu padre.

Me levanté y corrí en su dirección para dar un golpe, sin embargo, las armas volvieron a chocar. Cada movimiento que hacía con la espada era respondido con una defensa magistral; su entrenamiento por lo visto había sido muy duro, por lo que simples movimientos de ataque no servirían contra él. Tenía que pensar rápido en un contraataque para que no pudiera verlo y así poder terminar con la pelea.

La posición de Dorael no era común, tenía las piernas colocadas una frente a la otra y el torso recto, dejando al descubierto su pecho a todo momento. Por mi parte mi posición era diagonal con la espada de frente y el cuerpo detrás para lograr defenderme y no dejar que me golpeara. Su cuerpo no solo contenía una fuerza descomunal, también una gran velocidad comparada con la mía, que lo hacía casi imposible de contraatacar.

Tras varios movimientos y choques de armas pude ver una pequeña entrada. Retrocedí unos pasos para que la pelea cesara un momento, tras esto, volví a entrar corriendo. Dorael me recibió con un corte horizontal que evadí agachándome, no sin antes alzar la pierna y darle una patada en la cintura que hizo que este se desestabilizara y se tambaleara hacia un lado. Lo tenía, solo debía ser más rápido y ganarle en el momento menos esperado. Dorael recobró su postura y sonrió, sin pensarlo se abalanzó contra mí moviendo la espada con extrema velocidad que a tiempo defendí lo mejor que pude pero... no pude ver entre los ataques su pierna levantándose, pateándome en el pecho y levantándome por el aire y haciéndome caer al suelo.

—Yo también sé usar mi cuerpo, no creas que mi entrenamiento solo se ha basado en usar la espada. Regla número uno: un soldado siempre tiene que aprovechar lo que tiene en su control para ganar la pelea.

Dorael se volvió a abalanzar sobre mí mientras me reincorporaba chocando de nuevo las espadas.

—Regla número dos: un soldado siempre tiene que leer los movimientos de su contrincante y con base en eso lograr un ataque correcto.

Utilizó toda su fuerza para levantar mi espada y darme un golpe en el rostro.

—Regla número tres: un soldado siempre debe pelear hasta la muerte, no importa si su contrincante es más fuerte o grande, este deberá aprovechar su potencial y sacar provecho de lo que tiene.

El golpe fue contundente, por unos instantes mi vista se nubló y me tambaleé sin dirección alguna; debía concentrarme más en la batalla. Dorael pudo terminarla ahí, pero se quedó quieto esperando a que me recuperara.

—Regla número cuatro: jamás debes darle una ventaja a tu contrincante porque puede significar tu caída.

Al poco tiempo recobré la vista y me posicioné con la espada al frente y entré a atacar.

—¡Por lo que puedo ver tu padre te entrenó bien! —grité mientras movía la espada para atacarlo.

—Desde que era crío me adiestró todos los días. La academia ha sido mi hogar desde entonces. No ha habido un día en el que haya tenido descanso, tanto así, que he logrado mi puesto a sangre y sudor, puesto que nadie ha podido lograr más que yo.

—Pues hoy será el día en que gane tu puesto —contesté sonriendo y mirándolo a los ojos.

Ambos nos separamos saltando en dirección contraria en el mismo momento. El tiempo parecía infinito, ese instante de relajación pareció ser eterno.

—Sé que tienes el Kronium a tu favor, úsalo. —Sonrió Dorael ansioso por verlo.

—Te dejaría en desventaja si lo uso.

—No lo creo, he ganado a otras personas con el Kronium del aire y del fuego, no creo que contigo sea diferente.

—¡Tú lo pediste, Dorael, pelearé con todo lo que tengo!

Cerré los ojos unos instantes y me concentré en la espada, que en unos instantes se envolvió en un aura negra.

—Kronium del vacío, algo inusual, será un honor pelear contra ti.

—Veamos qué tan bueno eres ahora que lo estoy utilizando.

Las armas volvieron a chocar, esta vez mi fuerza se comparó con la de él, haciendo que se sorprendiera y entrara en una pose de defensa, que para mí fue bueno. Continué dando ataque tras ataque mientras él solo retrocedía ante cada paso que yo daba, mas esto solo fue un señuelo.

Dorael tomó ventaja de mis movimientos y contraatacó dando una maroma por el suelo y poniendo sus piernas entre mis pies intentando hacerme una llave y poder tirarme al suelo. Salté hacia atrás, Dorael lanzó la espada al aire y con sus manos se paró; una vez alzado su espada cayó de nuevo en su mano y sonrió.

—Esta pelea va a durar horas si no logramos hacer algo.

—Eso planeo hacer —contesté.

—No si antes yo lo hago.

Dorael hizo lo impensable, levantó los brazos y los extendió, dejándose al descubierto.

—¿Esa es tu táctica, quedarte abierto ante cualquier ataque?

Dorael no respondió, por lo que apreté la espada con ambas manos y ataqué; lo tenía en la posición perfecta para un golpe a la cabeza y terminar la pelea de una vez por todas. Salté por el aire y realicé un movimiento vertical para terminar la batalla; no obstante, Dorael se movió al instante agarrando mis manos con la que tenía vacía, haciéndolas a un lado y dándome una patada en el pecho de nuevo, tirándome al suelo.

—Ríndete, no puedes contra mí, hijo del rey, llevo tres golpes asestados, tú uno.

—Eso lo veremos, Dorael, todavía no pierdo.

—Lo harás, te haré verlo.

No tenía otra opción más que usar mi habilidad de Kronium y dejarlo desarmado. Me levanté del suelo y me coloqué como él, de frente, acto seguido alcé la otra mano en su dirección y lo alenté a que entrara; él sin más aceptó la invitación y corrió hacia mí blandiendo su arma.

—¡Aquí te va un ataque con todas mis fuerzas! — gritó Dorael.

—¡Te responderé de la misma forma! —respondí con adrenalina y éxtasis.

El movimiento de Dorael cayó de una manera incomprensible en dirección a mi rostro; con mi espada reflejé el ataque con toda mi fuerza atravesándola como si se tratara de mantequilla y regresándole el favor dándole una patada en el pecho. El rostro de Dorael palideció al ver como la espada de madera era partida a la mitad.

Mi patada no logro lanzarlo al aire, pero si desbalancearlo, acto seguido corrí hasta él y coloqué el filo en su cuello.

—Regla número cuatro: jamás debes darle una ventaja a tu contrincante porque puede significar tu caída — le repetí.

El cuerno volvió a sonar, la pelea había terminado; el coronel Atmios bajó de su oficina hasta llegar al patio. El círculo se abrió dejándolo pasar.

—Bien hecho, privado, está dentro.

—Muchas gracias por aceptarme, coronel —dije colocando mi mano en el pecho y la otra en la espalda.

—Descanse, privado, desde mañana entrará a la academia a entrenar como uno más.

Descansé los brazos, di media vuelta y me acerqué a Dorael, brindándole mi mano para que la estrechara.

—Gracias por darme la ventaja

—La siguiente no será así —respondió Dorael aceptando mi mano con una sonrisa—. Nunca había peleado contra un Vacío, estaré atento ante todos tus movimientos, entrenaré más fuerte. De ahora en adelante serás mi rival.

—Espero ser un buen rival.

—Lo has sido.

—Privado Andariel —habló Atmios.

—¿Qué sucede, mi coronel? —contesté volviendo a ponerme firme y con la pose del ejército.

—Desde mañana al alba queremos seguir viéndolo, entrenará bajo el mando de Dorael en el pelotón de fuerzas especiales, espero sea de su agrado.

—Lo es, coronel, muchas gracias por el puesto.

—Se lo ha ganado, muchacho, ahora salga de aquí que los pelotones necesitan entrenar y han descansado suficiente.

—Con mucho gusto, coronel, Dorael, te veré mañana.

—No olvides llegar a tiempo y que la fuerza del pueblo te acompañe —contestó Dorael.

Sin interrumpir más; salí de la academia en donde me estaban esperando otros caballos con mi padre encima y la corte a su lado. Este se bajó del corcel y me abrazó al ver mi sonrisa.

—Sabía que lo podías lograr, ahora sigue adelante y entrena para ser el mejor.

—Muchas gracias por darme la oportunidad, padre, no la desaprovecharé.

—Y dime, ¿quién fue tu contrincante? —me preguntó subiéndose a su animal.

—Dorael, el hijo del coronel.

—Debe haber sido una pelea muy difícil, por lo que sé, entrenó a su hijo desde pequeño.

—Así lo es, padre, fue una batalla épica, en la que si no hubiera usado mi Kronium hubiera perdido.

—Bien hecho, hijo, siempre utiliza todo lo que tengas a tu favor para ganar una pelea.

—Esa es una regla que mencionó Dorael en la batalla.

—Agradéceles a tus antepasados que las crearon, son las que nos rigen para tener un ejército tan bueno como el que tenemos.

Volvimos al palacio, donde nos abrieron la reja; una vez dentro bajamos de las monturas y entramos por la puerta. Me dirigí al patio para ver al cielo y poder recostarme en el pasto para recibir la luz del sol. Lo había logrado y quería descansar. Por otra parte, mi padre entró con su corte al salón del trono para seguir estructurando las nuevas leyes.

II

Los días fueron pasando y mis entrenamientos cada día fueron más rigurosos y extremos. Comencé practicando con los privados del pelotón, quienes peleaban casi con la misma fuerza y velocidad que Dorael; los entrenaba de la misma forma que lo había hecho su padre con él.

Se empezaba el día corriendo veinte vueltas al patio de entrenamiento, que era muy grande, tras esto, hacíamos cien lagartijas, sentadillas, abdominales y levantamientos, los cuales consistían en que un privado se acostara en el suelo y otro lo levantara con los brazos; posicionados en los brazos y las piernas; para hacer fuerza. Una vez que terminaba el calentamiento y nos encontrábamos todos agotados, comenzaban los combates uno a uno y uno a dos; esto para mejorar las habilidades de los privados en luchas solitarias y en equipo, logrando así que fueran los mejores de todo el ejército.

Ya que le había ganado al comandante Dorael, este arregló para mí siempre el dos contra uno.

—¡Si pudiste contra mí puedes contra dos de los privados! —gritaba Dorael mientras observaba la pelea.

—Ganarte fue pura suerte, si no hubiera usado mi Kronium me hubieras aplastado —le contesté mientras peleaba contra dos privados.

—No hay nada como suerte en la guerra, o eres bueno en lo que haces o mueres, ahora demuéstrame que eres igual de bueno que los demás sin usar tu Kronium. Con eso me harás ver que mereces tu puesto.

—¿No sería mejor empezar uno a uno? Lo digo para comenzar el entrenamiento de forma más fácil y después aumentarle la dificultad.

—No es posible, aquí todos aprenden a mi forma, si quieres un entrenamiento fácil ve a la academia de policía ahí te van a dar hasta descansos innecesarios. ¿Quieres ir a la academia de policía, privado?

—No, comandante.

—¿Estás seguro?, ¡ahí te atenderán como princesa!

—Sí, mi comandante, daré todo lo que tenga y pueda para ser un mejor privado y mejorar también a mis compañeros.

—¡Eso es lo que quiero oír, privado, ahora demuéstrame que puedes contra dos! —gritó Dorael sin apartar la mirada.

—¡Sí, comandante!

La pelea comenzó, nos dieron cuchillos de madera para no herirnos en el entrenamiento. Nos encontrábamos haciendo un triángulo en donde los privados contrincantes se quedaron estáticos y esperaron a que diera el primer paso. Como decía Dorael; debía leer al contrincante antes de hacer el primer movimiento para así lograr un contraataque efectivo y hacer que la batalla durara lo mínimo posible.

Así nos quedamos hasta que di el primer paso al frente moviendo el cuchillo de un lado al otro apuntando a mis contrincantes esperando a que uno de ellos diera el segundo, pero estos se quedaron quietos. No habría otra forma más que comenzar el ataque. Me adelanté hacia el privado a mi izquierda, quien retrocedió, provocando que el de la derecha entrara intentando clavar la daga en mi pecho, sin embargo, sujeté su mano con la mía desviando el ataque y colocando mi daga en su cuello. Uno se había salido ya, este retrocedió otro paso y se mostró indeciso, lo que pintaba bien para mí. Corrí a su encuentro y salté metiéndole una patada en el pecho con ambos pies; procedí a levantarme del suelo y corrí hasta él antes de que lograra reincorporarse y coloqué el filo en su nuca.

—Muy bien, privado, ¿ya ves como si puedes contra dos?

—Pensé que sería más difícil —conteste jadeando.

—Si puedes contra ellos dos, puedes contra cualquiera del pelotón, incluso si llegas a ser mejor, te pondré en un tres contra uno.

—¡Eso es imposible! Tres personas contra uno es demasiado, debería tener una velocidad descomunal para lograrlo y agarrarlos desprevenidos con un ataque que tire a uno y no me deje indefenso contra los otros dos.

—Yo entreno con tres personas —dijo Dorael cogiéndose la camisa y carcajeando—. Mi cuerpo da la imagen de ser muy pesado y tener movimientos lentos, pero gracias a que utilizo toda la velocidad que tengo en mi poder es como logro asestar golpes contundentes, lo viste el día de la prueba.

—Eso mismo pensé cuando te vi, que ibas a ser muy lento, pero me agarraste por sorpresa.

—No te fíes de nadie, privado, incluso si parece ser muy débil, puede ser muy ágil y habilidoso.

—Eso lo he aprendido de ti, Dorael, y lo tendré siempre en mente.

—Muy bien, privados, ha terminado el entrenamiento, los veré mañana.

—Gracias comandante, esperamos el día de mañana con ansia —dijimos todos al unísono.

Así fue como pasaron los días, semanas y meses dentro de la academia de la guardia real en donde, a cada día que pasaba, más fuerte y habilidoso me volvía, hasta el punto de lograr retar a tres personas.

El comandante me advirtió que no sería fácil, mas logré eliminar a mis objetivos con rapidez y eficacia; gracias a esto fui promovido a subcomandante del pelotón de fuerzas especiales. El equipo constaba de ciento cincuenta personas, las cuales eran las mejor entrenadas.

Al ganarme el puesto solo pasaron semanas antes de que el coronel Atmios nos llamara a su oficina con una noticia; al entrar en su oficina nos recibió sentado en su silla. Dorael golpeó la puerta del despacho.

—Pasen, por favor —habló el coronel.

—Coronel Atmios, ¿nos mandó llamar? —preguntó Dorael cerrando la puerta.

—Sí, pasen, les tengo una misión muy importante.

—¿Qué es lo que sucede, coronel?

—Como pueden saber, hay una reunión con los lores de Toxoc, quienes vendrán a la capital con un ejército pequeño; necesito que los reciban a la entrada de la ciudad con el pelotón de fuerzas especiales.

—¿No los puede recibir el ejercito normal? Son más y pueden tener más cobertura ante cualquier catástrofe —dije mientras me dirigía a la mesa.

—No es posible, el ejército se encuentra realizando un ejercicio de prueba en el que están viajando por todos los poblados para observar si se mantiene la paz, por lo tanto les será imposible estar aquí cuando lleguen los lores de Toxoc.

—¿Para cuándo necesita que hagamos el ejercicio, coronel? —preguntó Dorael.

—Para mañana por la tarde, hora en la que estarán llegando.

—Los recibiremos en el poblado a las faldas de la ciudad.

—Perfecto, espero que estén ahí treinta minutos antes, armados y listos para recibirlos. Eso es todo, pueden retirarse.

Nos despedimos del coronel y nos dirigimos al patio de la academia.

—Algo no me suena bien, ¿por qué moverían al ejército fuera de la capital para hacer un ejercicio? —pregunté a Dorael mientras caminábamos hacia el pelotón de fuerzas especiales.

—Mi padre debe tener sus motivos, es posible que esperaren cerca de la frontera para observar la visita de los lores y que no haya una invasión mientras se acomodan dentro de la capital. Por lo tanto, si los ven ahí y piden información sobre el ejército, responderán con el ejercicio que mi padre los ha enviado a hacer.

—Espero que tu padre tenga razón y solo se haga un ejercicio y no entremos en una guerra; por lo que he estudiado sobre la gente de Toxoc, es muy violenta; podrían luchar contra el ejército sin problema y agarrarnos desprevenidos, ganando las batallas.

—No te preocupes, para eso estaremos nosotros aquí, para defender la capital en caso de que algo suceda en los poblados aledaños.

—Solo somos ciento cincuenta.

—Los necesarios para lograr defenderla, tenemos el cauce a nuestro favor y entrar en la capital no les va a facilitar, aparte de que tendremos a los lores encerrados aquí y podremos solicitar una audiencia con su rey para liberarlos a cambio de que se alejen de nuestras tierras.

—Al igual que tu padre, tienes todo planeado, Dorael.

—Por algo me educó en tácticas de guerra y en ser un soldado de la Guardia Real.

Al llegar con el pelotón, Dorael con una orden hizo que se formaran en filas saludando con la pose del ejército.

—Muy bien, privados, nos toca una tarea muy importante mañana. Recibiremos a los lores de la capital de Toxoc mañana por la tarde, por lo tanto, los quiero una hora antes fuera del poblado de la capital para recibirlos con banderas y estandartes de la nación.

—Sí, mi comandante —gritaron todos al unísono.

—¿A qué hora los necesito, soldados?

—Una hora antes del atardecer, comandante.

—Bien hecho, privados, rompan filas, vayan a sus hogares y descansen, mañana nos veremos al alba para el entrenamiento y se irán después, una vez sea la hora los espero en el punto indicado. Pueden retirarse.

Las filas se disolvieron y los privados caminaron hacia la salida.

—Te dejo, Andariel, tengo que ir con mi padre a platicar sobre algunos asuntos importantes.

—No te preocupes, Dorael, yo igual voy de salida, un gusto haber entrenado hoy contigo.

Nos despedimos y salí de la academia no sin antes encontrarme con alguien en la entrada. Era Jenn, quien llevaba un uniforme del ejército, pero con colores azulados; los colores del ejercito solían ser grises o negros, por lo que se me hizo raro que estuviera ahí.

—¡Jenn, tanto tiempo sin verte! ¿Qué haces aquí?

—Hola, Andariel, demasiado tiempo sin vernos, ¿qué haces tú aquí?

—Yo pregunté primero, mujer; estoy entrenando bajo el mando del comandante Dorael.

—Pero ¿cómo entraste?, una persona de linaje real no puede formar parte de la Guardia Real.

—Mi padre mandó una carta pidiendo que no se me diera título y me dejaran entrenar con ellos.

—Vaya, qué fácil fue tu entrada.

—No fue así, tuve que pasar por la prueba que todos tienen que pasar.

—¿Prueba? Yo no hice ninguna prueba.

—¿Qué puesto tienes aquí? Que no he visto ese uniforme en ningún lugar.

—Soy maestra de inteligencia del ejército, planeo los movimientos de los efectivos para tener una mejor defensa en el reino. Debo agradecerles a mis padres por el puesto, desde pequeña vieron que tenía una gran capacidad en mi inteligencia y, en vez de meterme en sus puestos y negocios; decidieron aportar un apoyo al reino entrenándome para este puesto. Por cierto, no te respondí, vengo a una junta con el coronel Atmios sobre lo que sucederá en la capital mientras el ejército se encuentra fuera.

—No sabía que tuvieras ese puesto en la guardia, me da mucho gusto saber que una vieja amiga está en el mismo lugar.

—También lo están Lucas y Frederick.

—No los he visto por ningún lado.

—Ellos forman parte del ejército común y, como tú formas parte de las fuerzas especiales, entrenan en distintos lugares y a diferentes horas. Por lo que sé, a Dorael le gusta tener el patio para él solo, por lo que elige sus entrenamientos a primera hora. Por lo tanto, mientras tú entrenas, Frederick y Lucas todavía se encuentran en sus hogares apenas desayunando.

—Y cuando salgo…

—Es cuando empiezan a entrar, mas ellos practican en las llanuras fuera de la capital.

—¿Sabes hace cuánto salieron a hacer el ejercicio?

—Desde hace dos semanas, tiempo suficiente para que llegaran a las fronteras.

—Con razón he visto la academia más vacía que nunca.

Un soldado se acercó a Jenn y le susurró algo al oído.

—Estoy a punto de llegar tarde, así que te pido disculpas, me retiro.

—Un gusto verte, Jenn.

—El gusto fue mío, te visitaré pronto en tus entrenamientos.

Tras despedirme de Jenn tomé mi caballo y salí de la academia en dirección a las llanuras que Jenn me había mencionado. Quería ver por mis propios ojos el lugar donde entrenaban Frederick y Lucas. Al llegar, pude ver un pelotón entrenando tácticas de ataque con cuchillos. Los cadetes peleaban uno contra uno chocando los cuchillos de madera o bien lanzándose unos contra otros, intentando así lograr un terminar el entrenamiento. Por otra parte, otro grupo se encontraba practicando con la espada contra muñecos para mejorar sus movimientos; varios de ellos tenían un escudo con el que empujaban al muñeco al suelo y clavaban su espada en el cuello. Pronto me di cuenta de que sus entrenamientos eran un poco más laxos, pero más duraderos para así lograr que los cadetes tuvieran más aguante en una guerra prolongada. Al llegar el atardecer los soldados concluyeron y regresaron a sus caballos para así retornar a sus hogares. Al ver esto, cogí de igual forma mi corcel y regresé al palacio en donde me estaba esperando mi padre a la entrada.

—Muchacho, mira a qué hora regresas; te he estado esperando por un buen rato —dijo Elton.

—Lo siento, padre, fui a las llanuras a inspeccionar el entrenamiento del ejército.

—Vaya que te tardaste, esperaste a que terminaran, me imagino.

—Sí, padre, por cierto, ¿de qué quieres hablar?

—Van a venir los lores de Toxoc a la ciudad y necesito que los recibas con nosotros a la entrada del reino.

—Me lo comentó el coronel Atmios hace unas horas; estaré con el pelotón de fuerzas especiales esperándolos a la entrada.

—Perfecto, estaremos ahí contigo veinte minutos antes de que llegue el atardecer. Te compré un nuevo traje, que usarás para recibirlos; lo dejé en tu habitación listo para que te lo pongas mañana una vez que termines el entrenamiento.

—Muchas gracias, padre, pero no necesitabas comprarme algo, con los uniformes y la ropa que ya tengo bastan.

—Claro que no, muchacho, este uniforme es especial, tallado a tu medida y azul, servirá para demostrar a los lores de Toxoc que los recibimos con cordialidad.

—¿Un blanco o un negro que ya tengo no darían el mismo resultado?

—No, hijo, para el pueblo de Toxoc esos colores significan que nos encontramos en una posición de guerra y el azul para ellos significa paz, ya que el agua les recuerda eso. Sabes que lo único que hacen es cazar, pescar, coger y pelear, por lo tanto, cuando pescan es el único momento en el que están tranquilos.

—Está bien, padre, me probaré el traje hoy en la noche para ver cómo me queda.

—¡Ese es mi hijo! Te dejo; tengo que regresar con tu madre para ver el banquete que se les va a dar a los invitados.

—Gracias, padre, que todo vaya bien.

—Ya ves cómo es tu madre, siempre quiere todo perfecto para cuando tenemos invitados.

La noche llegó y me escurrí por los pasillos del palacio en donde pasé por la recamara de mi hermano, en la cual se encontraban Ostum y él charlando. Me detuve a escuchar desde fuera.

—Va a venir gente de tu pueblo, Ostum. ¿No estás contento por verlos de nuevo?

—No, su majestad, por algo me fui de ese lugar tan despreciable, son gente que solo sabe pelear y nunca descansa.

—Pero vendrán en son de paz, por lo que podrás estar sin ellos sin problema alguno.

—Siempre hay problemas con esa gente, ya lo verá.

—Creo que estás premeditando las cosas.

—No es así, su majestad, yo los conozco, he vivido con ellos y no son gente de fiar.

—¿Por qué lo dices?

—Experiencia.

—Anda, no pueden ser tan malos.

—Lo son, su majestad, le imploro que no los deje entrar en el castillo —comentó Ostum con una voz nerviosa que nunca había escuchado.

—Sabes que no puedo hacer eso, ¿por qué no se lo comentaste a mi padre?

-—Lo he hecho, su majestad, pero no hace caso, quiere invitar a los lobos a su casa y cuando se dé cuenta de que ha hecho mal, será demasiado tarde.

—¿Qué te sucede, Ostum, te muestras nervioso?

—Lo estoy, su majestad, tengo la ligera sospecha que no solo vienen a ver el reino y a hacer pactos con el rey, vienen por usted.

—¿Por mí, por qué lo harían?

—Para fortalecer las relaciones con Karzos y tener un allegado con el Kronium para que puedan dispersarlo en su población.

—No suena tan mal; me podría casar con la hija de algún lord o el rey de allá y seguir rigiendo aquí.

—Así no es como son las cosas, su majestad, van a pedir que se vaya para allá, así son las costumbres de Toxoc: siempre debe de haber un hombre a cargo en esa nación.

—Te podría llevar conmigo para que me siguieras apoyando como la corte de aquí; sé que eres el mejor y mi hermano tendría a los otros ocho que quedan para apoyarlo.

Ostum tartamudeó un poco y se quedó en silencio.

—Su... su majestad, yo no pu...pueedo regresar a esa nación, no me haga regresar —imploró Ostum.

—¿Qué sucede, Ostum, qué hiciste?

—Algo por lo que no puedo regresar.

—¿Crees que sucederá algo si te ven aquí?

—No lo sé, su majestad.

—Por eso no quieres que vengan, es probable que vengan por ti.

—¡Silencio, no voy a volver a ese lugar! —gritó Ostum.

—Tranquilízate, mi padre no te dará a ellos para que te lleven, eres el mejor en lo que haces en este reino.

—No puede dejarlos entrar.

—Esto no es por mí, es por ti, Ostum, a mí no me importaría ir a ese lugar, pero a ti… dime qué hiciste.

El silencio reinó unos segundos en la habitación; se podía sentir la intensidad del momento, observé por el hueco de la puerta sin ser visto y pude observar a Ostum dando vueltas y limpiándose el sudor del rostro con las mangas de su vestimenta, y se secaba las manos en el pantalón; algo estaba mal y pronto lo sabría. Ostum se acercó a Ermes y le susurró algo al oído, no lo pude escuchar, pero por el rostro de Ermes supe que era algo malo. Tras ver esto, me alejé de la habitación en silencio y fui a ver a Elton para contarle lo que estaba sucediendo.

—Padre, ¿tienes un momento para hablar?

—Si, hijo, dime, ¿qué sucede?

—¿Por alguna casualidad Ostum intentó impedir que los lores de Toxoc vinieran?

—Si, esto fue hace dos meses cuando llegó una carta de su reino, ¿por qué la pregunta?

—Creo que Ostum está involucrado en algo que puede ser contraproducente para el reino.

—¿A qué te refieres, hijo?

—Escuché a Ostum y a Ermes hablar fuera de su habitación, padre.

—Sabes que eso no se debe hacer.

—Lo sé, pero Ostum parece estar muy preocupado, algo hizo en Toxoc para que tuviera que viajar hasta aquí.

—Qué raro, según tu abuelo vino de Toxoc porque sus habilidades no eran bien tratadas por sus compatriotas.

—No, padre, hizo algo mal y creo que lo están buscando por eso.

—¿Cómo puedes decir eso? Ostum es un miembro conocido y aplaudido por el reino; sus actos han apoyado a que esta nación sea mejor, me ha ayudado a instaurar nuevas reformas para ayudar a nuestros poblados a crecer.

—Pero, padre...

—No quiero escuchar otra palabra proveniente de tu boca acerca de esto; es posible que Ostum este nervioso por ver a sus compatriotas, eso es todo.

—Padre, escúchame, es en serio.

—No quiero escuchar más, espero esto sea una broma.

—Si no me crees habla con Ermes al respecto, él sabe sobre esto.

—Tomaré tu palabra y hablaré con él ahora mismo. ¡Guardia! —gritó mi padre por toda la sala

—Sí, mi rey —respondió un guardia que se encontraba fuera de la habitación, haciendo el saludo una vez dentro.

—Hágame el favor de traer a mi hijo Ermes, se encuentra en su alcoba; dígale que necesito hablar con urgencia con él.

—En seguida, su majestad —gritó el soldado y salió corriendo de la habitación en dirección a las escaleras.

—Quédate aquí, hijo, quiero corroborar que lo que dijiste es cierto.

—Claro, padre, estaré esperando.

Momentos más tarde llegó Ermes en compañía de Ostum, que se notaba serio como siempre.

—¿Para qué nos convocaste, padre? Estábamos estudiando las guerras pasadas —dijo Ermes.

—Necesito saber algo: tú hermano, Andariel, me dijo que escuchó algo en tu habitación y necesito saber si esto es cierto.

Los ojos de Ostum se tornaron agresivos hacia mí, al parecer había escuchado algo que él no quería llegara a los oídos de Elton.

—Dime, hijo, ¿es cierto que Ostum te dijo el por qué se había largado de su reino?

—No, padre, Ostum solo me explicó que sus compatriotas podrían ser un poco obstinados y que tenerlos aquí podría ser algo más contraproducente que beneficioso.

—¿Es cierto esto, Ostum?

—Sí, mi señor, usted sabe cómo pueden ser las personas de mi reino, luchadores y personas que primero pelean antes que escuchar los razonamientos, por eso quise impedirle que vinieran.

—No te preocupes por eso, tenemos una pequeña parte del ejercito aquí y en conjunto a las fuerzas especiales nos podremos defender bien si sucede algo dentro de la capital.

—Hijo, pide una disculpa a Ermes y a Ostum por mentir.

—Pero, padre, lo que te dije es cierto.

—¡Silencio! Acabamos de corroborar lo que estaban diciendo y he aquí sus respuestas.

—No voy a disculparme por algo que oí—. Señalé a Ostum.

—¡Deja de ser tan obstinado y pide una disculpa en nombre del rey!

—Lo siento —respondí a regañadientes.

Por lo que pude observar, la mirada de Ostum no cambió para nada; estaba ocultando algo, debía investigarlo lo antes posible antes que lo peor sucediera. Solo tendría unas horas para lograr adivinar qué era lo que estaba sucediendo y así, llegar a formular un plan para apoyar a mi padre y solucionar el problema emergente si algo salía mal.

Salí del cuarto del trono lo más rápido que pude y me dirigí hacia la academia de la Guardia Real esperando encontrarme con Atmios o Dorael todavía. Una vez ahí, me bajé del animal y corrí hasta la entrada que se encontraba cerrada. Los dos soldados que estaban de guardia me abordaron sin pensarlo dos veces.

—Privado Andariel, nos sorprende con su visita a esta hora, ¿qué hace aquí?

—Necesito hablar con el coronel Atmios o el comandante Dorael, ¡es urgente!

—Salieron hace media hora, no podrá encontrarlos hasta mañana por la mañana.

—¡Maldición! ¿hay alguien más dentro con quién pueda comunicarme?

—Pues, la joven Jenn se encuentra en la biblioteca todavía, no sé si quiera hablarle.

—Con ella basta, por favor, ábranme la puerta y encamínenme a donde se encuentra.

—Con gusto, privado, se dirigirá por el pasillo de la derecha hasta tocar pared, una vez ahí suba las escaleras hasta el último piso. Toque antes de entrar.

—Muchas gracias, cadete, los volveré a ver en unos minutos.

Corrí por el pasillo hasta encontrarme con las escaleras, subí en zancadas para llegar lo más rápido posible; una vez estuve frente a la puerta la toqué tres veces. El silencio reinó en el lugar, por lo que esperé unos momentos, y volví a tocar. A lo lejos pude escuchar a Jenn decir: «Ya voy, ya voy, espérenme un momento». La cerradura de la puerta sonó y se abrió.

—Andariel, ¿qué haces aquí?

—No hay tiempo de charlas, necesitamos hablar algo urgente, es importante para el día de mañana.

—Sí, dime, ¿qué sucede?

—Ostum.

—¿Qué hay con él, algún problema?

—Creo que hizo algo erróneo en su reino antes de venir para acá y que aparte de la reunión que van a tener con padre vienen por él.

—Eso no es posible, según los tratados firmados por los primeros cinco reyes, una vez que alguien cruza a otra nación, este deja de ser fugitivo ante varios delitos.

—¿Cuáles delitos?

—Robo, violación, fraude y secuestro. Para Toxoc homicidio entra en la categoría de delitos menores a menos que se haya hecho a una persona importante.

—Necesito que me hagas un favor. Mañana por la mañana no podré venir a los entrenamientos por este problema, necesito que hables con Dorael y le pidas que mande al escuadrón de fuerzas especiales al palacio como un ejercicio de protección al Rey.

—Estás un poco paranoico, Andariel, ¿seguro que estás bien?

—No estoy paranoico, escuché a Ostum hablar con Ermes en su habitación, Ostum se mostró nervioso ante la idea de regresar a su nación.

—Pero eso puede ser porque no le gusta estar allá.

—No entiendes, Ostum dijo que había hecho algo por lo que no podía regresar, debió de hacer algún delito y por eso lo han de buscar.

—Puede que solo vengan a ver al rey y a hacer un trato.

—Pero si no es así, la vida de mi padre y toda la familia real correrá peligro, te pido por favor que hagas lo que te pido y hables con Dorael pidiéndole que vaya al palacio.

—Está bien, está bien, lo haré, le diré que será un ejercicio para ver qué tan rápido pueden responder sus tropas a un problema dentro del palacio.

—Muchas gracias, Jenn, no olvidaré esto.

—Me debes una, Andariel, y espero sea pagada de buena manera.

—Te daré lo que quieras si haces esto por mí.

—Lo pensaré, hijo del rey, ahora vete que tengo que

seguir estudiando las guerras pasadas para saber cómo derrotar a un ejército sin la necesidad de utilizar el cauce, ya que le tenemos mucha confianza a este y puede que un día no nos salve.

—Está bien, te dejo, gracias por la ayuda.

—No tienes porqué mencionarlo.

Salí de la biblioteca y cerré la puerta tras de mí. Ahora solo le tocaba a Jenn hacer su trabajo y hablar con Atmios y Dorael para defender el palacio mañana al atardecer si algo se suscitaba.

Regresé al palacio tarde por la noche cuando todos se encontraban ya dormidos. Entré a la cocina para agarrar un bocadillo y tuve que pasar por el cuarto del trono y me encontré a Ostum sentado en él.

—Buenas noches, Ostum —le dije y me intenté escabullir a mi habitación.

—Su majestad Andariel, ¿tiene un momento? —me dijo mientras se levantaba del trono y bajaba las escaleras en mi dirección.

—¿Qué sucede, Ostum?

—No puede ir por el castillo escuchando las conversaciones de otros.

—Entonces lo que escuché es verdad. Algo hiciste y eso de seguro nos va a costar algo.

—Para nada, joven Andariel, solo estaba un poco nervioso porque veré a mis compatriotas, hace mucho que no los veo.

—Déjate de cuentos tontos, ambos sabemos que algo estás ocultando, se lo dijiste a Ermes en secreto; quién sabe qué otras cosas le has metido a la cabeza para que prefiera defenderte a ti en vez de contarle la verdad al rey.

—Es algo complicado—. Ostum se estaba acercando cada vez más a mí y, una vez junto a mí, metió su mano en un bolsillo.

—¿Qué harás ahora, manchar tu posición privilegiada solo por escuchar tus más oscuros secretos?

—Yo que tú andaría con cuidado, muchacho.

—¿A dónde se fue tu lenguaje refinado? Sé que tramas algo como siempre lo haces, esta vez no lo lograrás.

—¿Acaso quieres ver cómo si lo hago? —Pude ver como apretaba algo en su bolsillo e intentaba sacarlo.

—¿Quién está ahí? —gritó mi madre bajando las escaleras y entrando al salón del trono.

—Solo somos el joven Andariel y yo, su majestad, estábamos charlando.

—Andariel, mira la hora en la que llegas, deberías estar ya en cama descansando por tu entrenamiento de mañana.

—Sí, madre, en unos momentos subiré a mi recámara.

—Que tengan buena noche ambos.

—Muchas gracias, su majestad —alzó la voz Ostum mientras mi madre volvía a subir las escaleras—. Al parecer tendré que esperar para hacer mi jugada, muchacho.

—La estaré esperando con ansias.

—Que tengas buenos sueños, Andariel.

No le respondí, me di la media vuelta y me encaminé a las escaleras. Por primera vez pude sentirlo; no podía confiar en Ostum, si este le hubiera sido honesto a mi padre y contado lo que en realidad estaba sucediendo le seguiría creyendo, pero ya no más. Debía detener lo que estaba sucediendo antes de que lo peor sucediera.

Entré a mi alcoba y cerré la puerta trabando una silla de madera en el picaporte para que nada ni nadie pudiese entrar, debía ser más cuidadoso ahora; algo dentro de mí sospechaba lo que estaría tramando. Me cambié las ropas que traía, no sin antes ver el traje que mi padre había comprado; se veía hermoso. Era de un color azul marino con parecido al uniforme del ejército, la única diferencia es que tenía la parte del cuello más grande y alta y de ambos lados del rostro terminaba en puntas; me lo probé para ver qué tal me veía y con esto pude ver lo que mi padre decía, me quedaba a la perfección y se veía muy elegante también.

Me quité el traje y me recosté en la cama donde solo pude dormitar en la noche, esperando a que algo sucediera.

III

asada la medianoche me desperté de golpe abriendo los ojos por unos sonidos que provenían de la puerta; alguien estaba intentando entrar, los empujones para abrirla fueron débiles para no hacer tanto ruido, por lo que no movieron la silla que estaba atrancándola.

No podía quitar la silla y abrir la puerta, no sabía cuántas personas se encontraban fuera de mi habitación, y abrir para actuar con valentía podría ser contraproducente. Esperé y esperé hasta que los sonidos cesaron. Me volví a recostar y cerré los ojos, por alguna extraña razón sentía que había sobrevivido a la noche, pero las siguientes podrían ser peores.

Una hora antes del alba fui tocado en mi puerta por alguien.

—Su majestad Andariel, es la hora de despertar, tiene su entrenamiento en la academia.

Nunca había pedido a ningún soldado que me despertara, por lo que se me hizo raro. Estaría Ostum tramando algo... No podía saberlo hasta abrir la puerta. Tras esta se encontraba un cadete que nunca había visto dentro del castillo; este me volteo a ver y me sonrió. El soldado tenía los ojos verdes, la barbilla partida y una nariz grande y triangular.

—¿Quién eres tú? Nunca te he visto por aquí —pregunté mirándolo a los ojos.

—Oh, soy nuevo en la guardia del palacio, me asignaron ayer en la noche para cuidar las plantas altas.

—Ah, mira, dime entonces, si eres nuevo, ¿cómo sabes que tengo entrenamiento al alba?

El cadete se puso nervioso y desvió la mirada por unos segundos.

—Pues sus hazañas recorren todo el ejército, como venció al comandante de fuerzas especiales y ha tomado el puesto de subcomandante del pelotón.

—No pensé nunca que los soldados fueran tan chismosos.

—De algo tenemos que hablar, su majestad.

—Ya veo, muchas gracias por avisarme.

Cerré la puerta de la habitación tras de mí y bajé a la cocina en donde me encontré a Nadia.

—Muy buenos días, su majestad, ¿se encuentra preparándose para su entrenamiento del día de hoy?

—No iré, Nadia, necesito hacerme cargo de otros asuntos más importantes.

—¿Y cuáles son esos asuntos, su majestad Andariel?

—Son privados, oye, Nadia, ¿sabes de algún cambio de rutina en los cadetes del palacio, sabes si los han cambiado?

—Para nada, su majestad, deberían seguir los mismos, su padre el rey ha indicado que los que están de guardia aquí deben ser los mejores, por lo que entiendo son los mismos.

—Nadia, necesito que me hagas un favor, te pagaré bien por ello.

—¿Qué necesita que haga por usted, mi señor?

—Necesito que veas a dónde va y con quién habla Ostum; llegaré en unas horas.

—Pero, señor, no se me permite salir de la cocina.

—Yo te doy permiso de hacerlo, los lores de Toxoc llegarán al atardecer, por lo tanto no se necesita que estés aquí todo el tiempo, una vez que regrese puedes volver a tus actividades normales, mientras, investígame lo que hace.

—Está bien, mi señor, haré todo lo que pueda para saber qué hace.

—Muchas gracias, mientras tanto prepárame unos huevos con carne.

—Sí, mi señor, ¿los gusta con salsa o solos?

—Solos están bien, no quiero ponerte a hacer trabajo de más.

Terminé de desayunar, salí de la cocina y regresé a mi habitación para vestirme. Para mi sorpresa, la puerta de mi habitación se encontraba entreabierta y el cadete que había visto hace unos momentos había desaparecido. Entré a mi habitación y me puse a buscar por algo que hubiera dejado en algún lugar. Entre las sábanas encontré una aguja clavada en la cama; con cuidado la saqué y lamí un poco para saber si tenía algo. Un sabor amargo recorrió mi lengua, tenía veneno listo y preparado para cuando me acostara esa noche. Escupí el veneno y guardé la aguja en el pantalón que usaría para el día de hoy; si todo salía bien no habría más trampas en la noche más que esa. Me vestí escogiendo un uniforme de la Guardia Real y salí a la calle en busca de mi caballo. Todo estaba tranquilo, me subí al equino y esperé por el guardia de la entrada a que abriera la reja del palacio, este la abrió de par en par, dejándome salir al galope en dirección a la tienda de hierbas y pociones que se encontraba fuera de la montaña en el poblado. Llegué a la entrada donde pedí que bajaran la puerta elevadiza; esta no se abría hasta dentro de unos minutos. Los guardias hicieron caso y bajaron la puerta. Corrí con el animal hasta llegar a la tienda, una vez ahí desmonté fuera de la entrada y lo amarré en el barandal de la tienda. Toqué la puerta y me recibió el dueño.

—Su majestad, pase, dígame qué necesita.

—Saber a quién le has vendido veneno de Alzamorra y cuándo lo hiciste

—Si no mal recuerdo, ayer por la noche vino un cadete a pedirme un poco para matar unas ratas que se encontraban en su casa.

—¿Cuánto le diste?

—Un frasco pequeño, la dosis normal.

—¿Cómo era el soldado?

—No recuerdo muy bien, solo que su nariz era grande y triangular.

—Con eso me basta, muchas gracias por el apoyo, toma esto como recompensa. Saqué una bolsa con cincuenta Karzos de plata y se la dejé en la barra.

—¿No va a querer comprar algo en vez de solo darme el dinero, su majestad?

—Déjalo así, lo único que te pido es que si vienen a preguntar si vine, diles que no he pasado por aquí.

—Como usted diga, mi señor.

Salí de la tienda y desamarre al corcel, una vez arriba de él, galopé de nuevo dentro de la capital y me dirigí a la casa Hista en busca de Jenn, quien por suerte todavía se encontraría ahí. Dos soldados me recibieron fuera de la casa.

—¿Nombre y motivo por el cual viene? —preguntó uno de los guardias mientras ambos ponían sus lanzas cruzando la puerta de entrada.

—Vengo a ver a Jenn Hista, es urgente.

—Un momento por favor—. El soldado golpeó la puerta tres veces, a lo que salió un mayordomo; el guardia susurró algo a su oído y este volvió a cerrar la puerta.

—Espere unos momentos, se le está llamando a quien busca.

Jenn abrió la ventana de su habitación que daba a la calle.

—Andariel, en un momento bajo, ya casi iba de salida a la academia

—Necesito un momento contigo.

—Claro, pasa, soldados ábranle la puerta —gritó Jenn.

Los soldados se separaron de la puerta y uno de ellos la abrió.

La casa Hista era enorme; un poco más grande que el palacio. Fui movido a la sala de reuniones que estaba adornada por ventanales del tamaño de la pared; tras estos se encontraba un gran jardín lleno de árboles frutales que eran regados por los sirvientes. Jenn bajó cuatro pisos por las escaleras hasta llegar a donde me encontraba.

—Andariel, apenas voy de salida para la academia, ¿qué es lo que necesitas? Todavía no hablo con Atmios ni Dorael.

—Es acerca de otra cosa, hoy en la mañana me fue a despertar un guardia que nunca había visto dentro del castillo, ningún guardia lo hace.

—Pues debió haber sido advertido por tus padres para que te despertaras a tiempo.

—No lo creo, padre y madre nunca hacen eso, aparte de que me encontré esto en mi cama. Saqué de mi bolsillo la aguja y se la mostré.

—Es solo una aguja.

—La lamí hace horas, tiene veneno de Alzamorra.

—Eso es para matar plagas, pero en cantidades considerables puede matar hasta a un ser humano.

—Por eso fui a la tienda de pociones y hablé con el dueño, me dijo que la noche anterior había ido un guardia a pedirla, con las mismas características faciales del que me despertó hoy por la mañana.

—¿Crees que tiene que ver con lo que me pediste ayer por la noche?

—Si, Ostum tiene gente incluso dentro de la Guardia Real, creo que hacen el trabajo sucio por él, los llama sus protegidos y nunca han atrapado a uno de ellos con las manos en la masa. Antes me fiaba de él y de lo que hacía, ahora no confío.

—Si lo que me dices es cierto, entonces debemos decirle a Omar para que nos apoye con la policía para investigarlo.

—No podemos hacer eso, Ostum está tan enredado en este reinado que puede tener personas dentro de la policía poniendo a la casa Harmin y a tu casa en peligro.

—Debemos hacer algo entonces, atraparlo con las manos de alguna forma.

—No será fácil, tiene a Ermes de su lado, lo ha protegido cuando le dije a padre lo que sucedía.

—Tu hermano puede cambiar de opinión y decir la verdad.

—No creo que lo haga, ha pasado años al lado de Ostum, aprendiendo de él y de sus maniobras, incluso llego a creer que lo ha acobijado como uno de sus protegidos para que haga su mandato.

—Ermes nunca haría eso, es tu hermano y hemos sido amigos desde que éramos niños, tienes que entrar en razón, es tu hermano, jamás traicionaría a la familia real por una persona de otro reino, quien forma parte de la corte y hace cosas de dudosa acción por toda la capital.

—Quiero creer en mi hermano, pero este ya no es el mismo, protegió a Ostum en vez de decirle la verdad al rey, su padre.

—Es probable que deseara proteger a tu padre de algo.

—¿Algo que el rey debe saber para encontrar la mejor respuesta ante una situación negativa? Mi padre, por más malo que fuera el error que cometió Ostum, no lo habría señalado ni perjudicado de ninguna forma, habría buscado una solución ante el problema, eso hace un soberano siempre, por eso tiene a su corte. Si llegan a tener un problema que él solo no puede resolver, tiene otras nueve cabezas que piensan junto a él para buscar una solución sensata que no perjudique a nadie o aminore el problema.

—Entonces debemos apurarnos con el plan. ¿Quiénes estarán en la entrada recibiendo a los lores de Toxoc?

—Mi familia, Ostum y las fuerzas especiales.

—¿Para cuándo quieres que lleguen las fuerzas especiales al palacio?

—Justo detrás nuestro con unos minutos de retraso, una hora para que nadie se espere que estén ahí.

—Ya casi empieza el entrenamiento de las fuerzas especiales, será mejor que me dirija para allá y hablemos lo que me pediste, ¿vienes?

—No, yo tengo que regresar al palacio.

—Entonces aquí partimos por lados separados. Te veré al atardecer en el palacio, Andariel.

—Gracias por ayudarme.

—No es solo por ti, es por todo el reino.

Me despedí de Jenn y salí a la calle, donde pude ver a una persona esperando afuera viendo a la entrada, ambos nos subimos a los caballos y cabalgamos en direcciones distintas, al momento de volver a observar quien era la persona que se encontraba fuera observándonos, no pude ver nada, la calle estaba vacía, se había escabullido.

Regresé al castillo al mediodía, solo faltaban unas horas para que los lores de Toxoc llegaran, tenía que apurarme, pero antes, debía ir con Nadia y preguntarle qué era lo que había descubierto en todas estas horas en las que había estado afuera. Dejé el caballo en su establo y me encaminé a la puerta de entrada del palacio, la cual se encontraba abierta de par en par siendo adornada con flores de todos colores en el marco de la puerta por los sirvientes del palacio.

—¿Buenas tardes, ¿alguien sabe dónde se encuentra Nadia?

—Buenas tardes, príncipe Andariel, que el Sol y la Luna le sonrían. La última vez que la vimos fue en el comedor limpiando las paredes —dijeron los sirvientes de la entrada.

—Muchas gracias.

Me moví a paso apresurado por el palacio hasta llegar al comedor donde se encontraban Oriandela y Plabes acomodando las sillas y las velas en los candelabros.

—¿Saben dónde se encuentra Nadia? —pregunté.

—Se encuentra en la cocina, mi señor, preparándose para sazonar los ingredientes que trajeron.

Sin pensarlo dos veces y a paso rápido me fui a la cocina; ella se encontraba con un papel escribiendo las recetas que iba a preparar para la tarde.

—Nadia, ¿qué haces en la cocina?, te dije que te pusieras a investigar lo que te pedí.

—Oh, mi señor, eso me encontraba haciendo, pero la reina me descubrió fuera de la cocina y me pidió que regresara para que hiciera los encargos de la comida.

—Maldición, bueno, no hubo de otra, encontraste algo en la petición que te encargué.

—Sí, mi señor, mientras estaba poniendo las flores con los demás afuera, pude observar al señor Ostum hablar con varios efectivos, uno de ellos era policía.

—¿Pudiste escucharlos hablando?

—No, mi señor, se encontraban muy lejos, pero pude ver que el Señor Ostum les entregaba una carta a todos ellos. Una vez que las recibieron, salieron del palacio.

—Muchas gracias, Nadia, después de hoy tendrás tu merecido descanso con todo y pago.

—Muchas gracias, joven Andariel, ¿De cuántos días estamos hablando?

—¿Cuántos días quieres?

—Si me permite, con una semana y media para ir a ver a mi familia al poblado de Röndraur.

—Lo hablaré con padre para que te brinden un carruaje y monedas para que puedas viajar más rápido y puedas quedarte en las posadas durante tu trayecto.

—Muchas gracias, príncipe Andariel.

—Gracias a ti por la información, Nadia.

Llegó el momento de ir a recibir a los lores de Toxoc, solo faltaba colocarme el traje que padre me había comprado y salir al punto de reunión para verme con

Dorael, y el pelotón de fuerzas especiales. Tomé un baño y me coloqué el traje; salí del palacio, y me dirigí a la entrada del reino. Llegué a la hora exacta en la que Dorael había llegado.

—Llegas a tiempo, subcomandante, pensé que te tardarías y llegarías al mismo tiempo que tu familia —dijo Dorael sorprendido.

—Soy miembro del escuadrón, no los defraudaría por llegar con mi familia.

—Soldados, firmes y los quiero en dos filas, una en cada extremo del camino. Los tres de adelante, cojan los estandartes y las banderas, y colóquenlas en diagonal hacia dentro.

—Sí, mi comandante —gritaron todos los privados mientras se movían a coger los materiales y se colocaban en sus posiciones.

—¿Tienes un momento, Andariel? —preguntó Dorael apartándonos del grupo.

—¿Qué sucede?

—¿Por qué no fuiste al entrenamiento de hoy?, te estaba esperando para practicar contigo.

—Estuve ocupado encargándome de otros asuntos.

—¿Jenn?

—Exacto, tenía que hablar con ella sobre algo importante, no podía perder mi tiempo.

—Ella igual habló conmigo, no te preocupes, entiendo tu preocupación, tras saludar a los lores y que se vayan al palacio, nosotros iremos a la academia por armamento y listos para lo que pase.

—Muchas gracias, Dorael, pensé que tratarías el problema como lo hizo Jenn al principio.

—Es solo un «ejercicio», ¿no? —Dorael hizo ademanes con las manos.

—Espero solo sea eso, de lo contrario tendremos que…

—No hay problema, para eso estamos entrenados —interrumpió Dorael con una sonrisa en el rostro—. Si los llegamos a enfrentar quiero probar mis habilidades contra ellos, serán dignos de pelear. Dicen que su lucha es hasta la muerte, no importa si pierden una extremidad, siguen hasta ya no poder, fascinante, ¿no crees?

—Algo así he leído sobre ellos en los antiguos textos.

—Subcomandante Andariel, tú y yo los recibiremos hasta el frente de las filas con el saludo del ejército —cambió de tema Dorael.

—Sí, mi comandante.

—Muy bien, ya está todo listo, nada más falta que llegue la familia real para acompañarnos.

Pasaron varios minutos y llegaron un set de cuatro caballos solos y un carruaje que llevaba a la familia real y a Ostum. Una vez cerca, todos se bajaron del carruaje y se subieron a los caballos. Elton le tendió unas monedas al cochero y este se fue.

—Andariel, ven para acá, recibirás a las visitas con nosotros —dijo Elton acercándose al pelotón.

Una vez en el centro de ambas filas, los soldados centraron su cuerpo y mirada en el rey y dijeron al unísono saludándolo:

—¡Es un honor servir al reino y a usted, su majestad!

—¡Descansen, soldados! —gritó mi padre—. Andariel, ve por tu caballo para que estés en la fila tras las tropas con nosotros.

—Lo siento, padre, los recibiré al frente con mis compañeros

—Eres el hijo del rey, deberías estar con nosotros.

—¿Y dejar a mi escuadrón solo? Lo siento, padre, soy subcomandante y debo hacer honor a mi puesto.

—Te entiendo, pero debemos estar juntos… —. El rey Elton se quedó en silencio por unos momentos—. Comandante, si nos permite cambiaremos las posiciones, en vez de tener a la familia real tras ustedes; estará al frente para que estemos juntos.

—¡Si, mi rey, a su orden!

Elton llamó a la familia y a Ostum con un ademán para que caminaran al frente; ellos siguieron las órdenes y se colocaron al frente del grupo.

—Hijo, necesitas traer tu caballo para que se note que eres de la familia real y no del ejército.

—No importa eso, padre, ellos no saben nuestras reglas y costumbres, para ellos pasaré a ser un hijo del rey tanto como Ermes.

Volteé al horizonte y pude divisar a lo lejos ocho caballos al frente y un pelotón de cien personas que se iban asomando, caminando en nuestra dirección con el estandarte del reino de Toxoc hasta el frente.

—Aquí vienen. ¡Soldados, presenten los estandartes! —gritó Dorael—. Los quiero ver derechos y saludando a los visitantes.

—¡Sí, comandante! —gritamos.

Los lores de Toxoc llegaron al punto de encuentro; dieron pausa a sus movimientos y se bajaron de sus animales; la familia real hizo lo mismo.

—¡Bienvenidos a nuestro reino, lores de Toxoc! —grito mi padre—. Mi familia y este humilde lugar los recibe con gusto y alegría.

—Muchas gracias por su bienvenida, rey Elton, estábamos esperando esta reunión con usted para hablar sobre los tratados que tendremos entre territorios —respondió un lord toxiano.

Pude ver que observaban con sumo detalle a todos los que estábamos ahí; una vez terminaron hicieron una reverencia y el ejército que traían hizo lo mismo.

—Vamos, no hay que ser tan cordiales, levántense por favor —respondió Elton halagado.

Pasó un momento después de que mi padre les dijera eso para que se levantaran. Había algo extraño, en Toxoc la gente no hacía reverencias a menos que fueran a su gobernante.

—Soy Lord Etinoch, estos son Lord Spanx, Trubius, Poromo, Alcaz, Trone, Vitur y Tresta. Venimos desde la capital toxiana y aceptamos su bienvenida rey karziano.

—El gusto es mío —replicó Elton sacudiendo las manos de todos ellos—- Esta es mi familia, Antonela mi esposa, Ermes y Andariel, mis hijos, mi fiel cortesano Ostum, y yo, Elton.

Estrechamos manos con los lores de Toxoc. Por lo que pude ver, Ostum se encontraba tranquilo ante la aparición de sus compatriotas. Acaso todo ese drama que había hecho era parte de su plan. Yo tenía que estar a la defensiva en todo momento para que no sucediera nada de improviso.

Elton hizo un ademán con la mano para que Ostum lo acompañara y nos adelantáramos, ya que quería hablar con los toxianos en privado, mientras se dirigían a la montaña y de ahí al palacio. Una vez el ejército toxiano pasó al pelotón de fuerzas especiales; este se disolvió en filas y se fue trotando a la academia de la Guardia Real. Todo estaba sucediendo de acuerdo con el plan, en poco tiempo el pelotón llegaría tras mi padre, sin que se diera cuenta, para apoyarnos ante cualquier problema que se suscitara.

Llegamos al palacio y Antonela mandó llamar a los sirvientes del palacio para que recibieran en la entrada a los invitados. Entré al palacio a toda velocidad en dirección a la habitación de Ostum; tendría diez minutos antes de que llegara para encontrar alguna prueba para mostrarle a Elton antes de que las cosas empeoraran, si es que eso llegaba a suceder. Subí las escaleras y me metí en la habitación, busqué debajo de la cama y del colchón, nada; me fui a los cajones de un mueble; nada, fui a su escritorio y encontré varios papeles y mapas del palacio, que no contenían salidas secretas, pero si los tipos de puertas y llaves que necesitaban todas ellas. Los textos hablaban sobre su estancia en Karzos, nuevas leyes y reformas tachadas y escritas de nuevo, y lecciones de libros escritas para Ermes. Todos parecían ser de acuerdo con su posición, no había nada que lo incriminara. Salí de la habitación topándome con Ermes.

—¿Qué haces aquí? —preguntó Ermes bloqueándome el paso por el pasillo.

—Solo quería ver los escritos de Ostum, aprender de lo que te enseña para saber yo también como dirigir la nación —balbuceé un poco, mas Ermes no se dio cuenta.

—No deberías estar aquí, sabes que padre no tolera a gente indiscreta en la nación, menos proviniendo de sus hijos.

—Ya te dije, solo quería aprender de lo que Ostum te enseña.

—Deberías hablar con él y pedirle tutelaje, no entrar así a su habitación.

—Lo haré la siguiente vez que lo vea, fue un error venir aquí, cuando pueda me disculparé con Ostum.

Las trompetas del palacio sonaron.

—Padre está aquí, será mejor que nos reunamos con él en la sala de trono —dijo Ermes abriéndome el paso y caminando delante de mí.

Llegamos al salón del trono en donde Elton tenía a su corte tras de él, encima de un estrado elevado en el primer piso. Ellos veían hacia abajo el trono y el salón completo. Ostum, por su parte, se encontraba parado junto a él.

—El viaje que han tenido debe haber sido muy largo; vamos, los invito a almorzar en nuestro comedor —habló Elton moviendo la mano en dirección a la mesa y parándose para guiarlos.

El ejército de Toxoc se quedó fuera del palacio, solo cuatro soldados por cada lord se quedaron dentro, siguiéndolos tras ellos por todos lados.

Ya en la mesa, Antonela mandó llamar a Oriandela y Plabes para que fueran colocando la comida de la cocina y la sirvieran en el centro para empezar la merienda.

—Díganme, ¿por qué han decidido visitar Karzos? —preguntó Elton mientras le servían una pierna de cerdo en su plato.

—Como puede saber, hace más de treinta años nuestro rey pereció en un asesinato que hasta la fecha no se ha podido resolver, como soberano elegimos a uno por el pueblo, su nombre es Torbul y nos pidió que viniéramos para lograr una unión entre ambos territorios —contestó Etinoch masticando un pedazo de pescado.

—Será un gusto lograr relacionarnos con ustedes, díganme ¿cuál es su propuesta? —respondió Elton.

—Ya que el rey Torbul se encuentra muy ocupado y es ilegítimo, ha decidido que la hija del rey anterior, Gillian, despose a un hijo suyo y se encargue de las nociones del reino para que Torbul pueda descansar y hacer lo que más le gusta.

—¿Y qué recibiremos nosotros a cambio de que uno de mis hijos despose a la heredera legítima del trono?

—Paz entre ambos reinos y medio ejército toxiano para ayudar a entrenar a sus tropas.

—La paz entre ambos reinos está instaurada, no me hagan recordarles que ante los varios intentos en el pasado que han hecho; en ninguno de ellos han logrado conquistarnos por más que lo han intentado.

—Lo tenemos en cuenta, tienen un muro natural que los protege de los ataques.

—Pues ambos hijos míos son buenos candidatos, el Kronium circula por la sangre de ambos. En Ermes los cuatro elementos naturales, mientras que en Andariel el Vacío se le hace presente.

Pude ver en ese instante los ojos de los lores que voltearon a verme con interés.

—Creemos que el joven Andariel sería una buena adquisición para nuestro reino.

Oh no, irme a un reino ajeno en donde su gobernante había sido asesinado por alguien dentro de su círculo no me sentaba bien, debía hacer algo para impedir que esto sucediera.

—¿Y si me niego a cumplir con el acuerdo? —preguntó Elton.

—Los tratados de paz quedarán anulados y comenzará una nueva guerra contra Karzos —respondió Poromo.

—Podemos hacer un arreglo, si a Andariel es lo que quieren, pueden tenerlo a cambio de lo que hemos acordado —respondió Elton con una sonrisa forzada.

Pude ver en Ostum una mirada de asombro, no se había esperado tal respuesta, acaso estaba mintiendo. Fuera parte de su plan o no, el enviarme lejos para que nadie interfiriera en sus planes y con la posibilidad de morir en su reino, alejado del mío, mientras el hacía lo que deseaba en Karzos no pintaba bien.

—Padre, no puedo tomar el puesto, Toxoc es un reino muy difícil en donde hasta su soberano, la persona más importante, ha muerto, por causa de un asesinato. Enviarme para allá sería firmar una sentencia de muerte.

—No se preocupe, joven Andariel, desde que el soberano murió, su heredera ha sido resguardada por más guardias de confianza para que no vuelva a ocurrir aquel incidente —respondió lord Tresta con alegría para intentar tranquilizarme.

—¿Y el rey porque no está siendo resguardado? —pregunté levantándome de la mesa de golpe.

—Porque en su posición actual no necesita ser resguardado por la armada toxiana, se encuentra a salvo —respondió Alcaz volteándome a ver con una mirada de seguridad.

—Padre, no puedes hacer esto, hay mucho riesgo al irme a esa nación.

—Es una unión que necesitamos, hijo, velo por la seguridad del reino; si su gente entrena a los nuestros, seremos el reino más fuerte de todos y, si entramos en una guerra, tener un aliado de otro territorio nos podrá servir para mostrar que somos más fuertes. El rey Torbul de Toxoc demanda que tú desposes a la heredera y asumas su puesto en el trono.

—Lo siento, padre, pero declino el puesto.

—¡No puedes declinarlo, eres parte de la familia real y mientras yo sea rey vas a hacer lo que te digo, muchacho, no nos hagas ver mal ante nuestras visitas!

Los toxianos levantaron la mirada y una mueca de desaprobación apareció en sus rostros. Debía idear algo rápido antes que todo se saliera de control.

—Padre, solo hay una forma en la que aceptaré irme a Toxoc.

—¿Y qué es lo que deseas, hijo? Si te puedo ayudar con algo te lo daré para que este acuerdo se haga.

—Acepto irme a Toxoc con la única condición de que Ostum me acompañe, él conoce más que yo ese reino y podrá ayudarme a mejorar la nación tanto como lo ha hecho aquí.

Los ojos de todos se abrieron, Ostum se puso rojo por un momento, si lo que había sucedido hace unas noches acerca de no querer regresar era cierto, tendría la balanza a mi favor. Ostum se acercó a Elton y le susurró algo. Por unos momentos argumentaron en voz baja.

—Hijo, Ostum es parte de este reino y nos ha apoyado, es el mejor cortesano que este reino ha tenido.

—Pero, padre, para eso tienes a otros ocho, quienes de igual forma te han apoyado y sus ideas son igual de buenas que las de él. Yo por mi parte necesito más a Ostum; una persona que conoce Toxoc mejor que nadie aquí, por eso creo que debería venir conmigo, para tener a alguien de confianza en ese lugar y gracias a él podría crear la primera corte en Toxoc poniéndolo a él como cabeza igual que se encuentra aquí. Su puesto no cambiaría ni su trabajo, solo el lugar.

—No puedo negarme ante tal respuesta, Ostum te vendría bien, aparte de que es un buen maestro, ha enseñado bien a Ermes sobre el gobierno. Te acepto la propuesta.

—Pero, su majestad, mi trabajo aquí es muy importante, no puede dejarme ir así —habló Ostum apretando con sus manos las prendas que traía puestas.

Lo había logrado, voltearle la jugada que estaba haciendo, no había planeado irse de regreso a su territorio conmigo. Solo faltaba ver qué jugada hacía Ermes para intentar dejarlo aquí.

—Lo siento, Ostum, eres un miembro muy importante de este reino y siempre serás bienvenido, pero si mi hijo te necesita para ser educado como lo has hecho con Ermes aparte de que serás la única persona a quien le tenga confianza, acepto su propuesta —habló Elton.

Ermes se paró de su silla sin pensarlo dos veces.

—Padre, yo deseo declinar la noción; Ostum es muy importante para el reino, no puede irse, le falta enseñarme mucho para poder ser soberano de esta nación. Lo necesito aquí.

Ostum volteó a ver a Ermes y un suspiro de alivio surgió de él. Había alguien abogando por él, justo lo que necesitaba, alguien que lo defendiera de regresar a aquel lugar.

Lord Etinoch se puso de pie, a lo que los demás lores hicieron lo mismo y colocaron sus manos en sus espadas, a lo que Elton se puso de pie e hizo lo mismo.

—Tranquilos, creo que podemos llegar a un acuerdo sensato antes de chocar las espadas —dijo Elton agarrando el mango su arma

—Por lo que vemos, rey de Karzos, no habrá ningún acuerdo.

—Tranquilos, podemos llegar a un...

—¡Padre, déjame ir a mí con Ostum a Toxoc! —gritó Ermes poniéndose de pie y mirando a Ostum a los ojos, en busca de una aprobación en él, que no hubo. —Yo he sido tutelado por él, tengo más conocimiento que Andariel en temas de gobierno en el pueblo, tengo más Kronium que él, por lo que defenderme en ese lugar sería más fácil para mí.

—Lo sentimos, pero el joven Ermes no ha sido seleccionado por el rey Torbul.

—Yo puedo ser mejor soberano que Andariel —gritó Ermes.

—Tranquilo, muchacho; Andariel tomará su posición con Ostum siendo el nuevo rey toxiano tal y como quieren —habló Elton apretando con más fuerza su espada para, en caso de cualquier problema, poder sacarla lo más rápido posible.

—¡No vamos a aceptar de regreso a un forajido en nuestra región, es el joven Andariel nada más o no se hace el pacto entre reinos! —gritó Vitur.

—¿Y por qué no lo pueden aceptar? Les vendría de mucha ayuda para apoyarlos, yo puedo avalar por él, es muy bueno en lo que hace —respondió Elton ansioso.

El silencio reinó en la habitación por unos momentos, aquel silencio incomodo en el que todos se estaban preparando para lo peor. Oriandela y Plabes huyeron de la habitación en dirección a la cocina en vista de lo que estaba a punto de suceder.

—Podemos llegar a otro acuerdo sin recurrir a la violencia, mis lores, han venido de un viaje muy largo, están cansados y creo que un poco de descanso nos vendría bien a todos —repitió Elton tomando asiento de nuevo para intentar calmar la tensión.

Los lores se quedaron de pie con sus manos en las espadas.

—Antonela, cariño, creo que deberías ir por un libro con los muchachos a la biblioteca para mostrarle a nuestras visitas las nuevas reformas, necesitarás de su ayuda buscándolos.

—Con gusto, mi amor, muchachos vengan conmigo, ayúdenme con lo que su padre nos pide.

Salimos de la habitación a la entrada donde las puertas se encontraban abiertas y los soldados de Toxoc esperaban impacientes. Antonela al ver esto nos abrazó a ambos y nos susurró al oído.

—Vayan a sus habitaciones y busquen sus armas, esto no parece ser un encuentro para armar pactos; yo iré por el ejército que tenemos dentro de la capital para que nos apoye si llega a suceder algo, cámbiense lo más rápido que puedan y bajen a ayudar a su padre.

Ermes se fue corriendo hacia las escaleras en dirección a su habitación mientras Antonela intentaba caminar en dirección la puerta de entrada. Con la mano la detuve del brazo.

—Madre, ya está todo listo no te preocupes por eso, sube a tu habitación y busca tus armas, juntos apoyaremos a padre.

—Son más que nosotros, necesito alertar a los soldados que quedan en la nación para que nos apoyen.

—Ya están alertados, vienen en camino, por favor cree en mí y haz lo que te digo.

—Está bien, hijo.

Subimos las escaleras juntos y nos desviamos a nuestras alcobas; sin pensarlo dos veces cogí mi espada y bajé lo más rápido posible, mas, a media escalera pude oírlo:

—¡Por el rey Torbul! —grito un lord dentro del comedor.

Las espadas se blandieron, los soldados comenzaron a entrar matando a todos los guardias del palacio que tuvieran a su paso y bloqueando la puerta entre el comedor y la entrada. La guerra había comenzado y Elton se encontraba solo en una habitación contra cuarenta personas; no sería tarea fácil para él abordar y matar a todos ellos, era una pelea injusta. Una vez terminaron de masacrar a los guardias encintaron sus espadas de nuevo. Me acerqué a los diez guerreros toxianos fuera de la puerta.

—Abran paso, déjenme entrar.

Ellos respondieron blandiendo sus espadas en dirección a mí. Si quería pasar debía enfrentarme a los diez más los cincuenta y ocho restantes que seguían afuera masacrando los cuerpos de los guardias. Ermes bajó las escaleras de un salto y blandió su espada.

—¿Qué es lo que está sucediendo? —preguntó Ermes junto a mí.

—No hay de otra, hermano, tenemos que enfrentarnos a ellos si queremos pasar y rescatar a padre.

Ermes encendió su espada en fuego y yo en vacío.

—¡Van a ver lo que es enfrentarse al Kronium, malditos salvajes! —gritó Ermes lanzándose hacia delante.

La batalla comenzó y pude oírlo: a lo lejos el cuerno de guerra de Karzos, el batallón de fuerzas especiales había llegado armado. Entraron corriendo por la reja hasta la entrada en donde observaron la carnicería.

—Prepárense para la batalla, ¡por Karzos, por nuestro rey! —gritó Dorael.

Los soldados entraron gritando al unísono con Dorael al frente del batallón. El ejército de Toxoc, al verlos, se dio media vuelta y respondió al ataque.

Mientras tanto, dentro del comedor se encontraba Elton de un lado de la mesa mientras que los demás se encontraban del otro lado.

—No hay necesidad de hacer una guerra por algo tan simple —dijo Elton con esperanza todavía.

—¡Los tenemos donde los queremos! Nunca habíamos podido entrar a la capital por su maldito cauce, pero con esta táctica tenemos al rey y a su familia donde los queremos; si los matamos el reino completo tendrá que sucumbir ante nosotros —gritó lord Alcaz acercándose a mi padre.

—Estaré viejo, malditos bastardos, pero no fuera de práctica, tráiganme lo que tengan, esta batalla será su perdición. Ostum, sal por la cocina, no sabes pelear y te necesitamos —ordenó Elton.

Ostum corrió hacia la puerta de la cocina cerrándola por el otro lado y poniendo una mesa al frente de esta para que no pudieran pasar. Los lores extendieron sus espadas hacia Elton y dijeron:

—Soldados, acaben con él, en el nombre de nuestro rey.

Cuatro soldados se acercaron con cautela a Elton.

—¡Oh no, en mi casa no! —gritó Elton blandiendo su espada por el aire.

Los guerreros dieron la vuelta a la mesa y se posicionaron frente a él, tras esto, se lanzaron al ataque. Elton hizo un movimiento con su espada raspándola contra el suelo en su dirección, haciendo que salieran cuatro picos de Tierra y se clavaran en el pecho de los toxianos.

—Magnifica defensa tiene, rey karziano, pero veamos qué puede hacer contra los restantes veintiocho soldados que tenemos aquí contra usted.

—¡Nunca he perdido una batalla y hoy no será el día! —respondió Elton pateando la mesa con una fuerza descomunal y lanzándola en contra de sus enemigos.

Mientras tanto, afuera del comedor me encontraba con Ermes chocando espadas a diestra y siniestra defendiéndonos de los ataques de los diez guerreros que habían quedado dentro del palacio resguardando el comedor. Diez contra dos, el entrenamiento de las fuerzas especiales era estricto, pero tener un encuentro contra diez guerreros de Toxoc parecía imposible.

—¡No podemos contra los diez, son demasiados! —gritó Ermes defendiéndose de un soldado con la espada y pateando a otro para alejarlo.

—Lo mejor será separarnos, así tendremos que preocuparnos solo de cinco.

Dividimos a los soldados en dos grupos de cinco. Choqué espadas con dos, rompiendo sus metales con un solo corte mientras me agachaba de los otros tres ataques horizontales. Si seguíamos así no íbamos a derrotar a ninguno, jugar solo a la defensiva parecía ser lo que se necesitaba hacer, pero en algún momento debíamos contraatacar, de lo contrario pereceríamos. Ermes apagó su espada de fuego y la cambió por agua dando un giro de trescientos sesenta grados de forma horizontal apuntando a los rostros de los adversarios. De la espada salieron proyectiles de agua que chocaron con las caras de los toxianos, quienes fueron cegados por un breve instante; no había otra opción más que actuar en ese momento. Mientras los cinco enemigos se limpiaban el agua de los ojos para poder volver a ver, Ermes clavó su espada en el pecho de uno de ellos y a otro le cortó la mano que cargaba el arma haciéndolo gritar del dolor. Sangre manchó el suelo y la cara de Ermes.

—¿Quieren más? ¡Vengan por mí, malditos lacayos, hoy celebraremos su caída! —rugió Ermes cortándole el cuello a otro.

Ahora solo quedaban tres de su lado.

Dos enemigos lograron quitarse el agua del rostro; gritaron y se abalanzaron contra él. Ermes respondió dándose una maroma por el suelo evadiendo a uno y quedando frente a otro. Sin pensarlo dos veces combinó Fuego y Aire, creando relámpago en su espada y chocándola con la del otro. La corriente que pasaba por las espadas llegó hasta el cuerpo del enemigo y este comenzó a convulsionar cayendo al suelo. Todavía le quedaba pelear contra un manco y otro que estaba de pie; por la cantidad de Kronium que había utilizado, la corriente mataría al otro sin problemas. Ermes se sentía cansado, había utilizado demasiado Kronium en una brecha tan corta de tiempo y se estaba notando. El manco se hizo un torniquete improvisado con un cinturón que traía, a la par que Ermes peleaba con el adversario que quedaba de pie. No iba a aguantar más, se encontraba jadeando y defendiéndose nada más de los ataques brutales del enemigo y en unos instantes recibiría el ataque del manco por igual.

—¡Hermano, un poco de ayuda por acá! —gritó Ermes con voz forzada cuando era empujado a una esquina.

—No puedo, ¿no ves que tengo a cinco aquí contra mí?

Ermes no tuvo otra opción más que gastar el poco Kronium que le quedaba utilizando Aire y lanzándose a gran velocidad hacia el pecho del manco, atravesándolo y lanzándolo por los aires hasta clavarlo a la pared contraria, matándolo. Esa había sido su última jugada, estaba exhausto y no podía sacar la espada del pecho del caído, que estaba también clavada en la pared. El último que quedaba en su grupo se acercó corriendo, intentando terminarlo enterrando el arma en el cráneo de Ermes; quien cayó de espaldas haciendo que la espada chocara con el suelo. El enemigo levantó su arma y se la colocó en el cuello.

—Hoy cenaremos su derrota —dijo el guerrero.

Ermes cerró los ojos esperando su fin… Una daga voló desde las escaleras clavándose en el ojo del toxiano y matándolo en el momento; el cuerpo cayó encima de Ermes inerte.

—¿Ermes, te encuentras bien? —gritó Antonela preocupada, saltando de las escaleras y yendo a su encuentro.

Levantó el cadáver moviéndolo a un lado para ver si su hijo se encontraba vivo.

—Muchas gracias, madre —dijo Ermes jadeando.

—Madre, Ermes ya no puede pelear, llévatelo a las escaleras y cuídalo —hablé al patear a un adversario para sacarlo del círculo.

—¡Todavía puedo pelear! —argumentó Ermes apenas levantándose.

—¡No, no puedes, utilizaste todo tu Kronium muy rápido, estás exhausto! Madre, llévatelo, yo me encargo de estos cinco.

Antonela cogió a Ermes de un brazo, pasándoselo del otro extremo del cuello para cargarlo y ayudarlo a subir las escaleras. Ellos subían con lentitud, cuando dos de mis enemigos —los que no tenían ya espada— intentaron perseguirlos, pero me moví tras ellos con la espada, cortando a uno en dos y al otro jalándolo de las prendas hasta devolverlo a mi lado. Solo me faltaban cuatro. Ellos al ver como había partido a su compañero en dos de un solo tajo titubearon un poco y retrocedieron.

—¿Qué sucede, tienen miedo?

Al oírme, gritaron de rabia y se abalanzaron contra mí. Al que había agarrado se encontraba en el suelo a mi lado, cogiéndome de una pierna e impidiendo que me moviera del ataque de los otros tres. No había opción de evadir, si pateaba con la otra pierna al que me sujetaba no tendría tiempo para hacer otra cosa y las espadas se encontraban a segundo más cerca. Podía llegar a romper dos, mas la tercera se clavaría en mi hombro. Ahí fue cuando pude sentirlo: el Kronium en mi espada se hizo más violento, incrementando su poder y tamaño, una nueva habilidad había aparecido, no temía intentar utilizarla. Sentía como mi aguante se desvanecía a gran velocidad, por lo que tenía que hacer algo antes de que cayera al suelo sin energías. Moví la espada de forma horizontal para intentar defenderme de los filos que se acercaban..., aquel movimiento fue demasiado temprano, la espada tocó solo aire… estaba muerto, me había precipitado demasiado. De pronto de la espada surgió una onda que salió disparada en dirección a los enemigos empujándolos hasta la pared contraria, donde una vez que impactaron se cortaron por la mitad. El que me estaba agarrando la pierna al ver aquel horrendo escenario la soltó en un solo movimiento y intentó incorporarse, no obstante, resbaló y chocó su cráneo contra el suelo.

—¡Eres un demonio, aléjate de mí! —gritó el soldado desesperado mientras gateaba a la salida.

Me sentía débil, por lo que apagué el Kronium y me acerqué a él. Si no llegaba a tiempo alertaría a los demás y se voltearían en mi contra. El adversario caído llegó a la puerta tocándole la pierna a uno de los tres que se encontraban en el marco de la entrada.

—¡Atrás, maten al de atrás! —dijo desesperado.

No hubo tiempo para que estos reaccionaran cuando entró Dorael gritando y saltando dentro del palacio con dos cuchillos largos en sus manos cortándoles el cuello a los tres de un solo tajo. Se incorporó y observó al que estaba tendido en el suelo.

—Hoy se acaba su asedio —escupió Dorael manchado de sangre por todo el cuerpo.

—No, espera, no me…

Antes de que pudiera terminar de hablar, Dorael cogió uno de sus cuchillos y se lo clavó en el cráneo con toda su fuerza haciendo que este se enterrara por completo y saliera en la base de la mandíbula.

—Listo, Andariel, nos deshicimos de todos, ¿qué toca ahora?

—Entrar al comedor a apoyar al rey, está contra los que quedan.

Por suerte antes de entrar pudimos escuchar cómo las espadas seguían chocando; por lo que pudimos discernir que seguía vivo. Pateamos la puerta, haciendo que cayera al suelo. Al ver el escenario, descubrimos que Elton ya había aniquilado a veinte de los que estaban dentro de la habitación.

—¿Quién sigue, bastardos, tanta pelea hacen en su reino y no pueden contra uno? —Sonrió Elton jadeando.

—Padre, ha llegado la caballería.

—¡Terminen con ellos!

Las paredes se encontraban ensangrentadas y el suelo roto; con varias puntas de piedra clavadas en varios soldados por tanto usar el Kronium de Tierra. Los lores al ver que entraba con Dorael y los demás privados, tiraron sus espadas a excepción de lord Tresta, Alcaz, Vitur, Trone y Spanx quienes levantaron sus espadas e hicieron un círculo entre ellos.

—Maten a todos los enemigos excepto a los lores, esos déjenlos para mi —dijo Elton secándose el sudor de la frente.

—¡No dejaremos que nos capturen! —gritó Trestas uniéndose a sus soldados y peleando contra el batallón de fuerzas especiales en el marco de la puerta.

Los otros cuatro con las espadas en mano se acercaron a Elton.

—¿No ven que ya están derrotados? Su invasión secreta fue por nada.

—Solo necesitamos matar al rey para mandar el mensaje —contestó Lord Vitur.

—¡Pues vengan!, que todavía me quedan fuerzas para la calaña de ustedes cuatro.

Lord Etinoch, Trubius y Poromo se movieron a la esquina de la habitación con las manos levantadas para mostrar que se habían rendido.

—Vamos, hermanos, si lo atacamos al mismo tiempo no podrá defenderse de todos al mismo tiempo —habló Spanx.

Los cuatro entraron al mismo tiempo con diferentes

ángulos de ataque. Elton al ver que lo que hacían, clavó su espada en el suelo haciendo que un muro de Tierra con un hueco en el centro se levantara y lo bloqueara de los cuatro lores.

—Mi turno… —dijo Elton jadeando.

Sacó la espada del suelo y la metió por el hueco del muro clavando la punta en el estómago de Vitur, quien retrocedió unos pasos y cayó al suelo.

—¡Solo quedan tres, malditos, hora de que los aplaste como a unos insectos!

Los tres toxianos se posicionaron a ambos extremos del muro dos del lado izquierdo y uno del derecho. Elton sacó la espada del hueco y los lores se acercaron a él, y de un solo movimiento cortó el muro en diagonal haciendo que la piedra se resbalara y cayera sobre el pie de Trone. Él gritó de dolor e hizo tropezar a Alcaz.

—¡Levántate y quita la piedra de mi pie! —gritó Trone mientras empujada a Alcaz de encima de la piedra.

Elton sonrió a Spanx quien se encontraba rojo del rostro, enojado. Elton sabía que se enfrentaría a él solo mientras Alcaz se reincorporaba y quitaba la pierda del pie de Trone para que ambos pudieran seguir peleando. Spanx perdió el tiempo y movió la espada en dirección a Elton, quien bloqueó todos y cada uno de los movimientos que hacía con un poco de lentitud.

—Admítelo, anciano, estas cansado, utilizar todo ese Kronium te ha dejado exhausto, déjate morir —dijo Spanx con una sonrisa en el rostro, viendo como Elton batallaba por defenderse.

—Todavía tengo energías, gusano, no subestimes al rey de Karzos, esta ha sido la casa de mis antepasados y hoy no la perderé por insectos como tú.

Spanx no tenía otra opción más que atacar lo más rápido que pudiera para encontrar una entrada en la defensa magistral de Elton, quien a cada movimiento se tornaba más lento y jadeaba más fuerte. Mientras la pelea entre los dos sucedía, lord Alcaz se reincorporó del suelo e intentó empujar la piedra para que cayera de un lado y el pie de Trone se liberara. Trone gritó del dolor, su pie había quedado aplanado, por lo que levantó la pierna y caminó como si estuviera cojo acercándose a Elton poco a poco con Alcaz a su lado.

—Estas acabado, viejo, tu táctica para dejarme solo contra ti fue inútil, mis hermanos ya están de pie.

Elton desvió la mirada un instante ante los ataques de Spanx para observar sus alrededores. A su lado se encontraba una silla que seguía en pie, la cogió con su mano izquierda y dio un giro de trescientos sesenta grados bloqueando así el ataque de Spanx que venía de arriba hacia abajo. El arma se trabó en la madera astillada; Elton, al ver que Spanx jalaba su arma sin que esta saliera, levantó la pierna dándole una patada en el pecho lanzándolo hasta que golpeó el suelo. Spanx intentó levantarse, sin embargo, fue recibido con un salto encima de él y Elton clavó su espada con todas sus fuerzas en su pecho. Ahora solo quedaban Alcaz y Trone, que se encontraban tras él. Elton se dio la media vuelta y los encaró.

Solo quedaban quince adversarios; contando a Tresta en el grupo; para llegar a Elton y apoyarle contra los dos que quedaban. Los soldados de Toxoc hicieron un muro en la entrada impidiendo que pasáramos, por lo que no habría otra opción más que pelear contra ellos. Varios privados comenzaron a luchar contra ellos, de ambos lados caían personas, la sangre chorreaba y por cada adversario que moría llegaba otro a reponer su lugar.

—No los dejen pasar, debemos darles tiempo a nuestros aliados para que maten al rey —gritó Tresta—. Repongan el lugar de su compañero caído.

Poco a poco los catorce soldados se fueron haciendo trece, once, nueve, cinco, tres… hasta solo quedar Tresta detrás.

—¡Andariel, te reto a un duelo uno contra uno, si muero me dejaran ir! —gritó Tresta desesperado al ver que todos sus soldados habían caído—, ¿Aceptas o no, cobarde?

Di un paso hacia adelante cogiendo mi espada; Dorael me puso el brazo delante impidiendo que pasara y no esperó más, cogió ambos cuchillos con una mano y los lanzó a ambos ojos de Tresta haciéndolo caer al suelo de golpe.

—Ya me tenía harto el maldito engendro. —Escupió al suelo Dorael.

Elton había logrado cortarle la otra pierna buena a Trone, quien cayó al suelo gritando. Sin pensarlo, entramos al comedor y los privados rodearon a Alcaz.

—Ríndete, tus guerreros han caído y solo quedas tú de pie con ganas de seguir luchando —jadeó Elton tirando su espada al suelo y agachándose para tomar aire.

—¡Jamás nos rendiremos! —habló Trone enfurecido en el suelo. Sacó una daga de su cintura y se la clavó al rey en la pierna.

Elton gritó de dolor y se sacó la daga cuanto antes.

—Un regalo de nuestro rey —respondió Alcaz, cogiendo su espada y cortándose la yugular mientras Trone se desangraba en el suelo.

Lo habíamos logrado, habíamos terminado con todos; las bajas habían sido grandes, solo quedaban noventa privados de las fuerzas especiales y cinco heridos.

Elton se reincorporó y cojeó un poco por la herida.

—Bien hecho, comandante, si no hubiera sido por ustedes estaríamos muertos y la capital habría caído en manos de Toxoc.

—No hay nada que agradecer, su majestad, todo se lo debe a Andariel, si él no se hubiera preocupado esto no habría sucedido.

Elton se volteó a verme y me abrazó con todas sus fuerzas.

—Gracias, hijo, sin ti el reino de tus antepasados habría caído.

—No te preocupes, padre, no lo hice por nosotros, lo hice por el reino.

Al soltarme, Elton comenzó a jadear cada vez más fuerte, se le estaba yendo el aire, por lo que pensé en lo que había sucedido. «Un regalo de nuestro Rey». La daga contenía veneno. Elton cayó de rodillas en el suelo.

—¡Padre! —Me abalancé sobre él—. Todo estará bien, iré a pedir ayuda.

—Llama... llama a tu madre... ella sabrá qué hacer —habló entrecortado y cayó al suelo para comenzar a convulsionar.

Salí del comedor para subir las escaleras a zancadas y llegar con Antonela.

—Madre, necesitamos tu ayuda, padre ha sido envenenado.

Antonela salió del cuarto de Ermes y corrió hacia su estudio por una caja llena de hierbas y mejunjes; una vez lista bajamos con Elton.

—¿Hace cuánto le clavaron la daga? —preguntó Antonela.

—No lo sé, madre.

—¡Necesito saber cuánto tiempo lleva la herida para saber de qué veneno se trata! —gritó Antonela.

—No más de cinco minutos.

—El veneno lo deben haber traído desde allá, por lo que sé solo un hongo puede hacer eso... Es veneno de *Putrificus toxiconium*. ¿Cuántas convulsiones lleva?

—Dos —respondió Dorael sosteniéndole la cabeza para que no chocara con el suelo.

—Cariño, sé que sigues ahí, necesito que intentes beber esto cuanto antes.

Antonela sacó un frasco con un mejunje color marrón, que abrió y se lo dio a beber a Elton. Tras terminárselo todo llegó una tercera convulsión más fuerte que la anterior, que le hizo sacar espuma por la boca.

—Cariño, el antídoto tardará en hacer efecto, por favor aguanta, eres fuerte —gimió Antonela con lágrimas en los ojos—. Sabes que sin ti no puedo reinar este lugar. Se caería en un solo día.

Llegó la cuarta convulsión, parecía que el antídoto había sido administrado demasiado tarde.

—Tienes que pelearlo, Elton, siempre has peleado durante toda tu vida, esta solo es una batalla más.

Llegó la quinta convulsión muy leve y Elton respiró hondo y forzado. Lo había logrado, el antídoto había funcionado, pero pronto lo notamos... no podía reincorporarse, se encontraba débil. Antonela mandó llamar a varios sirvientes pidiéndoles que lo llevaran a su habitación y lo recostaran en la cama. Seis sirvientes lo cargaron por las escaleras hasta su habitación, donde lo desvistieron y vendaron su herida.

IV

Una vez que trasladaron al rey a su habitación, Dorael golpeó con fuerza la puerta de la cocina.

—Ya pueden desbloquear la puerta, el asedio ha terminado, ganamos.

Se pudo oír la mesa y varios muebles siendo recorridos por el suelo hasta poder abrir la puerta.

—¿Cómo se encuentra el rey? —preguntó Ostum en el comedor.

—Ha sido envenenado, pero la reina logró darle el antídoto a tiempo, por ahora se encuentra débil en sus aposentos —respondió Dorael.

—Larga vida al rey, qué bueno que ganamos.

—Perdimos muchos soldados, será difícil volverlos a recuperar.

—¿Cuántos fueron?

—Sesenta privados.

—Haremos lo necesario para que el número vuelva a incrementar a como lo era antes —le aseguró Ostum cogiéndole del hombro.

—Volver a llenar el grupo no es tarea fácil, Ostum, si lo fuera, tendría un pelotón más grande que el que tenía.

—Hablaré con el rey para incrementar el salario de las fuerzas especiales, así más gente intentará entrar a tu agrupación.

—Muchas por la ayuda, Ostum.

—Lo dejo, comandante, iré a ver al rey y su estado, ayuden a sacar los cuerpos del palacio; manden llamar a los carreteros a que se los lleven. Los guerreros de nuestra nación serán enterrados en las criptas y los demás serán cremados.

—Con gusto, cortesano, nos pondremos a trabajar en este momento.

Dorael volteó a ver a lord Etinoch, Trubius y Poromo, que seguían en la esquina con las manos al aire.

—Espósenlos, quítenles todo y llévenselos a los calabozos debajo del palacio, cuando el rey se mejore recibirán sus juicios; entre tanto déjenlos ahí con comida y bebida suficiente para que no mueran —ordenó a tres privados.

—Sí, comandante.

Los lores fueron despojados de sus armas y vestiduras, que fueron reemplazadas por simples ropajes que consistían en una sola prenda que les cubría hasta las rodillas para no mostrar nada indecoroso.

Mientras Elton se recuperaba, Ostum mandó una carta a Toxoc diciéndoles que tenían prisioneros a los lores y que no los liberarían hasta después del juicio si es que el rey lo veía justo.

Por otra parte, yo debía saber más sobre Toxoc y su gobernante. Por qué habían venido a atacar con un ejército tan pequeño. Por qué arriesgarse tanto en una batalla dentro del territorio karzo. Había sido porque la negociación se había roto o porque no importaba lo que sucediera atacarían de todas formas. Tenía que saberlo, por lo que bajé a la cárcel del palacio con una antorcha a interrogar a los lores.

—¿Como va su estancia aquí, caballeros? —pregunté mientras agarraba los barrotes de la celda.

—¡Qué te importa, basura! —habló en voz baja Poromo.

—Me importa lo suficiente, si hay alguna forma de hacer su estancia más cómoda, saben que puedo hablar con los carceleros para que los apoyen dándoles algo que necesiten.

—¿Y qué quieres a cambio? —pregunto Etinoch incorporándose de la oscuridad y caminando hacia los barrotes.

—Platicar con ustedes, saber la razón por la que vinieron y cuál era su verdadero motivo aquí.

—No hablen, hermanos, si el rey se recupera y hay juicio nos darán la muerte, eso es seguro. No traicionemos a nuestro reino —comentó Trubius, caminando al balde para cagar.

—No puedo negarles que habrá juicio; si el rey muere la siguiente a cargo sería mi madre Antonela, quien por venganza los mandará matar, pero si en dado caso Elton llega a sobrevivir podrían ser liberados.

—¡Mentira! —golpeó Etinoch los barrotes.

—Vamos, vamos, no hay que ponerse alebrestados, la sentencia de muerte no es cosa segura, si me dicen lo que quiero saber podría hablar con mi padre y aminorar la sentencia. Lo último que desea Karzos es una guerra contra Toxoc, ambos sabemos que habría bajas notables de ambos lados dejándonos débiles para invasiones de otros reinos.

—Jamás hemos perdido una guerra, no la perderemos ahora —replicó Trubius con voz forzada mientras terminaba de desechar.

—Ha habido cinco guerras contra Karzos y jamás han ganado.

—Tampoco perdimos, lo único que no pudimos hacer fue llegar a la capital —contestó Etinoch.

—Hermanos, dejen de hablar con él, no nos dará nada solo quiere información —balbuceó Poromo.

—Si no mal recuerdo en los libros de historia dice que alrededor de hace cien años tuvieron una guerra contra los enanos de Murlok, la cual ganaron. Por diez años estuvieron trabajando para ustedes minando sus riquezas y llevándolas a Toxoc, pero tras el décimo año lo enanos tuvieron una idea muy interesante. Utilizan guantes para minar, ya que los minerales dentro de su territorio son muy finos y así evitar cortadas en sus manos. Un día un enano tuvo la gran idea de con esos mismos guantes trabajar con venenos; al ver que no se había enfermado al usarlos, le dijo a sus compañeros, quienes comenzaron a planear su libertad. Espolvorear veneno de Pilaris en los minerales, haciendo que no solo el cochero mediocre y avaro los palpara y se envenenara, sino que lo esparciera a la gente que saludaba y a los demás que tuvieron contacto con los minerales; provocando que mucha gente muriera en Toxoc. No quiero recordarles que la persona que habían puesto a cargo en Murlok también se hizo con uno de estos minerales muriendo y envenenando a todo su grupo cercano, dando como resultado su libertad.

—Eso no fue una derrota, los enanos nos engañaron —contestó Etinoch.

—Pueden no verlo como una derrota, no obstante, fue una pérdida para su reino haciéndoles creer que entre ustedes se estaban matando por avaricia. He de admitir, nuestro reino es muy rico en minerales, una buena razón para hacer una invasión, mas nada se compara con lo que se obtiene en Murlok: oro del tamaño de una estalactita adulta, gemas del tamaño de una mesa, hierro de dragón, el metal más duro de todo el mundo, y solo se puede conseguir ahí.

—Parece que conoces mucho de nuestra historia. Lo que dices es cierto, muchacho, esos diez años que estuvimos ordenando en Murlok fueron los diez años más prósperos para Toxoc. La gente seguía peleándose y matándose, pero las muertes en las calles habían disminuido por mucho, haciendo que la nación se hiciera un poco más segura —comentó Etinoch.

—Calla, hermano, estás cayendo en su trampa —
volvió a balbucear Poromo mientras se hacía bolita y se
escondía en la oscuridad de la celda.

—Ganaron una vez, podrían volver a ir a invadir-
los y volver a tener Murlok bajo su control. El único problema es que, si lo vuelven a hacer, temen que les hagan
la misma jugada... claro podrían utilizar guantes como
ellos, pero hay otra cosa que seguro ya saben sobre el veneno de Pilaris; el calor hace que se vaporice y entre por
la nariz. He leído que la muerte por respirarlo es más do-
lorosa y rápida, y si se baña en agua para diluirlo, se tiene
que raspar para que se quite por completo, lo malo es que
el Pilaris se queda impregnado en los materiales. La olla,
los guantes y el raspador, haciéndolo un veneno de altí-
simo cuidado en su uso. Por lo que sé de sus muertes, el
mal cuidado con el veneno mató a más de un cuarto de su
población y sabiendo cómo es su nación de «delicada». —
Hice ademanes con las manos—. Podría matarlos a todos,
entonces díganme, ¿vinieron para hacer un pacto o para
hacerse con el poder en Karzos?

El silencio reinó dentro del lugar. Etinoch, que se encontraba frente a mí cogiendo los barrotes, los soltó de un
instante para otro y comenzó a caminar en círculos por la
celda. Poromo seguía a lo lejos, recostado en su cama de
paja mirando al techo, y Trubius, parado junto al balde
de desechos.

—Vamos, necesito saber algo para poder ayudarlos.
Ayúdenme para ayudarlos.

—Esta es la única respuesta que te daremos. —Trubius cogió el balde y arrojó los desechos en mi dirección.

Justo a tiempo logré moverme para que la mierda
se esparciera por el suelo y solo un poco cayera en mi
calzado.

—Por lo visto, creo que no necesitan nada; bueno,
llamaré a los carceleros para que vengan a sacarte de la

celda, Trubius... y que limpies lo que tiraste... con la boca.

—No te tengo miedo, niño, prefiero sufrir antes que abrir la boca.

Di la media vuelta y caminé a la salida.

—Prefieres sufrir antes que morir, ¿no es así?

El silencio volvió a reinar. Había logrado sacarles algo de información; si seguía así podría lograr que uno de ellos se abriera conmigo. Por ahora Etinoch parecía el más proclive a apoyarme, tendría que hacer que los demás soltaran la lengua o que Etinoch me tuviera total confianza.

—Necesito que saquen a Trubius de la celda y le hagan limpiar el desastre que acaba de hacer. Ah, y llévenle una comida decente a Etinoch, cambien su cama de paja por una normal.

—Con gusto, su majestad, ahora lo haremos —respondieron los carceleros.

Ellos bajaron las escaleras hasta llegar a la celda donde se encontraban los lores. Pude distinguir los gritos de los carceleros y la puerta siendo abierta para sacar a Trubius a que limpiara su desastre. Salí del calabozo y me encaminé al palacio.

Pasaron los días y el ejército regresó a la capital, el reino completo se enteró de que el rey había sido envenenado y se encontraba en una situación delicada. Elton se fue recuperando poco a poco hasta que llegó la tercera semana en donde dejó sus aposentos caminando con la ayuda de un bastón, ya que la pierna que había sido dañada le dolía demasiado como para apoyarla, efectos secundarios a causa del veneno que se le había administrado, provocando que dejara de entrenar y pasearse por el reino. Sus movimientos se limitaron de su habitación al cuarto del trono, por lo que se instauraron audiencias para la gente, en las que se trataban los problemas que tenían y los establecimientos, tal y como lo hacía antes visitándolos. Mientras tanto, yo seguí visitando a los presos intentando obtener información. Etinoch parecía estar cómodo con todos y gracias a esto soltó su lengua un par de veces más; en las charlas que tuvimos habló sobre Toxoc y los problemas que tenían en el día presente. Esto fue recompensado con una celda solo para él, junto con una mesa y una silla para que pudiera escribir y mandar cartas a su reino, que eran leídas antes de ser enviadas para evitar algún mensaje cifrado o hablar sobre temas de alguna guerra.

Los otros seguían callados. Varias veces Ostum me vio bajar al calabozo para hablar con ellos, y un día tras salir entró él.

—Ostum, nunca te he visto querer entrar al calabozo para ver a los presos.

—Quiero platicar con ellos para ver si puedo sacarles un poco de información acerca del ataque que hicieron y saber si tienen planeado hacer una guerra.

—Pues con todos mis esfuerzos no he sacado nada, no creo que tú puedas hacer algo al respecto.

—Tengo experiencia sobre mi reino, joven Andariel, y creo poder hacer algo al respecto para hacerlos hablar.

—Ah sí, ¿qué planeas hacer?

Ostum metió su mano en su túnica y sacó un frasquillo que contenía un líquido.

—¿Sabe qué es esto, joven Andariel? —preguntó Ostum con una sonrisa de su rostro.

—Es un frasco, por lo que puedo ver.

—Hablo del contenido.

—No sé qué es, pero por lo que puedo pensar es algún tipo de mejunje.

—*Vocifalus ultima*, es una poción para hacerles soltar la lengua un poco.

—¿Y crees que con solo mostrárselos van a aceptar beberlo?

—No lo creo, pero para eso traigo esto.

Dos sirvientes bajaron las escaleras con comida recién traída de la cocina, que olía muy bien.

—Esperen un momento —ordenó Ostum a los sirvientes.

Abrió el frasquillo y vertió en las tres comidas en cantidades proporcionales.

—Si esto no les hace hablar, no sé qué lo hará. —Cerró el frasco.

—Espero que la información que obtengas sea fructuosa para la nación y para el rey.

—No se preocupe, joven Andariel, cualquier información que obtenga será dada al rey para que tome en cuenta cualquier problemática si se suscita alguna.

—Espero que así sea, Ostum.

—¿Acaso está dudando de mí, joven?

—No sería la primera vez que guardas algo para el rey, Ostum.

—No sé a qué se refiere.

—Lo sabes, por eso quisiera entrar contigo para no perderme de nada que te den, de esta forma tendrás un testigo ante lo que digan.

—Me parece fascinante la idea, por favor. —Ostum alzó la mano en dirección a la entrada del calabozo haciendo un ademán para que pasara primero.

Entramos a la prisión con los sirvientes y las comidas. Los encerrados, al ver lo que ocurría, se separaron de los barrotes y se pegaron a las paredes.

—No tengan miedo, caballeros, les traemos una comida caliente, recién hecha por la cocina del palacio, creo que lo que les han dado de comer durante su estadía ha sido deplorable y creo que esto les vendría bien. Comer bien una vez para recordar sus tiempos en Toxoc no vendría mal, ¿o sí? —comentó Ostum.

Los platillos contenían pescados y varios cortes de

atún rojo, que fueron empujados dentro de las celdas por un hueco debajo de las rejas.

—Como saben, en esta región del mundo no tenemos salmones como los hay en sus tierras, pero este atún, es una delicia… lo he probado yo mismo —prosiguió Ostum.

El silencio reinó dentro del calabozo una vez más. Trubius y Poromo cogieron sus platos, los pusieron encima de una barra de madera y comenzaron a comer. Etinoch por su parte vio el plato, lo cogió y se lo llevó a su mesa sin tocarlo.

—El pescado tiene un sabor raro —mencionó Trubius.

—Ha de ser el aderezo que le ponen en la cocina —respondió Ostum con una sonrisa amplia y cálida que me dio un escalofrío.

A los lores pareció no importarles y siguieron comiendo.

—Lord Etinoch, ¿acaso no va a comer de su plato? —habló Ostum volteando a verlo con el plato intacto.

—Prefiero no hacerlo, hace rato vino un plato preparado para mí y resulta que estoy lleno, dénselo a los animales, de seguro están hambrientos —respondió Etinoch cogiendo el plato de la mesa y llevándolo a la rendija de la celda. Lo pasó al otro lado, donde fue recibido por los sirvientes y sacado fuera del calabozo.

Los minutos pasaron mientras terminaban de comerse sus platos, una vez terminados Poromo y Trubius los llevaron a la abertura, donde fueron recogidos por otro sirviente quien salió de la mazmorra para llevárselo de vuelta a la cocina.

—Díganme, lores, ¿cuál es la razón por la que vinieron a Karzos? —preguntó Ostum.

—Nuestro rey, Torbul, nos pidió que viniéramos lo antes posible —respondió Trubius.

—¿Y qué venían a hacer?

—Las ordenes fueron venir a la capital con un ejército pequeño, hacer un pacto, no sin antes matar al rey karzo.

—¿Y después de eso?

—Obtener el control sobre Karzos.

—Pero Ermes o yo seríamos el siguiente gobernante, no habría forma de que dominaran aquí —dije.

—Torbul nos dijo que no importaría, reinaríamos ambos lugares.

—¿Cómo? —pregunté—. Ermes haría una guerra contra ustedes sabiendo esto.

—No habría guerra, muchacho tonto, tu hermano no haría una sabiendo lo fuertes que somos; estaríamos listos para ella —respondió Trubius mientras Poromo se carcajeaba frente a mí.

—Como puedes saber, niño, Torbul no es solo el gobernante de Toxoc, es un planificador muy inteligente, tanto así que esto que está sucediendo ahora... también estuvo planeado —habló Poromo con una sonrisa enorme en el rostro—. Y si todo sigue marchando al plan, seremos liberados.

—¿Cómo están tan seguros? El rey puede encontrarlos culpables y darles pena de muerte.

—¿Por qué crees que nosotros tres nos rendimos en vez de seguir peleando como los demás? Sabíamos del plan, ellos no, por eso continuaron hasta la muerte.

—¡Poromo, Trubius, ya cállense, están hablando de más, les dieron algo para soltar la lengua! —gritó Etinoch desde su silla

—¿Y tú como sabes eso, Etinoch? —preguntó Trubius.

—Desde hace días ha venido el chico en busca de información; he sido el único que habla con él, mientras ustedes se quedan callados arrinconados o acostados en sus camas... Han hablado ya mucho.

Poromo y Trubius vieron verdad en las palabras de Etinoch, quien al ver que se callaron cogió un pedazo de papel de su escritorio con una pluma y comenzó a escribir una carta.

—Malditos, ¿qué nos dieron? —preguntaron ambos.

—Solo un poco de *Vocifalus ultima,* una poción hecha con varios ingredientes de Bantmaus para soltarles la boca, es obvio que no han oído hablar de ella porque se desconoce en Toxoc, pero para un reino que hace comercio con otros, es muy conocida —mencionó Ostum.

—¡Maldito seas!

—Todo está de acuerdo con el plan, ¿no?

El rostro de Trubius se sonrojó, se le veía furioso mientras Poromo se acercaba a las rejas golpeándolas con todas sus fuerzas hasta sacarse sangre de los nudillos.

—¡Maldita sea! No moriré aquí, Torbul lo prometió —gritó observando a Ostum a la cara.

—Eso lo veremos después de lo que han hablado; esto será notificado al rey y a sabiendas de lo que acaban de decir decidirá si mantenerlos vivos o matarlos.

—Andariel, no van a hablar más, se han dado cuenta de lo que les dimos, vámonos de aquí —habló Ostum dándose media vuelta y dirigiéndose a las escaleras—. Vamos con su padre a platicarle lo que acabamos de escuchar.

—Me agrada la idea, Ostum, vamos.

Subimos las escaleras mientras escuchábamos los gritos de Poromo.

—Mi rey, ¡tú nos prometiste que seríamos liberados, nos prometiste!

Dejamos el calabozo y a los carceleros tras nosotros, quienes al ver que salíamos y los encerrados no paraban de gritar, entraron para callarlos. Pronto caminamos al cuarto de trono, en el cual se encontraba Elton y la corte atendiendo a un mercader quien necesitaba dinero para abrir su nueva tienda y pagar sueldos a sus nuevos trabajadores.

—Entonces dime, Tomas, cuántos minerales necesitas para crear tu nuevo establecimiento y pagarles a tus nuevos trabajadores —preguntó Elton en voz baja colocando su pierna mala encima de la otra.

—Su majestad, necesitaría tres mil minerales y treinta mil monedas de oro para echar a andar mi nuevo negocio.

Los cortesanos bajaron de su podio hasta llegar al asiento de rey, donde le dijeron cosas en voz baja, hasta que se apartaron de Elton haciendo un semicírculo alrededor del trono.

—¿Y por qué sería tanto lo que nos pides?

—Como puede ver, su majestad, los planos del nuevo establecimiento, el mover los materiales, comprar carrozas que los transporten y los constructores van a tomar la mitad del oro que le pido, la mitad de la otra mitad sería para ir entrenando a los nuevos empleados en diferentes prácticas que se harán dentro del negocio, y el cuarto de oro que queda sería por si sucede algún problema o error al construir el lugar.

—¿Y entonces, para que van a ocupar los minerales? Todo lo que he oído es como se va a utilizar el oro, pero no como van a utilizar los minerales.

—Como puede saber, vamos a crear otra armería y herrería, en donde utilizaremos esos minerales para crear desde puertas y rejas hasta armaduras y espadas.

Los cortesanos se volvieron a acercar a Elton para decirle algo, pero este levantó la mano ordenándoles que se hicieran para atrás.

—Es un negocio muy amplio, ¿estás seguro de que servirá?

—Si, su majestad, como puede saber tengo ocho armerías y cuatro herrerías alrededor de todo el reino, y hacer una que tuviera ambas funciones en la capital me parece un buen negocio.

—¿Cuánto tiempo tardará en ser creada la tienda?

—Si los cálculos no fallan su majestad, tres meses.

—Te daré el préstamo del oro para que comiences a hacer tu nuevo negocio, mientras tanto, el mineral te será retenido hasta dentro de tres meses para que lo comiences a usar una vez abierta la tienda.

—Pero, su majestad, necesitamos los tres mil minerales para ir entrenando a los nuevos.

—¿Y que sean malgastados? No lo creo, podrán entrenar con los residuos de las otras tiendas, sé que sobra material y se desecha. En vez de tirarlo pueden volver a utilizarlo.

—Pero, su majestad…

—Nada, te estoy dando un préstamo de treinta mil monedas, mi corte piensa que es excesivo y debería darte solo la mitad. Una vez tu nueva tienda se haga, vuelve conmigo para que platiquemos sobre el resto.

—Muchas gracias, su majestad. —Tomas se arrodilló una vez más y se dio la media vuelta.

—Tomas, espera un momento, falta darte tu interés.

Los cortesanos cogieron un papel ya escrito con todas las especificaciones, solo faltaba poner la firma de Elton y cuánto sería el porcentaje de interés.

—Como dices, tienes doce tiendas alrededor de todo el reino, solo te falta poner una en la capital; el interés de pago será de dos años y pagarás el seis por ciento de tu deuda cada mes. Con esto, en diecisiete meses la deuda y los siete meses que quedan sería el interés. Al final pagarías un ciento cuarenta y cuatro por ciento, dando como resultado menos de la mitad de la deuda como pago en interés.

—Muchas gracias, su alteza, no le fallaré.

—Tráiganle dos sacos de oro y déjenselos fuera del palacio en su carruaje para transporte.

—Sí, mi señor —contestaron los guardias que bajaron a la bóveda para sacar el oro que había pedido.

Nos alejamos del marco de la puerta y entramos al salón del trono.

—Su majestad, ¿tendrá un momento para nosotros? —preguntó Ostum subiendo las escaleras en dirección a Elton.

—Mientras traen los bolsos de oro y entra la siguiente persona puedo atenderlos, ¿qué necesitan?

—Le di un poco de *Vocifalus ultima* a los lores para que soltaran un poco la lengua y tenemos noticias.

—Hablen, ¿qué fue lo que dijeron?

—Venían a invadir y a matarlo, su majestad, para hacerse con el control del reino.

—¿Cómo, matarían a mi esposa y a mis hijos también?

—Eso no lo mencionaron, padre, dijeron que no importaba quién sucediera al poder podrían conquistar Karzos.

—Eso es imposible, mis hijos jamás venderían el reino de nuestros antepasados a uno hostil.

—Eso es lo que dijeron, su majestad.

—También dijeron que Torbul era un planificador muy inteligente y que esto que estaba sucediendo, el encarcelarlos y que no murieras, estaba yendo de acuerdo con su plan.

—Ya veo, cierren las audiencias por hoy, cortesanos, tengo que hablar con ustedes sobre lo que haremos con esos tres antes del juicio. Ostum...

—¿Sí, su majestad?

—Sal y dile a los que están esperando que mañana los veré al alba para que hablemos sobre lo que necesitan; los demás, traigan agua que esto que vamos a hablar va a ser largo.

Ostum hizo una reverencia y se dirigió a la entrada del palacio donde se encontraban las personas esperando su turno. Por mi parte, debía sacar toda la información posible antes de que Elton los sentenciara a muerte ya que, con todo lo sabido, no iba a dejarlos vivos. Por lo tanto, volví a la entrada de las mazmorras donde se encontraban los carceleros.

—Joven Andariel, ¿otra vez por aquí?

—Sí, necesito que me hagan un favor. Saquen a Etinoch de su celda y llévenlo al cuarto de audiencias. Necesito hablar con él en privado.

—Como usted ordene, joven Andariel.

Entré al cuarto de audiencias esperando a que Etinoch llegara. Me senté en la silla con dirección a la puerta. Momentos más tarde el portón fue tocado.

—Joven Andariel, traemos a Etinoch tal y como pidió —dijo un carcelero.

—Bien hecho, métanlo.

Entró Etinoch con cadenas en las manos y en los pies.

—¿Querías verme?

—Si, necesito hablar contigo antes de que lo peor suceda. Ostum y yo ya hablamos con el rey y, al parecer, su sentencia pueda ser de muerte.

—Quién lo pensaría después de que esos dos babosos soltaran la lengua tan fácil.

—Quién puede juzgarlos, Ostum les dio algo para que hablaran.

Etinoch se acercó a la silla y se sentó frente a mí, siendo separados por una mesa.

—Pudieron haberse dado cuenta desde antes, pero son unos idiotas, siempre lo han sido, si no fuera por Torbul se habrían muerto peleando como los demás.

—Necesito que me hables de tu rey y lo que planea hacer.

—Lo que te han dicho es bastante, no diré más. —contestó Etinoch rascándose la barba.

—Si hablas puedo hacer que tu sentencia solo sea aprisionamiento y no muerte. Ya hemos hablado bastante y por las comodidades que tienes a comparación de los demás, sabes que puedo hacerte el favor y hablar con mi padre.

—Mira, chicuelo, no voy a traicionar a mi reino solo por unos días más de vida.

Metió su mano en sus ropas y levantó la axila sacando de ella un pedazo de papel doblado y poniéndolo en la mesa.

—¿Qué es esto? —pregunté mientras cogía el papel doblado y lo abría.

—Es una carta para mi familia, necesito que la leas como lo hacen con todas las demás y la envíes a Toxoc.

Etinoch me hizo un guiño.

—Está bien, la leeré y será mandada a tu familia.

Desdoblé la hoja y en ella pude ver una serie de números. Al parecer por los números no era muy extensa y sería fácil de descifrar.

—Está en código.

—Claro que no, si le prestas atención no dice nada fuera de lo común, es solo para mi familia. —Etinoch volvió a guiñarme el ojo, en ese momento fue cuando entendí.

Familia:

Es posible que perezca aquí, mis compañeros han hablado sobre nuestros planes y gracias a esto tal vez me toque morir en territorio karzo. Dile a mi hijo que no deje de pelear por el bien de Toxoc, ahora él será el hombre de la casa y tendrá que velar por la seguridad de sus allegados y de la gente que tiene bajo su mando. Por favor, no hagan una guerra contra Karzos por mi muerte o la de mis compatriotas, la que hicimos fue inútil y ahora estarán más preparados que antes para cualquier conflicto.

Esta carta la escribo por mi propia cuenta, nadie me ha obligado a hacerlo.

Lord Etinoch de Toxoc

Leí el texto en voz alta para que se escuchara por toda la habitación.

—¿Esta es la carta que quieres enviar a tu familia? —pregunté guiñándole el ojo.

—Si es posible, que salga lo más rápido posible de aquí, no quiero que se queden sin noticias de mí, pensando que he muerto y por ello deseen hacer lo peor, tal como dice la carta.

—Veré que un mensajero la reciba y la mande a tu casa para que todos sepan lo que ha sucedido.

—Muchas gracias, joven Andariel. ¿Me puedo ir de regreso a mi celda?

—No sin antes decirme, ¿por qué enviar una carta hasta ahora para Toxoc?

—Tenía que pensar bien qué poner en el escrito antes de enviarla y así no crear confusiones en mi familia ni en la de los demás lores restantes en Toxoc.

—Muy bien, ya puedes ir de regreso a tu celda.

Me paré y caminé a la puerta no sin antes guardar la carta en un bolsillo. Abrí en donde del otro lado un carcelero y un guardia se habían quedado esperando para sacarlo de ahí.

—Ya hemos terminado, lleven a Lord Etinoch de regreso a su celda, no sin antes darle un buen baño caliente y una cena de la cocina, esta vez sin pociones ni añadidos extras, solo comida y agua.

—Con gusto, mi señor.

Salí de la habitación dejando atrás al guardia, que entró a la habitación por Etinoch. Algo me hizo entender que sabía que no estaba seguro ni siquiera conmigo a solas, razón por la que había inventado la carta para no levantar sospecha alguna. Debía ir a la biblioteca y decodificar la numeración de Toxoc, que era diferente a la karza, con esto sabría lo que aquel pedazo de papel decía.

Subí las escaleras a la biblioteca, que se encontraba en el primer piso de palacio. Entré y me puse a buscar con cuidado un libro que hablara sobre el dialecto de Toxoc, sus costumbres y numeraciones.

La biblioteca era extensa por lo que pasé horas y horas sin encontrar libro que tuviera lo que buscaba. Era hora de hablar con alguien más, alguien inteligente y con los recursos necesarios para saber sobre lo que decía el escrito. Debía ir a ver a Jenn lo antes posible; ella sabría qué hacer con la carta. El sol se estaba poniendo en el horizonte dando sus últimos rayos. El cielo estaba pintado de rojo y del otro lado se encontraba apenas asomándose la luna. No tendría más tiempo que unas cuantas horas para encontrarla en su hogar y que me dieran permiso a pasar. Me dirigí al establo y saqué al caballo lo más rápido posible, me subí y galopé con todas mis fuerzas en dirección a la casa Hista sin perder ni un solo segundo. Llegué a la casa Hista para cuando el sol ya se había ocultado. Las calles comenzaron a encender sus linternas para alumbrar el camino que a cada segundo se iba haciendo más y más oscuro. Me bajé del caballo fuera de la puerta y lo dejé amarrado en la entrada, subí las escaleras y golpeé la puerta tres veces, momentos más tarde abrió la puerta un sirviente.

—Oh, su majestad, ¿qué hace por aquí?

—Necesito ver a Jenn, es importante.

—Con gusto, pase, en un momento la llamo.

El criado abrió la puerta para dejarme pasar, entré y caminé a la sala sentándome en un sillón a esperar por Jenn. Una vez ahí el trabajador subió las escaleras hasta los aposentos de Jenn, donde tocó la puerta y fue abierta por ella.

—¿Qué sucede?

—Mi señora, el príncipe Andariel ha venido a verla, dice que es importante.

—Como la vez pasada, ¿ahora que necesita?

—No lo sé, mi señora, pero lo está esperando abajo.

—Dile que en un momento bajo.

La puerta se cerró mientras Jenn se quitaba las ropas de cama y se ponía un vestido de color opalina, una vez lista abrió de nuevo la puerta y bajó las escaleras.

—¿Sabes qué hora es? —preguntó Jenn refunfuñando en las escaleras.

—La hora exacta para venirte a ver.

—Ya es la segunda vez que vienes por algo importante, ¿ahora qué es?

—Necesito que me ayudes con algo —dije mientras metía la mano en el bolsillo y sacaba la carta que me había dado Etinoch.

—Es importante, está codificada y necesito saber si tienes lo necesario para descifrarla.

Jenn cogió el pedazo de papel con sus manos y lo abrió para ver el contenido.

—Esto es numeración toxiana, ¿de dónde lo sacaste?

—Me la dio Etinoch, se encuentra encerrado en el calabozo del palacio. Por lo que me dijo, es importante que lo decodifiquemos lo antes posible antes que suceda algo.

—¿Y qué podría suceder?

—Que muera en el juicio y el problema que tuvimos hace semanas se vuelva algo aún peor.

—Ven conmigo a la biblioteca. —Apresuró Jenn cogiéndome del brazo y haciéndome levantar del sillón.

—Si no mal recuerdo, en uno de sus viajes mi padre fue a Toxoc para tratar de hacer una unión de comercios entre ese reino y el nuestro, y para entender los costos de exportación se hizo con un librillo que consiguió en la casa de un comerciante de allá. La negociación nunca hizo frutos, por lo que mi padre regresó con las manos vacías a excepción de eso. Si no mal recuerdo lo tiene arrinconado y guardado.

Jenn comenzó a buscar por toda la biblioteca, entre montañas de libros que tenía, hasta lograr sacar un cuadernillo pequeño con piel y pelaje de lobo.

—Aquí está, veamos las numeraciones. Jenn se sentó en una silla, arrancó un pedazo de papel, cogió tinta y una pluma para ir escribiendo los números.

Estos no pasaban más allá de veintisiete por lo que no fue difícil estudiar los números.

—Al parecer es un mensaje cifrado por números que cambian a ser letras, veamos lo que dice —comentó Jenn mientras anotaba los números y las letras a un lado.

El mensaje tenía escritos los siguientes números:
23,5-1-12,1-3,1,17,9,21,1,12-4,5-21,16,25,16,3-5,14,21,19,1-1,12-3,1,20,21,9,12,12,16-26-8,1,2,12,1-3,16,14-12,1-8,5,19,13,1,14,1-4,5,12-19,5,26-5,12,12,1-21,5-4,9,19,1-12,16-18,22,5-21,9,5,14,5,20-18,22,5-20,1,2,5,19-3,22,9,4,1,4,16-3,16,14-5,12-18,22,5-20,5-20,9,5,14,21,1-5,14-5,12-21,19,16,14,16.

Al traducirlo decía: «Ve a la capital de Toxoc, entra al castillo y habla con la hermana del rey, ella te dirá lo que tienes que saber. Cuidado con el que se sienta en el trono».

—No entiendo el mensaje, ¿acaso quiere que vayas a Toxoc? —preguntó Jenn sorprendida.

—Al parecer eso es lo que quiere, puede ser una trampa, pero no tengo otra opción más que confiar en Etinoch.

—Es un enemigo de Karzos, no puedes hacerle caso, y más con lo que acabas de decir.

—Tengo que hacerlo, me ha advertido sobre Torbul, eso quiere decir que puedo confiar en él.

—¿Y si es parte de su plan fallido? No pudieron secuestrarte, así que quieren que vayas por tu propia cuenta para que algo suceda.

—Es un riesgo que tengo que tomar; si no regreso en tres meses ve a hablar con mi padre y entrégale la carta, él sabrá qué hacer.

—No puedes ir, ¿estás loco?

—Si no voy, pueden pasar cosas peores y si en verdad la princesa puede decirme lo que necesito saber para evitar un conflicto mayor, no hay otra opción más que ir. Partiré mañana por la mañana, gracias por la ayuda, Jenn.

—Déjame ir contigo, así puedo cuidarte las espaldas.

—No, tú debes quedarte, en dado caso que suceda algo, puedes ir con mi padre.

—Hay más personas que pueden hacerlo por mí.

—Han estado pasando cosas muy extrañas en el reino en los últimos días, y no me fío de nadie más que de ti.

—Podemos dársela a Argos, Frederick, Lucas, Omar o Patrick, ellos pueden saber qué hacer con ella.

—No es posible, Frederick, Lucas y Patrick están dentro de nuestra fuerza armada, en el momento en que se la des a ellos, irán a ver a mi padre y se la entregarán, y él al saber lo que dice, me aconsejaría no ir y me regresaría a la capital detenido para evitarlo.

—¿Y qué hay de Argos y Omar? Puedes confiar en ellos.

—Omar tiene a su familia a cargo de la policía, no puedo dejar que la carta caiga en manos de ellos; si Etinoch me la dio, diciéndome en pocas palabras que yo me hiciera con ella y que no se la diera a nadie más, es porque sabe que hay gente que si la obtiene podría ocasionar problemas más grandes. Hablando de Etinoch, necesito que convenzas a mi padre de que no haga el juicio hasta que regrese.

—O que en realidad no debes ir. Ve las circunstancias: todas y cada una de ellas, desde lo que han dicho los lores hasta lo que sucedió, hablan sobre una trampa.

—O una solución que puedo encontrar.

—¿Qué hay de Argos? Es avaro y terco, si hablamos bien con él y le decimos lo que está en riesgo, la guardará en un lugar seguro y no hablará con nadie hasta el momento indicado.

—Puede ser una opción, pero tú eres hija única de los Hista, eres la inteligencia, la estratega de la guardia real, no puedo ponerte en riesgo si esto es una trampa.

—Tú tampoco puedes ponerte en riesgo, eres hijo del rey, eres heredero al trono, tú bien sabes que irte sería lo peor; mandemos a alguien.

—No es posible, tengo que ir, aparte el reino todavía tiene a mi hermano Ermes, quien puede ascender, él está más educado en el cuidado del reino que yo gracias a Ostum, y sería mejor candidato al puesto.

—Aun así, debes de pensar bien lo que haces, tu muerte traerá una guerra entre reinos.

—Para esto te quedarás tú, para avisarle a mi padre que voy por cuenta propia y que suceda lo que suceda no haga nada de lo que se pueda arrepentir en un futuro. Tengo que irme, ya es muy tarde y parto mañana por la mañana.

—No te dejaré ir solo —Jenn me agarró de la mano.

—Es algo que tengo que hacer, así sabre que es lo que sucede y podré encontrar una solución. Gracias por el apoyo, Jenn.

Me levanté de la silla y caminé hacia la puerta, donde Jenn me cogió de la mano impidiéndome salir.

—Piénsalo bien, podría ser una trampa y tu muerte será causa probable de una guerra.

—Para eso te tengo aquí a ti, para que convenzas a mi padre de que haga lo contrario.

Salí de la habitación y bajé las escaleras para salir por la puerta; Jenn fue a su habitación y observó por la ventana cómo me iba.

Salí de la habitación y bajé las escaleras para salir por la puerta; Jenn fue a su habitación y observó por la ventana cómo me iba, una vez que desaparecí, ella bajó hasta la salida, cogió un caballo de su establo y salió al galope.

—No puede ir solo, tengo que hacer algo —se dijo a sí misma yendo en dirección contraria a donde yo había partido.

Llegué al palacio ya de noche, hora en la que Elton y Antonela ya estarían en sus aposentos descansando. Solo había dos guardias en la entrada y otros ocho dentro del salón del trono haciendo sus rondas. No podía perder el tiempo, debía ir con mi padre e inventarle algo para que no se preocupara por dos meses en mi viaje a Toxoc. Subí las escaleras hasta llegar al tope y caminé por el pasillo hasta su habitación, en donde toqué la puerta tres veces.

—Ya no es hora de molestarnos, avisé que me despertaran mañana temprano, pero no tan temprano —gritó Elton desde su cama, donde apenas estaba conciliando el sueño.

—Padre, soy yo, quiero hablar contigo sobre un viaje que voy a hacer.

—¿No puede esperar a mañana, hijo?

—Mañana es cuando parto.

—Está bien, entra, ¿qué es lo que me quieres decir? —contestó Elton sentándose en su cama y prendiendo una vela en su cómoda.

Pasé y me entré por la habitación que era grande y estaba adornada con varios muebles, un librero junto a la cama y un candelabro de ocho velas en el techo. La cama estaba cubierta por cuatro sábanas blancas, que colgaban de un dosel sostenido por cuatro pilares encontrados en cada esquina. Me acerqué y encontré a Elton ya afuera de la tela.

—¿A dónde vas?

—Planeo recorrer todos los poblados dentro de Karzos, ver sus aflicciones y consuelos, que carecen y que abunda en sus poblados.

—Son varios, hijo, ¿Cuánto tiempo planeas irte y para qué quieres ir?

—Planeo irme por tres a tres y medio meses. Y la razón es que Ostum le enseña a Ermes cómo reinar, yo quiero aprender de otra forma, yendo a ver lo que ocurre en cada lugar y ver cómo encontrar una solución a sus problemas.

—Vaya, nunca pensé que fueras a tomarte tanto en serio el trabajo de tu familia, hijo. Estoy orgulloso de ti. Dime, ¿necesitas algo para tu viaje? —respondió Elton en tono sarcástico.

—No, padre, solo quería venir a decírtelo para que no haya confusiones ni dudas. Parto mañana por la mañana.

—Será un gusto saber que ambos hijos míos pueden ser igual de buenos reinando, cada uno a su forma.

—Gracias por tus palabras, padre.

—Si ves a Nadia, dile que no se le olvide regresar a tiempo.

Salí de la habitación y entré a la mía, la cual cerré con seguro para que no hubiera otro problema; volví a colocar la silla para atrancarla y chequé de nuevo la cama en busca de alguna otra aguja u objeto que pudiera hacerme daño. No encontré nada, por lo que me recosté y dormí.

Llegó el amanecer del siguiente día, me desperté una hora antes de lo que había planeado. No había podido descansar bien, el viaje y lo que ocurriría me tenían tenso y ansioso, por lo que me levanté de la cama y fui a darme un baño caliente. Cogí un bolsón de monedas y fui a la cocina por comida; Nadia ya había partido para su pueblo hace un tiempo; cogí un bolso de piel y metí varios panes que servirían para el viaje durante un tiempo, el resto lo tendría que pasar en tabernas y posadas. Salí del palacio, tomé mi caballo y cabalgué fuera de la ciudad, en donde me encontré a alguien esperándome con una capucha en el rostro. Una vez me acerqué lo suficiente pude distinguir quién era.

—Pero… ¿qué haces aquí? —pregunté.

—Alguien me dijo que harías una misión suicida y creo que esa persona se siente más cómoda si alguien como yo te acompaña. Así tendremos ambos a alguien que nos cubra las espaldas, ¿qué dices, Andariel?

—¿Qué sabe tu padre?

—Lo necesario.

—Partamos pues, que el viaje será largo y el tiempo no nos hará esperar.

Así fue como partimos de la capital de Karzos hasta la nevada y tormentosa Toxoc, a la que tardaríamos dos meses en llegar.

3. CANCIÓN DE MANIPULACIÓN

I

Pasaron dos semanas y media. Ermes se encontraba en su escritorio leyendo los libros que Ostum le había pedido que leyera. Momentos después, la puerta fue tocada varias veces.

—Joven Ermes, ¿se encuentra ahí? —preguntó Ostum del otro lado de la puerta.

—Si, estoy repasando lo que me pediste que leyera. Pasa.

La puerta se abrió de un solo movimiento y Ostum entró a la habitación.

—El joven Andariel no se encuentra en el palacio. ¿Sabe de casualidad dónde está?

—Debería estar en la academia.

—No es posible. Debió de haber regresado hace un par de horas.

—Puedes preguntarle a mi padre, el sabrá dónde está.

—Buena idea, de seguro él sabe algo. Sigue repasando, en un momento regreso.

—Espera, Ostum —dijo Ermes levantándose de su asiento y acompañándolo a la puerta—. ¿Por qué preguntas por él? Nunca te había visto tan interesado en mi hermano.

—Pudo haberle sucedido algo —respondió Ostum mientras se alejaba de la puerta y se dirigía por las escaleras al cuarto de trono, en donde se encontraba Elton esperando a la siguiente persona. Ermes dejó su habitación y lo siguió.

—Su majestad, buenas tardes.

—Buenas tardes, Ostum. ¿Vas a seguir educando a mi hijo o vas a estar presente en las audiencias?

—Voy a seguir educando a su hijo, pero tengo que saber algo: ¿sabe, de casualidad dónde se encuentra el joven Andariel?

—Si, ayer habló conmigo. Dijo que viajaría por toda Karzos para averiguar los problemas que tiene cada poblado y así encontrar soluciones en ellos y que el reino se desarrolle de mejor forma. No regresará hasta dentro de tres meses, por lo que veo que será una tarea exhaustiva y minuciosa.

—Espero que lo que encuentre sea positivo para el reino, su majestad. Lo dejo, que iremos a estudiar. Joven Ermes, suba a su alcoba, en unos minutos estaré con usted para que repasemos lo que ya ha estudiado.

Le hizo un ademán a Ermes para que se apurara en subir. Mientras Ostum caminaba a la entrada del palacio, en donde se encontraban cuatro guardias, cogió del brazo a uno y lo apartó de los demás para decirle algo en voz baja.

—Cortesano Ostum, buenas tardes. ¿En qué puedo ayudarle? —dijo el soldado saludando a Ostum.

—Necesito que le hagas un favor a la corona. Yo no puedo por ahora, ya que estaré ocupado.

—Sí, dígame. ¿En qué puedo ayudarle?

—Necesito que vayas con el maestro de mensajería y mandes una carta por medio de cuervos a todos los miembros de La Orden, indicándoles que chequen y observen todos los movimientos del joven Andariel. Es posible que para cuando llegue al primer poblado, estos ya estarán avisados. Es urgente.

—Con mucho gusto cortesano. Enseguida lo hago.

—No tardes que, entre más lo hagas, menos tiempo tendremos de saber qué hace.

El soldado salió corriendo hacia la mensajería del reino, que se encontraba en el palacio, en el segundo piso. Ostum, por su parte, se regresó caminando mientras valoraba el tiempo que Andariel estaría fuera de la capital, que no se le hacía consistente. Si sus matemáticas eran correctas, estaría dentro de los diez poblados por un tiempo de cinco días en cada uno, cosa que se le hacía un disparate total. Tanto tiempo para ver lo que se necesitaba en un poblado era una locura. Las expediciones pasadas, que habían sido hace cinco años, habían durado tan solo dos días por cada poblado y, en ese tiempo, habían descubierto que era lo que aquejaba a cada lugar sin necesidad de tomar tanto tiempo. Sin pensarlo más y con su plan en marcha, regresó al palacio y se dirigió a la alcoba de Ermes, en donde se pusieron a platicar sobre lo que Ermes había leído, que era: *Bloqueo comercial y estrategias de guerra indirectas.*

—Veamos, joven Ermes, sobre lo que leyó en los libros que le di. Dígame, ¿qué es un bloqueo comercial o en qué se basa? —preguntó Ostum.

—Un bloqueo económico o comercial, significa dejar de comprar y seguir vendiendo el producto de un reino a otro, haciendo que las relaciones se tensen y haya pérdida económica por una parte. El reino que hace el bloqueo económico, lo realiza porque tiene suficiente poder y riqueza para hacerlo, lo que provocaría que su perdida sea mínima a comparación del reino que está siendo bloqueado.

—Muy bien, joven Ermes. Ahora dígame, aparte de una pérdida económica, ¿qué es lo más importante que puede perder el reino bloqueado?

—Dependiendo de la zona en la que se encuentre, este puede perder salud de sus pobladores gracias a que ciertas plantas o medicinas que no se encuentran en el reino bloqueado, provocando la enfermedad y muerte de su gente y alimentos. Si el reino necesita ciertos minerales para que sus plantaciones proliferen y crezcan de manera adecuada, estos pueden hacer que las cosechas se reduzcan y los cultivos sean menores o inexistentes, creando hambruna en el reino y llevándolo a una guerra interna a causa de estos dos problemas. Como consecuencia para aminorar el problema, el reino bloqueado haría tratados comerciales con otros reinos para poder sustentarse, o bien entrar en guerra con el reino que lo bloqueó con la esperanza de ganar y resolver el problema.

—Muy bien, joven Ermes. Ahora dígame, por ejemplo, ¿qué sucedería si hay un bloqueo económico por parte nuestra hacia mi nación, Toxoc?

—No sucedería nada, Toxoc es el reino con más bloqueos económicos que existe, lo único que tiene a su favor son guerreros, quienes son los más fuertes de todo el mundo. Al principio, cuando comenzaron los bloqueos, estos se vieron afectados tanto por salud como por alimentación, teniendo una guerra interna que, se dice, todavía sigue, pero tras pasar los años, el conflicto fue disipándose gracias a que los recién nacidos llegaron al mundo con más fortaleza en el cuerpo, haciendo que las enfermedades no les afectaran, y comenzaron a ver que la pesca en su lugar de nacimiento era abundante, por lo que con eso cortaron el hambre, pudiendo alimentar a toda su población, haciendo que se instauraran los lores y hubiera alguien al mando de todos, creando a un soberano, quien hasta la fecha, su régimen de gobierno sigue de pie.

—Muy bien. Ahora dígame, ¿con qué nación no haría un bloqueo económico?

—Con Bantmaus. Pueden ser el reino más grande, pero no el más rico. Aun así, cortar relaciones con ellos nos llevaría a una catástrofe económica y de salud, ya que todas las medicinas que se conocen en el mundo provienen de sus tierras. Se han intentado sembrar aquí y por la diferencia de clima y suelo, no crecen con la misma potencia o no se desarrollan del todo.

—Muy bien, joven Ermes. Por lo que puedo ver, ha estudiado bien los libros. Es hora de que pasemos a otro tema: Karzos y el rey.

—¿Qué tiene? Padre sigue rigiendo de buena forma, un poco distinto a lo que hacía antes, gracias a su condición de ahora, pero todo sigue igual.

—Exacto. Su condición lo ha debilitado, por lo que ahora no puede defender su reino.

—No tiene por qué hacerlo, el ejército que tenemos es numeroso y ellos pueden hacerlo en vez de él.

—Pero un rey tiene que estar frente a su ejército en condición a una guerra.

—Pero la última guerra fue hace más de ochenta años, tiempo en el que mi abuelo peleó.

—Y, por lo que he leído, él solo poseía el Kronium de Aire y lo utilizó de manera eficaz en la guerra. Gracias a él se ganó la guerra contra Murlok. En su tiempo se encontraban dominados por Toxoc; por lo tanto, fueron forzados a intentar invadir Karzos. En ese tiempo, si no mal recuerda, y ha leído la historia de Karzos, joven Ermes, su abuelo peleó con todo el ejercito fuera de la capital y ganaron. ¿En ese lugar se irguió un poblado llamado?

—Llamado Võit, el cual significa victoria.

—Bien dicho, joven Ermes.

—No porque se llame así significa que habrá otra guerra dentro del territorio karzo, haciendo que se cree otro poblado llamado de la misma forma, por lo que sabemos que ha pasado en el mundo. Llevamos mucho tiempo en paz y es probable que siga así.

—¿Y si no sucede, joven Ermes? Su padre tendría que ir a la guerra y es posible que la pierda por su condición.

—¿Qué propones entonces?

—Retarlo a un duelo por la corona.

—¿Otra vez con eso?

—Es lo más sensato. Usted bien podría ir a una guerra y, con sus habilidades, ganarla.

—Te digo: no creo que suceda.

—Por lo que escuchó el rey el otro día acerca de lo que dijeron los lores presos, es probable que el juicio se haga pronto y les manden a cortar la cabeza. A su padre le gusta mandar información sobre lo que sucede a otros reinos, provocando que les dijeran a los toxianos que sus lores han muerto, tal y como se hizo con los otros cinco y su pequeño ejército. El rey de la otra región pensará en hacer una guerra por sus compañeros caídos.

—Tienes un punto muy bueno a tu favor, pero padre sigue haciendo bien su trabajo, sería un desperdicio quitarlo del trono ahora que está más centrado que nunca en su pueblo. Podría retarlo por la corona unos días antes de que se hiciera la guerra, tomando el mando de la Guardia Real y pelear en vez de él.

—Pero una vez que tome la corona, no se la puede regresar, a menos que él lo rete a un duelo, cosa que no hará sabiendo su debilidad en la pierna y sabiendo que será tan bueno o mejor que él, dejándolo a usted como el soberano de Karzos.

—Pero estaría mi hermano, quien tiene el mismo derecho que yo y, al ver que reto a mi padre y le gano, podría hacer lo mismo conmigo.

—No se preocupe por eso, joven Ermes. Todo lo tengo calculado. Tras la derrota de su padre, se le dará el título que tiene en la Guardia Real, quitándole cualquier designación sobre la corona, haciendo que no pueda luchar por ella, dejándolo a usted como regidor legítimo del reino.

—No sé si haría un trabajo igual de bueno que padre. Él hace mucho por el pueblo y siempre parece hacer lo correcto.

—Para eso nos tendrá a mí y a la corte —contestó Ostum, poniendo su mano en el hombro de Ermes y dándole una cálida sonrisa—. Nosotros al igual que con su padre, le orientaremos en lo que necesite o tenga dudas.

Somos un equipo de diez cerebros, destinados a hacer de Karzos un mejor lugar.

—Tienes razón, Ostum. Debería confiar más en ti y en mí, siempre has estado a mi lado.

—Y lo estaré siempre que pueda, joven Ermes.

La plática continuó dentro de la habitación.

Por otro lado, Jenn había llegado al palacio con una solicitud de audiencia al rey para ese momento, y fue recibida con las puertas abiertas hasta el salón del trono.

—Joven Hista, me halagas con tu presencia. Dime, ¿cómo se encuentra la familia?

—Muy bien, su majestad. Las minas siguen proliferando —respondió Jenn haciendo una reverencia ante Elton y la corte.

—Levántate. Dime a qué se debe tu visita.

—Es sobre los lores de Toxoc. Por lo que tengo entendido, su juicio se hará dentro de unos días o semanas.

—Se hará la siguiente semana, ¿por qué el interés?

—Le imploro que lo reconsidere y lo haga hasta dentro de tres meses y medio.

—Dame una buena razón por la que debería seguir alimentándolos dentro de mi palacio por ese tiempo extra.

—No tengo una buena razón que darle, pero puede resultar beneficioso que ellos sigan vivos para así evitar una guerra contra Toxoc.

—Tenerlos encerrados durante ese mismo tiempo solo provocaría que quisieran hacer una invasión para intentar rescatarlos.

—¿Acaso algún lord ha enviado una carta diciendo que vengan a rescatarlos?

Los cortesanos se acercaron al rey y le comentaron cosas en voz baja.

—Por lo que estoy informado, ninguno de ellos ha enviado una carta pidiendo tales cosas. Las cartas se leen antes de ser enviadas para evitar que haya mensajes cifrados o de otra naturaleza que alienten a sus compatriotas a venir a invadir. Por lo que sé, él único que tiene permitido enviar cartas a su reino es lord Etinoch, los demás no pueden.

—¿Me permitiría hablar mañana con él y con lord Poromo?

—Claro, mientras sea dentro del palacio y no se escapen todo está correcto, niña; pero ¿para qué quieres hablar con ellos?

—Para sacarle un poco de información y apoyarlo para que envíe una carta diciendo que se encuentra bien. Es posible que podamos alargar la confrontación y darme los meses que le he pedido.

—Te daré los meses que me pides si logras lo que me dices y me cuentas todo lo que te dice.

—Con gusto, su majestad. —Jenn volvió a arrodillarse frente a Elton.

—Muy bien, muchacha. Mañana dejaré a tu servicio el cuarto de audiencias para que tengas toda la privacidad que necesites.

—Muchas gracias, su majestad. —Jenn se levantó y dio media vuelta para salir del palacio.

—¿Por qué querrá esa chica que retrase el juicio de los lores? Tres meses más alimentando a esas ratas traicioneras se me hace algo impertinente, pero le haré caso. Si es por el bien del reino, le daré el tiempo que necesite.

—Pero, su majestad… —contestaron varios de los cortesanos.

Elton levantó su mano para silenciarlos.

—Nada. Nos esperaremos. No quiero escuchar nada de ustedes.

Jenn cabalgó hasta los campos de entrenamiento del ejército, en donde encontró a Frederick y Lucas con su pelotón, todavía entrenando con los muñecos de madera, lanzándoles flechas al pecho y la cabeza.

—Sabía que los encontraría aquí. ¿Cómo les ha ido en la vida, muchachos? —preguntó Jenn.

Frederick y Lucas voltearon sus cabezas al mismo tiempo.

—Qué gusto verte por aquí, Jenn —gritó Lucas, yendo a su encuentro y abrazándola.

—Sí, qué extraño verte por aquí, hace tiempo no nos vemos —contestó Frederick, extendiendo su mano para saludarla.

—Estoy aquí porque necesito de su ayuda mañana por la mañana. Tendrán que venir conmigo y ausentarse para su entrenamiento.

—¿No podemos ir contigo tras el entrenamiento? Mañana nos toca combates uno a uno y quisiéramos meter solicitud al grupo de fuerzas especiales, necesitan más reclutas.

—No lo hacen por el reclutamiento, lo hacen por el dinero, ¿no es así?

—Es tradición familiar formarse como privado en algún grupo, pero un poco más de moneda no nos vendría mal —contesto Frederick.

—Con que no se vuelvan como Argos todo está bien.

—¿Tacaños? Vaya que tiene una personalidad y perspectiva muy curiosa del dinero —respondió Lucas riendo.

—Bueno, basta de amenidades. Vengo aquí a hablar con ustedes porque los necesito mañana por la mañana en el palacio; no puede esperar.

—Pero el entrenamiento y el reclutamiento son mañana.

—No se preocupen por eso, le mandaré una carta al coronel Atmios diciéndole que les perdone el día de mañana y que puedan hacer su reclutamiento otro día. Aceptará las circunstancias por las que los he llamado, dándoles la oportunidad de hacerlo después.

—¿Y para que nos necesitas, Jenn? —preguntaron ambos.

—Hablaré con dos de los lores que se encuentran encerrados en el calabozo del palacio y, por seguridad, quisiera que me acompañaran y se quedaran fuera de la habitación resguardándola hasta que acabe de hablar con ellos.

—Para eso existen los demás guardias dentro del palacio, para resguardar las entradas y las puertas.

—Si se los pido es porque les tengo la confianza. No quiero que nadie se entere de lo que hablo con ellos y, por como veo las cosas, necesito gente de confianza cerca de mí. Hoy en día, no se puede confiar en cualquiera. Andariel me enseñó eso.

—Está bien, si nos necesitas estaremos allá mañana por la mañana. Por cierto, ¿qué sabes de Andariel y de Ermes? Hace tiempo no nos reunimos —preguntó Frederick.

—Han estado ocupados. Andariel se encuentra viajando, razón por la que los necesito mañana y Ermes, sigue entrenándose para rey con Ostum, lo que le quita mucho tiempo para que nos veamos.

—Entiendo, pues nos tienes listos para mañana.

—Muchas gracias, chicos. Sabía que podía confiar en ustedes.

Jenn se despidió de un abrazo de ambos y marchó a su casa, en donde entró a su habitación para escribirle la carta a Atmios que, una vez terminada, se la dio a un sirviente y le pidió que la llevara a la academia de la Guardia Real, en donde fue recibida por un soldado, quien la llevó hasta la oficina del coronel. La noche arribó, con la carta para ser entregada a manos de Atmios.

Tocaron la puerta del estudio.

—¿Qué sucede?

—Coronel, le ha llegado una carta de la casa Hista.

—Esa chica…, espero que sea algo importante. Pasa.

El soldado entró a la habitación, saludando a su superior y le entregó la carta. Una vez fuera de sus manos, volvió a hacer el saludo y se despidió del coronel saliendo por el portón.

Atmios desprendió el sello de la carta y la abrió para comenzar a leerla. Esta decía:

Coronel, Atmios:

Le pido una disculpa por la hora en que la carta le está llegando, pero necesito pedirle un favor.

Por lo que sé, mañana por la mañana los cadetes Frederick y Lucas irán a presentarse al reclutamiento para las Fuerzas Especiales. Le pido, por favor, que les brinde el día de mañana como descanso, ya que se les necesita en el palacio a la misma hora. Le pido tenga en cuenta su ausencia y les permita asistir otro día para su prueba dentro del grupo al que quieren internarse.

Ante todo, le pido una disculpa y espero que esta carta pueda ser aceptada para que los discípulos puedan presentarse sin problema alguno. Muchas gracias por su comprensión.

Jenn Hista, Maestra de Inteligencia de la
Guardia Real

Una vez la terminó de leer, titubeó un poco y aceptó la solicitud, estampando con cera el símbolo de la Guardia Real como aprobación. Se levantó de su asiento, caminó hasta la puerta y abrió. Del otro lado, lo estaban esperando dos cadetes firmes a cada lado de la puerta.

—Joven Indurias —habló Atmios.

—Diga, mi coronel —respondió el cadete, encarándolo y saludándolo.

—Descanse. Necesito que lleve esta carta de regreso a donde vino, a la casa Hista, y que le sea entregada a la Maestra Jenn.

—Con gusto, mi coronel. ¿Para cuándo quiere que la entregue?

—En este preciso momento, cadete.

—Permiso para partir, coronel Atmios.

—Permiso concedido, cadete. Para no tardarse, coja un caballo y galope lo más rápido posible antes de que cierren las puertas de la casa Hista.

El cadete salió corriendo de la academia para agarrar un caballo, no sin antes abrir el sobre que ya estaba corrompido y leer el contenido.

Llegó la mañana del siguiente día y Jenn arribó al palacio. Momentos después, llegaron Frederick y Lucas tras ella. Una vez dentro, Jenn pidió que llevaran a Poromo primero y después a Etinoch al cuarto de audiencias. Frederick y Lucas llevaron al preso y se posicionaron fuera de la puerta para que nada ni nadie se acercara o entrara para escuchar la conversación que tendrían dentro. Poromo se sentó en la silla con una actitud molesta y un rostro de negación.

—¿Qué hacemos aquí? Ya lo he dicho y lo repetiré: no diré nada.

—No me importa que no quieras hablar y, para responder a tu pregunta, creo que necesitabas un poco de aire fresco y un cambio de panorama por un rato.

—Estaría más cómodo si me quitaras las cadenas.

—¿Y dejarte libre para tomarme como rehén y así poder escapar?

Poromo desvió la mirada de Jenn queriendo ocultar sus intenciones, que habían sido descubiertas.

—Solo quiero estirarme un poco —respondió Poromo, ansioso.

—No te preocupes, cuando regreses a tu celda podrás hacerlo. ¡Pueden pasar por el preso y traer al siguiente! —gritó Jenn

Frederick y Lucas respondieron, llevándose a Poromo a su celda y regresando con Etinoch.

—Vaya sorpresa. Ahora no es el joven Andariel. ¿Quién eres tú?

—Soy Jenn, Maestra de Inteligencia de la Guardia Real y necesito que hablemos sobre la carta.

—¿Qué carta? —preguntó Etinoch, extrañado.

—La que le diste a Andariel antes de su partida.

—¿La carta a mi familia? Supongo que hablas de esa misma carta.

—Mira, dejémonos de hacer idiotas. El cuarto está siendo asegurado por dos personas de confianza, que impedirán a cualquiera acercarse y que oigan nuestra conversación, así que dejemos las tonterías y comienza a hablar.

El rostro de Etinoch se volvió serio.

—¿Qué es lo que quieres saber?

—¿Por qué le diste la carta a Andariel?

—Es la única persona en la que he visto confianza dentro de este reino.

—¿Por qué dices eso?

—Niña… Si supieras lo que sucede dentro de tu reino tendrías la misma inseguridad y paranoia que yo tengo.

—Andariel me ha dicho lo mismo, que alguien mueve los hilos en secreto.

—Exacto, y esa persona puede asegurarse de que si hablo de más, mi muerte sea certera, como lo será para mis compañeros.

—Eso no pasará. Le pedí al rey que atrasara el juicio para cuando Andariel regrese.

—No seas estúpida. La muerte de mis compañeros no se hará por juicio, ya lo verás.

—¿Cómo estás tan seguro de eso, Etinoch?

—Porque hablaron de más el día que se les sirvió su comida, con un tónico para soltar la lengua.

—Entonces, lo que dijeron fue cierto.

—En cierta medida.

—¿La carta que le diste a Andariel lo manda a una trampa?

—Si no hace lo que decía, lo estará.

—¿Por qué debe tener cuidado con Torbul?

—Porque es un ser retorcido, traído al mundo gracias al incesto y la endogamia.

—Pero esas prácticas en el mundo ya no son comunes y en Toxoc menos, no hay nadie con el Kronium. Esto solo brindaría a la tierra un hombre débil que, ante cualquier ataque, por más minúsculo que sea, sería asesinado.

—En eso estas mal. Hay Kronium en nuestro reino, él es el único que lo posee. Varias veces han intentado matarlo, pero ha salido ileso ante cualquier ataque.

—Entonces Gillian no posee el Kronium.

—La heredera al trono no posee el Kronium en ninguna forma ni aspecto, ella nació normal.

—Por eso necesitaban que Andariel la desposara, para que hubiera más descendencia con el Kronium.

—Estás en lo correcto.

—Háblame más sobre este Torbul.

—Su familia fue asesinada de manera brutal por la gente de Toxoc, gracias a las prácticas que tuvieron para engendrarlo. El chico tuvo una vida difícil en la cual tuvo que sobrevivir por sí solo, cazando, alimentándose y robando lo que podía. Antes de que los demás lo notaran, se hizo con un arma que robó a un soldado y le cortó el cuello.

—¿Y cómo llegó hasta el trono entonces?

—La historia no ha terminado, pequeña. Apenas acaba de comenzar. Por sí solo se fue entrenando en las artes del cuchillo largo hasta hacerse un prodigio. En Toxoc, desde niños y jóvenes somos entrenados desde la escuela a pelear y defendernos. De examen final, se nos da una tarea: nos llevan a lo más recóndito del paisaje polar, vendados. Un lugar muy, pero muy lejos de casa y nos dejan ahí para que peleemos y sobrevivamos. Solo pocos lo logran, ya que por falta de alimento se matan entre ellos para sobrevivir. Después de matarse por días, cogen sus suministros y caminan en direcciones distintas. Varios siguen un camino que los puede llevar de regreso a la ciudad o perderse por completo y morir de hipotermia...

—Eso suena a algo que nadie haría a sus hijos.

—Pues en Toxoc lo hacemos y los que sobreviven son celebrados con una fiesta de ascensión, que es celebrada durante una semana, hasta que llegan las colocaciones en los torneos, ahí los supervivientes una vez descansados, deben pelear contra sus iguales una batalla, la cual es encarnizada y brutal. En este punto, no se les permite matar, pero he visto varios que, por su trauma en la pelea por sobrevivir el viaje, se descontrolan y matan a su contrincante de la manera más salvaje.

—¿Y por qué me estas contando esto si te pregunté otra cosa?

—Pues verás... el chico sin padres ni nadie que lo enviara al viaje de ascensión, decidió seguir al grupo a una cierta distancia para no ser visto, los siguió durante días hasta llegar al punto de reunión, en donde, una vez desvendados sus contrincantes e idos los instructores, se acercó. Sabía lo débil que era si llegaba a ser tocado por algún arma o golpe de sus contrincantes, por lo que decidió internarse al grupo de noche y hacerse pasar por uno de ellos hasta la mañana siguiente.

Sus compañeros no se dieron cuenta de que había uno más, por lo que no le dieron importancia. Los días fueron pasando y este chico fue sobreviviendo a las brutalidades de los demás compañeros, haciendo alianzas con varios de ellos, quienes lo cobijaron, ya que cazaba a los animales que se encontraba de manera eficaz y podía darles comida a los de su grupo. Los días fueron pasando y este chico sabía que para el retorno no regresaría con vida si no lograba hacer algo, por lo que fue eliminando a los grupos enemigos de noche mientras dormían, aniquilando a los vigilantes del turno nocturno y haciéndose de una fama de lograr asesinar sin ser tocado. Llegó el día del retorno y su grupo comenzó a pelear entre sus miembros, pero el chico ya había adquirido la experiencia necesaria para lograr asestar todos los asesinatos posibles contra los que habían sido de su grupo. La gente dice que, en ese lugar tan frío e inhóspito, logró despertar su Kronium, ya que al terminar el viaje solo regresaron cinco personas, cuando en una ascensión normal regresarían más de veinte muchachos. Ya que muchos murieron, se le hizo pasar al muchacho como uno más del grupo ignorando que había llegado aparte.

—¿Qué sucedió con él?

—Pues, verás, pasó la semana de celebración en la que el muchacho se hizo de comida y una reputación y, pasada la semana de la ascensión, se hicieron las pruebas de pelea dentro de la capital, en donde ninguno de sus contrincantes quiso luchar contra él. Subían al estrado y, al verlo como contrincante, tiraban sus armas y se retiraban, provocando una deshonra en la familia de los que se rendían. Tras estos sucesos, poco a poco fue ascendiendo hasta llegar a los oídos del rey, quien en ese momento lo convocó…

—¿Qué sucedió tras eso?

—Es la persona que ahora se sienta en el trono.

—¿Mató a su rey entonces?

El silencio reino en la sala, un silencio turbio y frío le heló la sangre a Jenn y la hizo temblar por el escalofrío.

—¡Respóndeme la pregunta! ¿Lo mató o por qué se sienta en el trono?

—Ya te he dicho demasiado, lo que debes saber y lo que debió preguntar Andariel fue eso mismo. Torbul es un ser que no perdona forasteros y aniquila sin pensarlo dos veces. Si Andariel llega a enfrentarse cara a cara contra él, lo que puede suceder es que este muera en instantes sin llegar a lograr el cometido que el reino tenía para él.

—¿Por qué lo mataría? Si necesita que Gillian tenga su descendencia.

—No quiere tener ningún contrincante y, si la heredera llega a tener hijos con Kronium, estos pasarían a ser sus adversarios y le quitarían el poder, con lo que no dudaría en asesinarlos de igual forma.

—Pero si él muere se acabaría el Kronium en tu reino.

—Por eso lo mande a que fuera a ver a la heredera, ella sabrá qué hacer y podrá apoyarlo en lo que necesite a cambio de algo...

—Darle un heredero.

—Exacto.

—Una última pregunta: ¿cómo es posible que el rey tenga el Kronium y la heredera no, teniendo un linaje más puro que Torbul? Sobre lo que se sabe del Kronium, si los padres son de linaje puro, el Kronium debió también haberse presentado en ella.

—Eso es algo muy curioso, déjame decirte algo en lo que estás en lo correcto y equivocada al mismo tiempo...

Etinoch se levantó de la silla y se acercó a Jenn para susurrarle algo al oído.

—Eso no puede ser correcto. Tengo que avisarle a Andariel lo que está sucediendo.

—Es muy tarde muchacha, no lograrás llegar con él a tiempo y, por lo que veo, durante su viaje no parará en ninguna mensajería para saber la información que te he dado.

—No habrá otra opción más que...

—Enfrentarse a él, sin saberlo.

—¡Terminamos la reunión; entren por él! —gritó Jenn mientras se abría la puerta y entraban Frederick y Lucas por Etinoch—. No hablen de esto, y si lo hacen mientan sobre lo que sucedió. No pueden confiarle esto a nadie —le dijo Jenn a ambos, quienes asintieron con la cabeza.

Jenn salió de la habitación tras sus amigos y el encarcelado, quien fue devuelto a su prisión.

«Espero me puedas perdonar por lo que voy a hacer, Andariel», pensó.

Jenn se dirigió al salón del trono, en donde se encontraba Elton en una audiencia.

—Su majestad, necesitamos hablar ahora.

—Joven Hista, espere a que acabemos la audiencia con la persona.

—No hay tiempo, su majestad. Es sobre Andariel, corre peligro.

—¿A qué te refieres con que corre peligro?

—Andariel no va a visitar los pueblos, se dirige a Toxoc en busca de la heredera al trono de Toxoc para reunirse con ella.

—Comerciante Orduin, permítame un momento para hablar sobre un asunto importante. Cuando termine se le llamará para terminar la reunión; mientras tanto, pase a la sala de estar, se le atenderá con un té y comida por su espera. Espero esto no sea muy tardado.

—Sí, su majestad. Si es por el bien del reino, estaré esperando —contestó el comerciante y salió de la habitación.

—Muy bien, joven Hista, acláreme por qué mi hijo se está dirigiendo a Toxoc sin notificármelo.

En ese momento, Jenn se quedó callada, sabía que si hablaba sobre la carta y decía que Etinoch se la había dado en privado para que descubriera su contenido, sería asesinado, ya que no podía confiar en nadie, por lo que tendría que pensar bien sus palabras.

—¿Y bien? Habla, niña. Si dices que mi hijo está en peligro no puedes quedarte callada. ¡Habla!

—Verá, su majestad. Desde hace unas semanas, Andariel se hizo con una carta dada por Lord Poromo, que decía que fuera a Toxoc a reunirse con la heredera, que era urgente que lo hiciera.

—¿Y dónde está la carta?

—No lo sé, su majestad.

—Ese muchacho, debió de haberme dicho la verdad. Rápido, manden caballeros hacia los pueblos que colindan con Toxoc, hagan una barrera y no permitan el paso a mi hijo.

—Para este tiempo, su majestad, su hijo ya ha de estar a mitad de Karzos, no será posible llegar hasta él.

—¡Maldición, niña! ¿Por qué no me lo contaste antes?

—Porque no sabía que las cosas fueran a ponerse así de mal.

—¿Acaso fue algo que te contó alguno de los lores que acabas de entrevistar?

—Sí, su majestad. Me habló sobre el rey Torbul, es una persona que llegó hasta ese puesto por medio de ser el mejor en todo su pueblo y, por lo que me contó, no trata bien a los forasteros. Si se da cuenta que Andariel está allí, lo matará.

—Mi hijo tiene bastante entrenamiento como para enfrentarse a alguien de su calaña.

—Lo contrario, su majestad. Torbul jamás ha sido tocado en toda su vida y es un eunuco del Kronium.

—¡Cortesanos, manden un cuervo a Toxoc pidiéndoles que regresen a mi hijo con vida; de lo contrario, habrá una guerra! Los demás, llamen al ejército y posiciónenlo en las afueras de Karzos, listos para la guerra. Por lo visto, está será mi última pelea. Traigan mi caballo, armen a los soldados, cabalgaremos este mismo atardecer para no perder el tiempo. Ostum…

—¿Sí, mi señor? —contestó Ostum.

—Dile a mi hijo, Ermes, que saldré a la guerra. Mientras yo no esté aquí, él tiene el cargo sobre la nación.

—Con mucho gusto, su majestad —contestó Ostum saliendo del cuarto de trono para ir en busca de Ermes.

—¡Su majestad, yo llevaré la carta, déjeme hacerlo! — gritó Jenn mientras las ordenes eran dadas.

—Pero, hija. No tienes ningún entrenamiento en espada. Si te llega a pasar algo, no habría forma de saberlo y podrías morir.

—Me iré con cuidado, partiré ahora mismo para no perder el tiempo y así tener una oportunidad de alcanzarlos. Soy muy liviana, por lo que el caballo no tendría mucho peso, podría ir más rápido, y si me ve Andariel, sabrá que he ido a detenerlo.

—Muy bien, hija. Te daremos un caballo y un saco de monedas de oro para que gastes en tu trayecto.

Si Jenn hacía bien sus cálculos y utilizaba su Kronium mientras montaba a caballo hasta la última gota y cabalgaba por día y noche, llegaría en tres semanas a la frontera con Toxoc, lo que la dejaría tan solo a unos días de llegar con Andariel, si es que este no llegaba antes al territorio enemigo. Le escribieron la carta y se la dieron; a lo que, acto seguido, se subió en el caballo y corrió por toda la montaña hasta llegar a las faldas. Sacó una navaja de su cinto y la extendió hacia el frente para activar su Kronium. A cada segundo que pasaba con el brazo extendido, el caballo se iba moviendo cada vez con mayor velocidad, al punto de correr con la velocidad de cuatro caballos. Así fue como partió hacia el horizonte en busca de su amigo antes de que todo fuera demasiado tarde.

4. CANCIÓN DE NO RETORNO

I

Pasó un mes, tras el cual me encontraba en una taberna con mi acompañante bebiendo una cerveza a escasos metros del territorio toxiano.

—Entonces, dime, Andariel, ¿qué vamos a hacer una vez que crucemos de territorio?

—Hacer lo que decía la carta: llegar a la capital y buscar a Gillian para encontrar las respuestas que necesitamos. Una vez que las tengamos, nos regresaremos sin problema.

—¿Hay algo de lo que debamos tener cuidado al pasar? Digo, aparte de las peleas contra los toxianos antes de llegar al punto de encuentro.

—La carta mencionaba algo sobre el rey de Toxoc: intentar no toparnos con él, ya que lo tendremos que enfrentar.

—Suena fácil. Es simple, no hay que entrar al cuarto del trono.

—No será tarea fácil si el trono se encuentra en la entrada del castillo como cualquier otro.

—Tengo una idea: podemos hacernos con unas ropas de Toxoc y hacernos pasar por sirvientes o personal del reino.

—No creo que a forasteros les vayan a vender sus ropas.

—Entonces se las quitamos. Ambos sabemos que en Toxoc se pelea por todo, por lo que luchar por unas prendas no nos vendría mal.

—¿Y qué hacemos con los cuerpos? No los podemos dejar ahí para que los demás sepan.

—Los enterramos en la nieve, así nadie se dará cuenta.

—Espero que tu plan sirva una vez crucemos el territorio. Si no lo hacemos bien, todo la estrategia se irá para abajo.

—Por eso es un plan magnífico. Hacernos pasar por dos más de ellos.

—¿Y los caballos?, ¿qué razón daremos para tenerlos?

—Son nuestros.

—En Toxoc no hay tantos caballos, solo existen para ciertos sectores de la población, como su ejército, sus lores y ciertas personas que viajan de pueblo en pueblo.

—Los robamos entonces.

La camarera de la taberna se acercó a nuestra mesa a servirnos más cerveza que ya faltaba en los tarros.

—Mira, Andariel, nadie dijo que este viaje sería fácil, pero debemos hacer cumplir la misión lo mejor posible. Tú mismo lo dijiste, saber lo que Gillian busca es importante para Karzos.

—Sí, pero tengo mis dudas. Los lores de Toxoc querían llevarme a su capital y estamos yendo tú y yo solos a la cuna de los lobos.

—Y pasaremos desapercibidos como uno más de ellos, no se darán cuenta.

—¿Y si lo hacen?

—Ya idearemos algo para zafarnos del problema; mientras tanto, hay que concentrarnos en el camino por delante.

—Tienes razón. Pase lo que pase, siempre tendremos un plan para seguir adelante.

Chocamos los tarros y bebimos la cerveza hasta que se agotó. Nos reincorporamos de la mesa y salimos en busca de la posada que se encontraba a unos cuantos establecimientos de donde nos encontrábamos. Una vez en la puerta, la abrí dando paso a mi acompañante. Sin embargo, antes de salir pude ver a la persona que se encontraba sentada junto a donde nos encontrábamos, escribiendo cosas en un papel. Este alzó la mirada para buscarnos hasta encontrarse con la mía en la puerta. Al verme, abrió los ojos como platos y palideció… Salí de la taberna.

—Debemos movernos lo antes posible. Tenemos un espía en la taberna, debe de estar dándole datos a alguien —le comenté a mi acompañante encapuchado.

—¿Y quedarnos sin dormir? De seguro estaba escribiendo otra cosa, deja de ser tan paranoico Andariel. Si quieres mañana, al alba, salimos para no correr riesgo si eso te tranquiliza. Solo debemos dormir bien, ya que los siguientes días serán los más pesados, tanto para dormir como para conseguir comida.

—Te haré caso. Saldremos mañana al alba. Te esperaré en el establo con el caballo preparado y listo con provisiones.

Ambos llegamos a la posada, pedimos cada uno una habitación distinta y pagamos con monedas de cobre. Las habitaciones estaban una junto a la otra, separadas por una pared. Dentro, suspiré con fuerza. «Vamos, Andariel, es solo una paranoia. Estás lejos de la capital y los mensajes tardan en llegar. Fuera o no un espía, no puede hacer nada hasta que obtenga sus órdenes de regreso», pensé mientras me quitaba las ropas y me metía en la cama. Me quedé con los ojos abiertos durante unos minutos, pensando y planificando qué hacer si nos cogían con las manos en la masa; no obstante, nada me vino a la mente. Tras esto, cerré los ojos y dormí. Mis sueños me llevaron a Toxoc: la ciudad se veía silenciosa y sin alma alguna por cualquier lado. Me acerqué al castillo hecho de hielo y piedra, que se encontraba al final de la ciudad cerca del mar. Me acerqué a las puertas que se encontraban cerradas y con todas mis fuerzas las empujé para intentar abrirlas. Estaban tiesas y duras, gracias al hielo que se encontraba en las bisagras. Con la suficiente fuerza aplicada, pude separarlas y entrar. Me encontré a lo lejos con el trono y una persona alta, muy delgada, débil y demacrada por los años; por lo visto, tendría unos sesenta años, aunque la verdad era otra, tendría por lo menos cuarenta y seis años. Me acerqué, intentando no hacer ruido, ya que la figura estaba cubierta en piel de oso y viendo al suelo. La persona sentada ahí solo estaba vestida con ropajes livianos y grisáceos. Columnas de piedra y hielo se colocaban a ambos lados de mí y, tras el asiento, unas escaleras que subían y llevaban a otros lados del castillo. «Tengo que pasar por ahí desapercibido», pensé cuando me acercaba a los primeros escalones, que me llevaban directo al sillón y al que se encontraba sentado ahí. Al tocar el primer escalón me dirigí hacia un lado para lograr llegar tras el trono.

—¿Qué es lo que tenemos aquí? —dijo la voz en el asiento mientras se incorporaba y volteaba a verme.

Me quedé en silencio, no sabía qué hacer ni decir. La figura se levantó, sacó un cuchillo largo de su espalda y, con el Kronium del viento, se abalanzó en mi contra, lanzándose en línea recta a una velocidad estrepitosa y clavando su daga en mi abdomen, provocando que gritara.

—No eres bienvenido aquí, tu sentencia por venir es la muerte —dijo la figura, sujetándome con una mano y, con la otra, el cuchillo, impidiendo que pudiera sacarlo. Al poco tiempo, cambió su Kronium de Aire por Fuego, haciendo que mis entrañas ardieran y mis gritos crearan un eco en la habitación.

—Venir aquí solo culmina tu sentencia de muerte —habló al girar el cuchillo y haciendo el hoyo más grande.

Una vez que me vio débil, sacó su arma y me soltó. Caí al suelo y la respuesta de él fue coger una de mis prendas y quitar la sangre seca de su arma. Soltó una risa histérica mientras levantaba la mirada para verlo. Su rostro era borroso, por lo que no pude saber quién era. Él, al ver que lo miraba, movió una de sus manos y la colocó en mi cabeza, agarrándome del cabello y levantándome. Por su complexión pensaría que no tendría la fuerza suficiente para levantarme, aun así pudo hacerlo hasta dejarme suspendido en el aire. Con la otra mano, colocó el cuchillo en mi cuello.

—¡Ahora muere! —gritó la figura, moviendo el cuchillo de un extremo al otro.

Desperté de golpe, jadeando y con la mano en el abdomen que ardía de una manera extraña. Ahí fue cuando pude sentirlo, algo no estaba bien. Volteé a ver hacia todos lados en busca de un envase, hasta que pude verlo.

Me levanté de la cama a gran velocidad, por lo que caí al suelo. Me reincorporé jadeando y corrí hacia un jarrón, colocando mi boca en la apertura y vomité. Esto calmó mis entrañas y el ardor que había se esfumó. Recobré el aliento y me senté en el suelo, todavía sin aliento. Poco a poco, me reincorporé, colocando mi mano en una rodilla para apoyarme. Me dirigí a la puerta y la abrí para tirar el contenido del jarrón en el suelo.

La luz del sol se encontraba iluminando el horizonte sin que todavía apareciera. Ya era hora de salir. Volví a mi habitación y me vestí. Una vez con las ropas listas, salí en busca de la taberna que había estado la noche anterior, que se encontraba cerrada. Observé por la ventana y pude ver a los meseros limpiando las mesas, trapeando el piso y colocando los tarros limpios en la barra. Sin pensarlo dos veces, toqué la puerta, que fue abierta por un mesero.

—Todavía no hemos abierto, si se espera unas cuantas horas lo atenderemos con gusto —dijo el trabajador, intentando cerrar la puerta, pero fue interrumpido por mi pie.

—No vengo por bebida, quiero comprarles un poco de comida para mi travesía. Les pagaré bien por ello —repliqué.

—Un momento, por favor.

El mesero cerró la puerta y se dirigió a la parte trasera de la taberna para hablar con el dueño, quien, tras unos minutos, salió de la parte trasera y abrió su establecimiento para que entrara.

—Pase, joven, que hace frío. Dígame qué es lo que necesita y nosotros le proporcionaremos lo que podamos.

—Gracias por dejarme pasar. Serían unos cuantos panes y carne seca para lo que dure el viaje.

—¿Por cuánto va a viajar, joven? —preguntó el dueño para ordenar a los meseros que trajeran las cosas de la parte trasera.

—Un mes.

El dueño abrió los ojos como platos.

—No puedo darle tanto alimento, joven. Si va en caballo no podría cargarlo —respondió el dueño.

—Vengo con un acompañante. Danos lo necesario para durar un par de semanas, el resto nosotros nos haremos cargo.

—Con gusto, muchacho —contestó el dueño.

Cuatro bolsas de piel salieron de la parte de atrás. Dos con panes y dos con carnes de distintos cortes.

—Muchas gracias por el apoyo. ¿Cuánto sería por todo?

—Con todo y bolsas, serían sesenta monedas de plata.

Metí la mano en el saco de dinero y saqué veinte monedas de oro, colocándolas en una mesa. Cogí las bolsas y abrí la puerta de una patada para salir. Con los suministros, fui al establo y los coloqué en ambos corceles y los saqué listos para dar marcha. Ahora, solo faltaba que llegara mi acompañante para partir.

Pasaron los minutos y pude ver a lo lejos a mi compañero acercarse a paso lento, levantando un brazo para saludarme.

—Llegas tarde —dije.

—Tenía que descansar bien. Saldremos al alba, como te dije, así que no hay problema alguno. ¿Estás listo?

—No, pero ya estamos aquí —respondí.

—Esa es la actitud, no darse por vencido, Andariel; de lo contrario, ¿qué seríamos?

—Hombres, no.

—Bien dicho. Es hora de irnos.

Partimos del pueblo de Võit en dirección al horizonte para llegar a la frontera, que se encontraba nevada y con varios árboles de coníferas esperando por nosotros.

—Esto ya no es Karzos —dije en voz alta.

—¡Bienvenidos a Toxoc! —gritó mi compañero, levantando los brazos al aire y con una sonrisa en el rostro—. De aquí en adelante comienza la aventura ¿Estás listo, Andariel?

—Lo estoy, para lo que venga delante nuestro y lo que tengamos que enfrentar.

—Ya no te ves tan ansioso, estás calmado, eso es bueno. Te hará pensar más rápido.

—No tengo de otra. Venir aquí fue una decisión que tomé y no puedo dar marcha atrás al camino que he construido en estas cuatro semanas.

—¿Listo para volverte a enfrentar a los toxianos?

—Si son cuatro contra dos, no tengo problema. Si son más, será una carnicería.

—¡Ay, vamos! Pudiste contra cinco, otros cinco serán pan comido.

—Los logré distraer con mi Kronium. Si no lo tuviera, la pelea habría sido distinta.

—Usa tu Kronium de nuevo, no es como que sea algo ilegal. Si lo tienes, lo mejor que puedes hacer es utilizar todas tus capacidades al máximo para lograr obtener la victoria. Así fue como me venciste, ¿no?

—Luchar contra alguien sin Kronium, es una ventaja muy grande, Dorael.

—No tan grande. Si no lo hubieses utilizado, ya te habría ganado y no estarías en el grupo conmigo. Te habrías quedado en tu palacio entrenando solo, sin saber lo que es pelear en desventaja. Sin mi entrenamiento, pudiste haber muerto aquel día.

—Y te lo agradezco. Sin ti no sabría muchas cosas que hoy he aprendido.

—Nada fácil se aprende, uno solo se acostumbra a hacerlo. Lo que nos hace mejores, es salir de nuestra zona de confort, así aprendemos y nos hacemos más fuertes. En la siguiente pelea que tendremos no me dejaré ganar por tu Kronium.

—Estate preparado porque lo utilizaré desde el principio.

—Mejor, así dejaré que te canses más rápido, dejándome la ventaja en el juego tardío.

—Siempre tienes algo bajo la manga, Dorael, por eso siempre me sorprendes…

—Shhh, silencio.

Dorael se acercó a mi caballo y agarró mis riendas para detenernos en seco.

—No hagas ruido. Mira al frente.

Mi mirada, que estaba posada en Dorael, cambió al suelo, donde pude ver los árboles que se encontraban rasguñados por uñas grandes.

—¿Qué animal crees que sea? —pregunté mientras acariciaba al equino para que se mantuviera quieto.

—Por lo que se ve, ha de ser de oso, nos estamos acercando a su territorio, por lo visto han sido empujados por los toxianos hasta la frontera de su región. Esto no pinta bien.

—No te preocupes por eso, andaremos con cuidado, y si nos encontramos con uno solo hay que ahuyentarlo; por lo que se, los osos blancos son los más grandes y se encuentran internados en las profundidades de la región, por lo que estos serán cafés y, al ver nuestro tamaño encima de los caballos, pensarán dos veces antes de atacarnos.

Caminamos con los caballos a paso lento y blandimos nuestras espadas, esperando a diestra y siniestra cualquier ataque, ya fuera de algún animal, de una persona o de quien estuviese escondiéndose y esperando hacer una emboscada.

Los minutos pasaron y parecieron ser horas por la guardia en alto. No podíamos relajarnos ni un segundo, ya que si lo hacíamos podíamos perder por lo menos un caballo. Avanzamos hasta pasar los árboles rascados, hasta encontrarnos con una planicie llena de pequeños arbustos y plantas que peleaban por crecer en aquel inhóspito lugar donde comenzó a nevar.

—Vamos, Andariel, lo mejor será conseguir un poco de madera para la fogata de la noche, ya que a lo lejos no hay señal de madera y esto puede perjudicarnos si no nos preparamos.

Nos bajamos de los caballos y partimos ramas y troncos del centro de los árboles, que ya se encontraban secos por la falta de luz. Una vez nos hicimos con una buena cantidad, regresé al caballo y, de entre las bolsas que llevaba, saqué una cuerda para amarrarlos y poder ponerlos en el caballo. Sonidos provinieron de entre los árboles y pisadas en la nieve se fueron acercando hacia nosotros. Volvimos a sacar las espadas. De la nada, apareció un oso pardo con sus cuatro infantes, este rugió desde su posición y se fue acercando a nosotros. Al parecer, no quería atacarnos, ya que si lo hubiera querido, al momento de vernos, habría corrido a nuestro encuentro. Se acercó lo suficiente a nosotros mientras los cuatro cachorros se mantenían tras ella. La osa se encontraba babeando de hambre, por lo que caminé al caballo sin desviar la mirada de ella y busqué entre la bolsa de carne por una pierna. Enterré mi espada en la tierra y saqué el pedazo. El animal comenzó a oler y babear más. Al oler la carne, volvió a rugir y se acercó más hacia mí. Dorael, por su parte, se posicionó frente a mí con la espada todavía en alto, haciendo que la osa rugiera y retrocediera.

—¿Qué haces, Andariel? No piensas darle nuestra comida ¿o sí?

—Solo es un pedazo de carne y, por lo que puedo ver, el animal y sus cachorros se encuentran hambrientos.

—¿Vas a hacer tu acción buena del día?

—No veo por qué no. Hazte para atrás.

Dorael hizo lo que le pedí. El animal se quedó quieto y se levantó en dos patas.

—Tranquila, todo está bien —le decía mientras me acercaba con cuidado.

El animal volvió a ponerse en cuatro y se acercó a mí. Una vez la carne se encontró con su nariz, levantó una pata para cogerla y la llevó hasta su hocico donde la mordió y llevó hacia sus cachorros, quienes se acercaron y comenzaron a comer. Entre tanto, me quedé viéndolos hasta que terminaron. La osa me volteó a ver de forma agradecida y se fue por la misma dirección en que vino con sus cachorros.

—¿Ya ves? Eso no fue tan malo —dije montándome en el caballo.

—Si hubieran estado más hambrientos, se habrían lanzado por más, pero bueno, una pieza menos para ti. ¿Qué cenarás hoy?, ya que tienes una pieza menos de carne.

—Un pan no estaría mal.

Nos montamos en los corceles y seguimos nuestro camino hasta el anochecer, cuando encendimos la fogata y cenamos. El sonido del crepitar en la fogata nos tranquilizó mientras que el calor nos arrulló, para así dar paso a la siesta en la noche. Alrededor nuestro, se podía escuchar la intemperie, el aire frío soplar, los arbustos moverse y la salida de algunos animales como alces y lobos, quienes se encontraban alrededor de nuestro campamento y nos observaban con cautela, tal como extraños en su territorio. A lo lejos, en una montaña, pudimos ver a una manada de lobos aullándole a la luna, que se encontraba de color rojizo e iluminaba la bóveda celeste. No había por qué preocuparse, mientras dejáramos el fuego encendido los animales no se acercarían. Teníamos suficiente madera como para hacer durar la fogata toda la noche, por lo que fuimos colocándola poco a poco y nos pusimos horarios de guarida para seguir avivando el fuego y cuidar de que nadie se nos acercara de improviso.

Dorael,se acomodó junto a la fogata colocando un brazo en el suelo para recostarse sobre él; por lo visto, me tocaba la primera guardia, por lo que no se me hizo difícil alejarme un poco del fuego para que no me diera sueño, pero pudiera calentarme lo suficiente para no pasar frío. La luna, poco a poco, fue moviéndose sobre la bóveda celeste y los animales, que una vez estaban cerca de nosotros, fueron dispersándose poco a poco, ya que no encontraron interés alguno después de unos minutos estando a salvo. Media hora después, se apareció un lobo. Se quedó quieto en su lugar y no se alejó como los demás. Se encontraba interesado en nosotros. Mi mirada no se apartó de la suya y así fue como pasó el tiempo, sus ojos brillaban con la luz de la fogata. Aparté la vista del animal y volteé a ver al cielo para saber dónde se encontraba la luna. Había llegado mi hora de descanso, por lo que me acerqué a Dorael para despertarlo, pero al volver la mirada a donde se encontraba el animal, había desaparecido por completo. Zarandeé a Dorael del hombro para que despertara. Dorael abrió los ojos y con una mano se frotó el rostro.

—Bueno, creo que ya me toca. Hora de que descanses, Andariel.

—Gracias por haber venido, Dorael, si no fuera por ti, no sé cómo sobreviviría la noche.

—Lo que digas —respondió tras sacar un bostezo y cogía más leña para la fogata.

Me recosté en el suelo y cerré los ojos. Escuchaba todo lo que ocurría a mi alrededor. En poco, todo quedó en silencio y caí dormido... Pasaron horas que me parecieron minutos mientras Dorael seguía su vigilia.

—Andariel, Andariel, despierta. —Me zarandeó Dorael con fuerza para que despertara.

—¿Qué sucede? ¿Ya me toca vigilar?

—No, hay algo acercándose. Levántate ya y coge tu espada, es probable que tengamos que enfrentarnos.

Suspiré y cogí un poco de nieve para restregármela en el rostro y despertar de golpe. Me levanté y cogí mi espada. Dorael me señaló al horizonte en dirección a Toxoc.

—¡Mira ahí! —Señaló a un punto en la nieve.

—¿Qué cosa? No veo nada.

—¡Ahí! —Volvió a señalar.

Entrecerré mis ojos para poder ver mejor, pero todo lo que vi era nieve en el suelo.

—Dorael, no hay nada. ¿Para eso me despertaste?

—No, si no hubiese sido nada no te habría despertado. Estuve vigilando todo alrededor nuestro y mientras daba las vueltas, me percaté de algo. Había unos bultos en la tierra que al principio ignoré, pero como fue pasando el tiempo estos se han ido acercando.

—No veo nada, solo nieve, arbustos y plantas pequeñas.

Dorael me cogió de los hombros y me colocó frente a él. Con su brazo, señaló a un punto. Volví a entrecerrar mis ojos para poder observar mejor y ahí fue cuando lo vi. Tres bultos tirados en el suelo tenían pieles de lobo blancas encima de ellos, mimetizándose con la nieve.

—Solo veo tres. ¿Cuántos viste?

—Siete y se están acercando poco a poco.

—Maldita sea. Hay que ir por ellos antes de que sea demasiado tarde.

—No, espera. —Dorael me cogió del brazo—. Es probable que ya sepan que los estamos viendo. Hay que cuidar a los caballos porque si nos alejamos demasiado para irnos a enfrentar, podemos perderlos.

—Entonces, ¿qué sugieres?

—Se tendrán que acercar en algún momento. Coge a los caballos y tráelos junto a la fogata. Aquí montaremos y los engañaremos, moviéndonos en su dirección, pero nos haremos para atrás antes de toparnos con ellos, esto hará que salgan de sus escondites queriendo pelear. Regresaremos a la fogata, nos bajaremos de los caballos y los protegeremos a toda costa.

—La idea parece ser complicada, pero no tengo otra cosa en mente, cuenta conmigo.

Nos subimos a los animales y caminamos en dirección a los bultos que, al principio, no se movieron. Una vez, a una distancia de veinte metros, varios de ellos levantaron el rostro para vernos. Ahí fue cuando pude contar cuatro, solo faltaba encontrar a los tres restantes. Quince metros, diez metros, cinco metros... Los cuatro bultos se levantaron y cargaron hacia nosotros. Uno de ellos gritó con fuerza alertando a los demás.

—¡Ahora! —gritó Dorael, volteando su caballo en dirección a la fogata.

Me moví tras él hasta llegar al fuego, en donde descabalgamos y sacamos nuestras espadas, esperando a que las cuatro personas se fueran acercando, corriendo.

—Yo me enfrentaré a ellos Dorael, tú cubre los caballos.

Dorael se quedó atrás y encendí el Kronium. Dos de ellos se acercaron a la par que los dos restantes se quedaban detrás de sus compañeros, a una corta distancia.

—¡Andariel, cuidado! —gritó Dorael.

Un caballo galopó a mi lado a una velocidad vertiginosa, arrollando a uno de los dos enemigos, matándolo al instante.

Volteé a ver a la persona en el caballo y, por el cabello, pude distinguir quién era.

—Jenn, ¿qué haces aquí? —pregunté tras crear con el Kronium del vacío una onda que le hizo rodar su cabeza por la nieve al segundo toxiano.

Los otros dos, al ver esto, gritaron de ira y no desistieron, acercándose, corriendo como bestias sin cerebro.

—No hay tiempo de hablar. Hay que terminar con ellos antes de que algo suceda —contestó Jenn cabalgando en dirección a nuestras monturas.

—¿Cuántos son? —preguntó Jenn, jadeando por todo el Kronium que había utilizado.

—Si no tengo los cálculos mal, quedan cinco.

—¿Dónde están los otros?

—Alrededor nuestro, acechando y esperando el momento adecuado.

Una vez tuve a los dos restantes al frente, cargué y moví la espada con el horizonte, cortándole el machete en dos a uno, haciendo que el filo cayera al suelo mientras que, al otro, lo empujé con el hombro, tirándolo. El del hacha cortada cogió su arma rota del suelo y corrió en mi dirección.

Por el lado, Dorael escuchó pasos tras los caballos.

—¡Ahí vienen! —grito Dorael—. Quédate junto a los animales y cuídalos. Yo me encargo, Jenn.

Habían salido los otros tres marchando contra él. Dos de ellos blandieron sus espadas. Dorael bloqueó ambos ataques y levantó las espadas por el aire, pateando a uno de ellos para que cayera al suelo antes de recibir un ataque del tercero, quien traía un arco y flechas. Metió su mano izquierda en su cinturón y sacó un cuchillo de combate que, sin pensarlo dos veces, lanzó a la cabeza del arquero, clavándolo en su cráneo y matándolo. Solo le faltaban dos. Giró por el suelo, evadiendo el ataque del segundo contrincante y saltó por los aires para caer encima del que yacía en el suelo, que murió al instante por el peso de Dorael sobre su cuello.

Dorael se volteó y gritó con fuerza, a lo que el toxiano que quedaba soltó el arma al ver lo que había ocurrido y huyó en la dirección por donde llegó.

De mi lado, quedaban dos, por lo que Dorael se unió a mi corriendo y lanzando sus dos pies al aire, golpeando en el pecho al del hacha y resbalándolo unos metros por la nieve.

—Pensé que ya habrías terminado —habló Dorael, jadeando tras reincorporarse del suelo.

—Tenía a cuatro de mi lado.

—Yo solo peleé contra tres, uno de ellos huyó, le enseñé quién era más fuerte.

Las espadas chocaron con el enemigo.

—Pues, si hubiera sido al revés, yo habría terminado antes que tú.

—Basta de palabras. Sigues siendo lento para terminar con los objetivos. Les das mucha oportunidad a tus contrincantes.

—Si no lo hiciera, las peleas no serían igual de divertidas.

—Las peleas son igual de divertidas si son rápidas, le enseñas al enemigo que no debe meterse contigo.

El primer adversario ya se había reincorporado, abalanzándose en mi contra. El otro, apenas se encontraba hincado, recuperando el aire por la patada en el pecho. Hice un movimiento circular inferior con la espada, cortándole varios dedos al toxiano, haciendo que tirara la espada al suelo y tratara de levantarla con la otra; no obstante, antes de que pudiera alcanzarla, la pateé haciendo que rodara por el suelo. Él giró en dirección del arma, haciendo que la mía chocara con el suelo. El enemigo de Dorael se juntó con su acompañante para intentar pelear en un dos contra dos.

—Veamos quién termina con su enemigo primero. Apuesto una pelea contra ti para cuando regresemos a que te gano —dijo Dorael, juntándose conmigo.

—Eso no es una apuesta, igual quiero otra pelea contra ti.

—El que gane elige su arma primero.

—Acepto la apuesta. —Sonreí.

Nos fuimos acercando con cuidado a los contrincantes, quienes caminaban con duda a nuestro encuentro. Uno vio al otro y ambos asintieron, cambiando de lugares para pelear opuestos.

—Mira nada más. Te toca el de la hachita, pan comido. —Carcajeó Dorael, apuntando al arma.

—Y a ti, el manco, con la espada en la mano que no utiliza —contesté.

La distancia se iba acortando entre los cuatro, hasta el punto de quedar frente a frente. El del hacha me lanzó su arma, apuntando a mi cara para terminar conmigo rápido, pero mis reflejos fueron veloces y me agaché. El hacha cayó al suelo y él levantó sus brazos para pelear con las manos, a lo que respondí lanzando mi arma a un lado y levantando los puños de igual forma. Dorael, que seguía riéndose, comenzó a jugar con su enemigo, a cada movimiento que hacía con la espada, él lo respondía evadiendo y pegándole en la otra mano con la parte plana de la espada para evitar cortársela más de lo que ya estaba y hacer que le doliera. Los movimientos del manco eran erráticos, ya que nunca había practicado con su mano izquierda. Dorael no esperó más, contó para el siguiente ataque que fue directo, por lo que dio un giro a la derecha y asestó un corte en el brazo del manco, cortándoselo por completo en el antebrazo. Sangre brotó con un chisguetéo y gritó del dolor, cayendo al suelo y apretándose el brazo para intentar cortar la circulación.

—Parece que te volví a ganar, Andariel.

—No es justo, te tocó el manco que no sabe pelear.

Mis golpes volaron al aire mientras el otro evadía y me metía uno al estómago, haciendo que me agachara; para después, continuar con un rodillazo en el rostro, haciéndome sacar sangre y tirándome al suelo.

El adversario confiado se lanzó contra mí, intentando agarrarme del cuello. Había entrado en mi trampa. Levanté las piernas al recibirlo y le hice un candado al cráneo y apreté con fuerza. Este, al comenzar a sentir la presión, comenzó a moverse descontrolado, intentando zafarse, pero fue en vano. Tenía una de sus manos agarrada por las mías, haciendo que no pudiera soltarse. El rostro se le comenzó a tornar rojo por la presión que estaba recibiendo, por lo que no tuvo otra opción que meter más la cabeza en dirección a mi ingle e intentar morderme para que lo soltara. Comencé a gritar por la mordida, haciendo que el enemigo mordiera cada vez más fuerte. Dorael, al escucharme, volteó en mi dirección e intentó correr para ayudarme, pero antes de que avanzara dejé de gritar en el momento.

—¿Estás bien, Andariel?

—Sí, solo mordió el pantalón. Solo quería jugar con él.

El toxiano abrió la mandíbula para meter más el rostro y lograr morder algo, a lo que respondí abriendo las piernas y levantando su cara con todas mis fuerzas, hasta lograr colocarlo a la misma distancia de mis rodillas. Una vez ahí, las cerré con todas mis fuerzas, golpeándole ambos oídos, desconcentrándolo y haciendo que se mareara. Acto seguido, lo empujé a un lado y me arrastré hasta su cuello, que cogí con ambas manos y apreté con energía haciendo que la tráquea se contrajera. Sus ojos comenzaron a llenarse de desesperación mientras intentaba respirar, siendo ya imposible. Comenzó a asfixiarse hasta morir.

—Listo, terminé con el mío. Gané.

—No tan rápido, Andariel, el mío murió desangrado hace unos segundos, lo que significa que yo elegiré el arma primero.

—¡Maldita sea! Pensé que aguantaría un poco más.

—Lástima. ¿Ahora qué toca?, ¿desayunamos?

Volteé a ver a la fogata en donde se encontraba Jenn con su daga al aire, observando a todas direcciones, esperando a que el prófugo apareciera por algún lugar.

—¡Jenn, relájate, terminamos con todos! —grité tras recoger mi espada del suelo y envainándola.

Jenn bajó los brazos, se guardó la daga y se tiró en el suelo para recuperarse. Acto seguido, volteé hacia Dorael.

—Primero, hay que desvestirlos para ponernos sus prendas, ya que muertos van a defecarse y, por el frío, tendrán rigor mortis más rápido. Después, los enterramos, siguiendo tu idea.

—Hay que checar primero la sangre en las prendas; si la hay, no podemos colocárnoslas, deben estar limpias, ya que si nos ven sangre van a dudar de nosotros —respondió Dorael, caminando en dirección a la fogata.

Una vez ahí, volteó a ver a Jenn.

—Sé que estás cansada, pero nosotros hacemos el trabajo sucio. Haznos un favor y saca comida de nuestros caballos y prepara el desayuno.

—Déjame nada más tomar un poco de aliento y lo hago —replicó Jenn.

—Llegaste en el mejor momento; por cierto, ¿qué haces aquí?

—Tuve que venir para advertirles sobre Torbul.

—Ah, el rey de Toxoc.

—Sí, se hace pasar por un sirviente del castillo. Si llegamos no sabremos quién es en realidad.

—Maldita sea, mujer. Siempre hay algo distinto con esta gente del reino helado. ¿Acaso no pueden hacer las cosas simples?

—Al parecer, no.

Dorael terminó de hablar con Jenn y fue en dirección a los cadáveres de las personas que se había enfrentado. Se acercó primero al cuerpo del arquero y lo colocó de un lado; acto seguido, le arrancó el cuchillo del cráneo, haciendo que la sangre surgiera de un borbotón de la herida y cayera al suelo sin manchar las prendas. Después del primer chorro de sangre, esta se coaguló por el hielo, haciendo que cesara. Por lo visto, tendríamos tres vestimentas para utilizar y las demás serían descartadas. Juntamos los cuerpos en la fogata y desvestimos a los tres que estaban limpios. Entre tanto, Jenn colocó más leña en el fuego para calentarnos la comida y que se hiciera más rápido mientras nos cambiábamos. Los cuerpos comenzaron a relajarse, defecándose y meándose en el suelo.

—Rayos, unos momentos más y tendríamos la ropa oliendo a madres —dijo Dorael terminando de ponerse los guantes, que le quedaban un poco pequeños, por lo que fue a los otros cuerpos en busca su talla hasta encontrarla.

—Menos mal que los desvestimos primero —contesté jalando un cuerpo y escarbando con las manos un hoyo.

—¿Vamos a hacer siete hoyos? —preguntó Dorael atónito.

—Lo mejor será excavar uno grande en donde podamos colocar los siete cuerpos, ponemos un poco de tierra encima y la nieve hará su trabajo.

—O podemos dárselos a ellos. —Dorael señaló a una manada de quince lobos que nos estaban observando a lo lejos—. Por lo que sé, comen carne humana y como todavía se encuentra tibia, no tendrán problema en hacerse con ella.

—Buena idea —contesté dejando de escarbar—. Dorael, préstame tu cuchillo.

—¿Para qué lo quieres?

—Les voy a antojar un poco la carne.

Dorael me tendió su cuchillo con el mango en mi dirección, me acerqué a un cuerpo desnudo y le corté la ante pierna hasta separarla de la rodilla.

—Mientras les llevo algo que comer, alguien debería desnudar los otros cadáveres.

—¿Y mancharme con su mierda? —dijo Dorael asqueado.

—¿Cómo quieres, entonces?, ¿qué se coman los cuerpos con ropa?

—Maldita sea, Andariel. No quiero manchar mis ropas nuevas.

—No van a pujar para mancharte. Ya están muertos. —Reí.

Caminé hacia la manada que mantuvo su posición; una vez cerca de ellos, el alfa se colocó al frente de todos y comenzó a gruñirme, por lo que respondí lanzándole el pedazo de carne a sus pies, este lo olfateó, lamió la sangre y, tras unos instantes, comenzó a comer.

«Muy bien, Andariel. Ahora solo falta acarrear los cuerpos y traérselos a los animales», pensé al caminar de regreso.

Poco a poco fui llevando los cuerpos, uno a uno mientras Dorael los iba desvistiendo. Los fui acomodando uno al lado del otro cerca de la manada para que se fueran acercando. Para mi sorpresa, una vez que dejé el cuarto cuerpo, estos se acercaron y comenzaron a comer. Para el quinto cuerpo, me acerqué de nuevo y la manada comenzó a rugirme marcando su territorio y comida, por lo que mantuve la vista fija en el alfa para mostrar fuerza y, sin hesitar, lo coloqué al lado de los demás. Una vez el alfa vio esto, supo que no quería quitarles nada, por lo que siguió comiendo, dando a entender a su grupo que no buscaba molestarlos y que podían bajar la guardia. Llevé el cuerpo restante al grupo, que ya había terminado dos de ellos y varios lobos ya estaban comenzando un poco del tercero y cuarto.

Regresé a la fogata con Dorael. Para nuestra sorpresa, Jenn ya tenía la carne caliente y lista para desayunar. Nos sentamos y le agradecimos por la ayuda y comimos. Terminamos y volteamos a ver a Jenn que seguía sin cambiarse las ropas.

—Jenn, cámbiate. Tenemos que pasar desapercibidos de ahora en adelante. Te guardamos unas prendas —dijo Dorael, viéndola de arriba abajo con una sonrisa.

—¿Y cambiarme aquí con ustedes mirándome? ¡Eso jamás! —respondió Jenn ruborizándose.

—Ay, vamos. Tú ya nos viste cambiarnos. No hay nada que ocultar.

—Solo me lo dices porque quieres verme desnuda —replicó Jenn alterada.

—Jenn, no hay nada que ese vestido azul que utilizabas en la guardia no muestre.

—Eres un cerdo.

—*Oink, oink*. Vaya que lo soy. —Dorael sonrió—. Pero ¿qué tiene de malo? Todos los cadetes te miran como yo lo hago, eres la única mujer en la academia, pero eso ya lo sabías.

—Eso no significa que me lo digan a la cara.

—Vaya, si pudieran lo harían.

—Dorael, ayúdame a apagar la fogata pateándole un poco de nieve y tierra encima para no hacer humo mientras Jenn se cambia tras los caballos —interrumpí—. Una vez que la apagues, acompáñame a ver si los lobos comieron de todos los cuerpos, que desde aquí no se ve.

—Está bien, está bien. Dejaré que se cambie.

—Gracias, Andariel —contestó Jenn con una sonrisa.

—Lo hice por Dorael. Si se emociona demasiado no va a poder concentrarse en todo el trayecto y solo va a estar pensando en ti.

Mientras Dorael pateaba la fogata y la apagaba, Jenn comenzó a quitarse la ropa con rapidez por el frío, dejando al descubierto su cuerpo blanco, del cual solo pude ver sus piernas y cuello. Dorael, al escuchar cómo la ropa caía al suelo, intentó voltear a ver y se vio interrumpido por mi garganta siendo raspada con fuerza.

—Ya entendí, Andariel. No tienes por qué hacerlo más obvio de lo que es.

—Es por tu bien, amigo. No quiero que te impresiones demasiado.

—Ya he estado con mujeres antes.

—Lo sé, pero como has dicho, quieres tenerla a ella y verla solo se hará un distractor para ti, por eso no puedo dejarte.

Jenn terminó de vestirse antes de lo previsto y caminó tras Dorael en silencio sin que supiera. Al ver esto, me volteé a ver el horizonte en dirección a los cuerpos. Dorael aprovechó para poder observar tan siquiera algo. Sin embargo, al voltear se vio interrumpido por Jenn frente a él quien le dio una bofetada en la cara.

—¡Oye! ¿Y eso por qué fue? —gritó Dorael.

—No te hagas, querías verme —replicó Jenn con el rostro enojado.

—Solo quería saber si estabas bien, podía alguien aparecerse de repente y hacerte algo.

—Qué atento de tu parte.

—Siempre un caballero, como puedes ver.

—Eres un idiota.

Dorael se puso de pie e hizo el saludo del ejército.

—Un idiota a su servicio, Maestra de Inteligencia de la Guardia Real.

—No tienes remedio. Mejor ya vámonos de aquí —dijo Jenn soltando una pequeña carcajada.

—Escuchemos a Jenn, lo mejor será partir —dije señalando al horizonte, lugar donde se podía ver una humareda.

Recogimos lo que quedaba en el campamento.

—Me dejaste el trabajo sucio, Andariel.

—Ay, vamos, Dorael. Nada que un poco de nieve pueda limpiar la mierda fresca de tus dedos.

—Ay, el soldadito no puede limpiarse un poco de caca de sus manos, como si nunca se hubiera limpiado su trasero —dijo Jenn con una mueca en su rostro.

—No voy a limpiarle el culo a nadie y menos si es caca ajena. Por suerte, no me manché, ¡pero apestaba!

—No nos lo tienes que decir, estábamos junto a ti comiendo —respondí con cara de asco.

—¿Qué hacemos con las prendas restantes, Andariel? —preguntó Jenn, juntándolas en una pila.

—Hay que cubrirlas con nieve, de por si los atuendos son blancos por lo que se van a mimetizar muy bien con el ambiente.

Jenn volteó a ver a Dorael con una sonrisa en el rostro.

—Tú te encargas del trabajo sucio, ¿no?

—Hazlo tú, te toca manchar tus finas manos.

—¿Y el idiota a mi servicio? —Carcajeó Jenn.

—No vuelvo a hacer ese chiste.

—No tienes por qué hacerlo, te molestaré toda la vida con eso.

Dorael cogió nieve de los alrededores de la fogata para no dejar rastros de huecos sin nieve y que algún explorador descubriera la ropa y la lanzó encima de las prendas ensangrentadas, cubriéndolas hasta que no hubo rastro de ellas. Acto seguido, nos subimos a los caballos y comenzamos a cabalgar en dirección por la que había corrido el escapista… el primer poblado.

Durante el camino, nieve comenzó a caer del cielo, por lo que nuestro rastro sería cubierto de cualquier grupo que nos estuviera buscando.

—Hay que tener cuidado en nuestro camino por delante, parece que tendremos que dejar los caballos llegando al primer pueblo —dijo Dorael volteando a ver a Jenn

—¿Por qué lo dices? —preguntamos ambos.

—Si no mal recuerdan, uno de mis enemigos se escapó corriendo.

—¿Y por qué no te deshiciste de él con tu cuchillo? —pregunté molesto.

—Solo traigo uno para lanzar, ya lo había utilizado. ¿Qué querías?, ¿qué le lanzara mi espada?

—Hubieras intentado —replicó Jenn.

—Fue sarcasmo… —respondió Dorael.

—Lo sé, yo también lo hice por si no te diste cuenta.

—Bueno, no hay de otra. Solo queda esperar lo peor desde ahora. ¿Qué plan tienen si nos agarran?

—Déjenme pensar… —dijo Jenn en voz baja mientras se acariciaba el cabello fuera de la gorra.

—Pues piensa rápido que nos estamos acercando a la humareda y podemos tener problemas si nos ven —contestó Dorael señalando al frente.

—Lo que se me ocurre es lo siguiente: Lo más sensato sería decirles que tú, Dorael, nos capturaste y mataste a nuestro grupo haciéndote pasar por uno más de ellos, con órdenes de llevarnos al castillo a encontrarnos con Torbul, ya que te dio la orden.

—¿Y cuando lleguemos al castillo que haremos?

—Mandar a llamar a la heredera, o buscarla.

—Pues claro, qué gran idea. Vamos a pasearnos por todo el castillo una vez estemos dentro, no sin antes encontrarnos con Torbul —habló Dorael—. Es posible que, en la entrada del castillo, lo saludaremos con los traseros al aire, esperando a que dicte su sentencia de muerte para todos o nos mate ahí mismo, ¿o qué opinan, nos recibirá con galletitas?

—Vamos, no puede ser tan complicado. Por lo que puedo imaginarme, debe estar paseándose dentro del castillo —dije.

—¡Ja! Entonces ibas a desposar a una gorda que no

hace nada más que pasearse por su cuchitril. —Río Dorael señalándome.

—Por si no lo sabías, los toxianos son esbeltos porque gastan mucha energía para guardar el calor, por lo que no sería una gorda... a menos que coma mucho —interrumpió Jenn, haciendo que Dorael guardara silencio.

—Es la heredera al trono, debe estar cuidada y protegida, todo para que pueda tener a su descendencia. Espero podamos encontrarla cuanto antes; de lo contrario, tendremos que hacer interrogatorios a quienes nos topemos para saber dónde se encuentra —hablé.

—Buena suerte con eso, chico —respondió Dorael.

—Estamos en esto juntos, aplica también para ti, Dorael —contestó Jenn.

—Ya sé. Andariel los agarra con vida, ya que le gusta divertirse con ellos y yo los interrogo.

—Siempre buscando hacer lo que te gusta —contesté

—Pues claro, para eso me entrenó mi padre: Matar e interrogar hasta matarlos.

—O matarlos antes de que puedan hablar... —interrumpió Jenn.

—¡Oye, eso solo pasó una vez!

—Vez que ha sido contada por todos lados, dicen que fuiste brutal en tu primer interrogatorio.

—Pues, ¿qué te puedo decir? Me tomé el papel muy en serio.

—Espero al siguiente rehén no le hagas lo mismo; de lo contrario, no tendremos ninguna respuesta y nos quedaremos en las mismas.

—He interrogado a más de uno, no soy un idiota. Gracias a mí, hemos disuelto a varios grupos de ladrones y asesinos en la ciudad.

—No lo has logrado solo, si no fuera por la familia Harmin con su fuerte entrenamiento de la policía y por mí, no habrías interrogado a ninguno.

—No lo niego, pero dime, ¿cuántas bandas he logrado eliminar?

—Ocho de las veinte conocidas por los registros que se tienen.

—Exacto y por mala suerte a los que hemos preguntado de los otros doce, saben muy poco de su agrupación o prefieren morir antes que hablar, por lo que ha sido difícil encontrarlos.

—Basta de charlas, nos estamos acercando —interrumpí señalando delante nuestro, donde se veía una fogata abandonada—. ¿Estás seguro de que el prófugo corrió en esta dirección?

—Afirmativo, lo vi co... —contestó Dorael. Sin embargo, antes de terminar, fue interrumpido por Jenn.

—Algo está mal. Si era solo él con el grupo que aniquilamos, no habrían dejado la fogata encendida, habrían utilizado la nuestra.

—Y anoche no vimos indicios de fogata alguna —respondí.

Llegamos al fuego y volteamos a ver a todos lados por si había otro grupo escondido en la nieve.

—Miren, no hay tanta ceniza, la leña apenas comenzó a quemarse hace varios minutos, una hora por lo que parece.

—¿Cómo sabes eso, Jenn?

—Por la ceniza, lo acabo de decir, Andariel. ¿Acaso no oíste lo que dije?

—Estaba distraído viendo a nuestro alrededor.

—¿Acaso Andariel no es el cuchillo más afilado del grupo? —carcajeó Dorael.

—Te estoy oyendo.

—¡Vaya y entiende!

—Cuando regresemos te voy a patear el trasero tan fuerte que vas a tener que usar pañal por el resto de tu vida.

—Sigue soñando, lento. Por lo único que me ganaste fue por tu Kronium.

—Esta vez no lo utilizaré, cabeza de haba.

—¿Ah, sí?

—Cállense los dos —interrumpió Jenn.

—¿Qué sucede, muñeca? —preguntó Dorael.

—¡ESO! —Señaló Jenn frente a nosotros.

5. CANCIÓN DE APERTURA

I

LLegó el mediodía en Karzos y Ostum salió del palacio en dirección a las afueras de la montaña en busca de alguien. Atravesó las calles, bajando por la montaña por medio de la avenida principal, siendo saludado por varias personas, quienes al verlo hacían una reverencia y este levantaba la mano para saludarlos.

Una vez en el puente elevadizo, en las faldas de la montaña, se le acercó un cuidador a susurrarle algo, a lo que este respondió dándole un pergamino y se marchó. Pronto, Ostum se encontró a un par de cuadras de la tienda de pociones, por lo que se puso una capucha encima de la cabeza y sacó una tela de su atuendo, cubriendo su rostro para no ser reconocido. Llegó al frente de la tienda y, en vez de entrar, avanzó unos pasos más hasta entrar en el callejón al lado del puesto, buscando por una persona que parecía ser un vagabundo. Avanzó hasta el fondo, en donde se encontró con una persona vestida con ropas hechas jirones y cubierta por una cobija para no pasar frío.

—Mi señor, qué agradable verlo —habló el indigente.

—¿Conseguiste lo que te pedí? —Ostum extendió la mano hacia el pordiosero.

—Claro que sí, mi señor.

El pordiosero le entregó una cajita de madera envuelta en una tela. Una vez en su mano, Ostum procedió a abrirla y ver los contenidos que tenía.

Dentro de la caja venía un conjunto de cinco frascos, de los cuales, cuatro contenían un líquido azul turquesa.

El quinto, era de un color pálido transparente y de un tamaño un poco más grande.

—¿Esto hará lo que te pedí? —preguntó Ostum mientras sonreía a la caja.

—Sí, mi señor. Nada más recuerde combinar los cuatros frascos con el quinto para no provocar efectos secundarios. La combinación es…

—Dos a uno.

—Vaya que sabe de esto, mi señor.

—He hecho mis investigaciones sobre este líquido en particular. Dime, ¿viene con el regalo que te pedí?

—Sí, mi señor. Se encuentra en el recipiente transparente —Ostum, para ver mejor, agitó un poco el frasco—. Cuidado, mi señor. Podría dañar el regalo si lo agita demasiado fuerte.

Ostum cesó de sacudir el frasco hasta que pudo verlo, una perla tan pequeña como para que entrara en una jeringa.

—¿Y esto hará lo que creo que hará? Espero no me estés engañando.

—Claro que sí, mi señor. Fue recogida en las afueras de Elorian, lugar donde proliferan de manera adecuada.

—Perfecto, ¿alguna advertencia o sugerencia de cómo usarla?

—Inyectada hace lo que busca. Si se ingiere no sucederá nada, ya que el estómago la disolverá.

—Perfecto, muchas gracias. —Ostum cerró la caja y volvió a envolverla con la tela.

—Espere señor… No se olvide de mi pago.

—Es cierto, has sido muy bueno en lo que te he encargado. ¿Cuánto quieres?

—Cien monedas de oro, mi señor, por el viaje y la preparación de las ampolletas.

Ostum buscó de entre sus prendas por una bolsa de monedas y se las arrojó al pordiosero a los pies.

—Esto será más que suficiente, quédate con todo.

El pordiosero abrió la bolsa y se encontró con trescientas monedas de oro.

—Muchas gracias por su solidaridad, mi señor. Si me necesita, ya sabe cómo buscarme.

—Si necesito algo más, no dudes de ello.

Ostum se guardó la caja entre sus ropas y entró en la tienda de pócimas, en donde tardó un poco y salió con el rostro descubierto y con otra caja que contenía seis jeringas. Las necesarias para utilizar todo el contenido de los cinco envases. Caminó despacio de regreso a la montaña para mostrarle a Ermes lo que había conseguido para él. Cinco minutos más tarde salió un hombre con vestimentas limpias, originarias de un pueblo lejano de Bantmaus y un saco de monedas pegado a su cintura; este se dirigió al establo más cercano donde había dejado a su caballo y partió en dirección a su poblado sin ser visto más.

Ostum, por su parte, se paseó por varios mercaderes dentro de la montaña hasta entrar en una taberna, buscando a una persona en particular. Al encontrarla, se sentó en una mesa tras la persona, sin que ambas se vieran el rostro.

—Te tardaste en venir, me dijeron que estarías aquí hace una hora —dijo la persona con voz de desaprobación.

—Estuve ocupado encargándome de otros asuntos.

—¿Qué asuntos son más importantes que convocarme? —Ostum guardó silencio ante esta pregunta.

—¿Qué has sabido de ellos?

—No he visto a varios en mucho tiempo, por lo que no me he enterado de mucho. Lo último que sé, fue que dos de los encarcelados fueron entrevistados por separado y uno de ellos hablo de más sobre algo que no debía ser dicho.

—¿Dos?

—Sí, dos.

—¿Cómo sabes que fueron dos?

—Salí con la gente que estuvo a cargo de la entrevista y me dijeron que uno de los entrevistados era Etinoch, el otro nombre no me lo dieron, es posible que sea él del que habló.

—¿Puedes confiar en ellos?

—Como la palma de mi mano, son idiotas que les gusta hablar.

—Tendré que hacer los preparativos entonces.

—¿Y lo que acordamos?

—Cuando llegue el momento serás recompensado de la manera que quieras.

—Tomaré tu palabra como veracidad.

—¿Cuándo te he fallado?

—Nunca, pero siempre tardas más de lo acordado... me molesta.

—Todo se hace de acuerdo con el plan, pero este puede tener algunos retrasos, el tiempo no es perfecto, pero la planificación y los resultados lo son.

—¿Algo más que quieras saber?

—No, con lo que me dijiste está perfecto.

Ostum se paró de la silla y partió. La otra persona alzó la mano con una moneda entre los dedos y pidió otro whisky.

Una vez Ostum llegó al palacio, se reunió con Ermes, quien se encontraba sentado en el trono sin la corte, que había enviado a reunirse con los comerciantes más importantes de la ciudad y la familia Harmin para discutir los problemas del reino y saber sobre los problemas de cada poblado; una vez regresaran con él, le apoyarían con la información; mientras tanto, recibía audiencias de gente como lo hacía su padre. Ostum arribó al palacio y, una vez frente a las escaleras del trono, se inclinó ante Ermes para saludarlo.

—Buenas tardes, su majestad —dijo Ostum tras sacar las cajas de sus prendas.

—Buenas tardes, Ostum. Todavía no soy rey, así que sígueme llamando por mi nombre.

Ostum comenzó a subir poco a poco las escaleras para colocarse junto a Ermes

—Mientras su padre se prepara para la guerra, él lo ha delegado como el regidor provisional del reino, por lo que decirle su majestad es correcto.

—Dime como quieras; por cierto, ¿qué es eso que traes en esas cajas?

—Oh, su majestad, va a estar contento con lo que traje. Va a servirle por unos cuantos días para aumentar su creatividad e inteligencia —Ostum abrió la primera caja que contenía las agujas.

—¿Agujas? Ostum, ¿qué es lo que me quieres administrar? Sabes que odio las inyecciones más que las espadas o las flechas.

—No se preocupe por eso su majestad, las conseguí en la tienda de pociones para administrarle esto. —Ostum mostró la otra caja envuelta en el paño.

—¿Qué es esto?

—Ábrala y vea por usted mismo, su majestad, estará contento con lo que le traje.

Ermes confiando en Ostum, quitó la tela de la caja y procedió a abrirla. Dentro, pudo ver los cinco recipientes llenos de líquido.

—Se ven interesantes, Ostum. Dime qué contienen estos frascos que tanto quieres que me inyecte.

—Como puede ver, su majestad, los cuatro frascos azules contienen un potente psicoactivo que hará que tenga mayor concentración, productividad, creatividad e inteligencia como antes le dije.

—¿Y ese frasco transparente para qué es?

—Ese frasco le servirá para cortar cualquier efecto secundario del psicoactivo que, si no se tiene, este líquido puede provocar mareos, vómito, jaquecas y lentitud — respondió Ostum señalando los frascos azules.

—Suena muy riesgoso, Ostum, prefiero hacerlo así como lo estoy haciendo.

—No se preocupe, su majestad, si gusta yo tomaré la primera dosis para mostrarle los efectos y lo que hace, para que esté seguro de que no hay problema alguno.

Ostum procedió a recibir las cajas de las manos de Ermes y las colocó en una mesa junto a una pared cerca del trono. Sacó la primera ampolleta azul turquesa y una jeringa, de la que sacó dos partes para ponerlas en la jeringa; tras esto, sacó el líquido transparente e hizo lo mismo. Una vez todo se encontró dentro de la ampolleta, la agitó con delicadeza para que ambos líquidos se mezclaran hasta formar uno color azul cielo. Ostum buscó en su cuello por la arteria carótida hasta encontrarla; acto seguido, acercó la jeringa a su cuello para que traspasara la piel y pudiese inyectarse.

—Basta, Ostum. Te creo —interrumpió Ermes, parándose del trono y cogiéndole la mano con la jeringa antes de que esta traspasara su piel.

—Pero, su majestad…

—Basta, no debí haber desconfiado de ti, siempre has hecho lo mejor para mí. Pero, dime, si es tan bueno, ¿por qué mi padre nunca lo utilizó?

—Oh, por el contrario, su majestad, su padre antes de tenerlos a ambos se administró varias veces esto para realizar un mejor reinado. Como sabe, su abuelo dejó a su padre en un momento importante para el reino y él, tal como usted, se encontraba nervioso para reinar, por lo que le ofrecí, de la misma manera a la que le ofrezco a usted, este psicoactivo.

—¿Y qué sucedió?

—Tras la primera inyección, su padre resultó sentirse más cómodo con su puesto y comenzó a hacer el trabajo que hoy en día sigue rindiendo frutos.

—¿Y porque no lo utiliza ahora?

—Pues verá, el psicoactivo es tan potente que, tras cierto número de administraciones, el huésped se vuelve más confiado, y lo que provoca el líquido, como se lo he mencionado antes, se mantiene en la persona aun dejando de inyectárselo. Solo hay algo de lo que debe tener cuidado, esto fue lo que provocó que su padre dejara de administrárselo.

—¿Los efectos secundarios?

—No, su majestad, este líquido se prohíbe ser inyectado cuando uno quiere tener hijos, ya que pueden nacer con problemas mentales incurables, por lo que se da un periodo de seis meses sin ser administrado para que el psicoactivo se elimine por completo del cuerpo y la descendencia no nazca mal.

—Vaya, quitando ese problema, ha de ser una maravilla.

—Lo es, su majestad.

—Inyéctamelo, si dices que padre utilizó esto para reinar como lo hace ahora, quisiera saber cómo se siente y lo que haría conmigo.

—A sus órdenes, su majestad. —Ostum se acercó a Ermes con la aguja en la mano—. Su majestad, levante el cuello, por favor, esto es para encontrar su arteria más rápido y que pueda administrarle el suero.

Ermes levantó el cuello para que Ostum comenzara a buscar su arteria. Una vez localizada, puso la jeringa en su piel.

—Esto dolerá un poco.

—Entre más rápido lo hagas, mejor —contestó Ermes, apretando los ojos.

La aguja se introdujo en la piel de Ermes hasta llegar a la sangre, Ostum sacó un poco el embolo para que la sangre entrara en la jeringa. Al ver esto, supo que había inyectado en el lugar correcto y procedió a administrar el suero hasta vaciarlo por completo. Una vez terminó, sacó la jeringa y con la manga de su prenda hizo presión en donde había entrado la aguja.

—¿Eso es todo, Ostum? Porque no siento nada…

—Tranquilo, su majestad, dele unos momentos para que haga efecto.

Ostum retiró la manga del cuello de Ermes, ya que no había salido sangre alguna. Ermes comenzó a sentir algo en su cabeza, comenzó a recordar todas las enseñanzas que había recibido por parte de su padre y Ostum, todos los recuerdos de su vida, incluso los de muy pequeño, que por la edad no era posible hacer. Todo esto como si fueran imágenes nítidas. Su cuerpo, en vez de débil, se sentía fuerte y enérgico, más que cuando había peleado contra los toxianos por la adrenalina del momento.

—¡Vaya, Ostum! Esto es fantástico, con todo este conocimiento siento que puedo hacer lo que sea por el reino. Puedo ver lo bueno que ha hecho cada rey de Karzos y lo malo; incluso ahora que lo veo, varias leyes que fueron creadas hace siglos para el día de hoy se encuentran inútiles, tales como el cierre de la puerta levadiza en las faldas de la montaña en la noche. Varios comerciantes viven fuera de la montaña y terminan de madrugada, tienen que dormir en sus establecimientos, haciendo que no puedan ver a sus familias más que en los días de descanso.

—¿Y esa ley quién la impuso?

—Mi abuelo.

—¿Y por qué la impuso?

—Por la guerra contra los toxianos, tiempo cuando no había establecimientos ni hogares fuera de la montaña.

—¡Excelente, su majestad!

—Ostum manda a llamar a los demás cortesanos, necesitamos charlar sobre lo que les mandé hacer, creo que tengo una idea.

—Como usted diga, su majestad —contestó Ostum con una sonrisa en el rostro tras bajar las escaleras y llamaba a varios guardias a que fueran por los demás cortesanos.

Los soldados montaron varios caballos de los establos del palacio para hacer más pronta su tarea y regresar con lo que había pedido Ermes lo más rápido posible. Cada vez que encontraban a un cortesano, le hablaban sobre el llamado del regente y estos se subían a los mismos caballos que los soldados para llegar. Una vez que todos estuvieron en el palacio, Ermes les pidió a los guardias que dejaran la habitación y cerraran las puertas, cancelando todas las audiencias consiguientes a ese momento.

Tras las puertas del trono iniciaría una revolución de leyes dentro del reino que cambiarían el tipo de gobierno. Uno de los cambios fue el de Ostum, nominado como primer ministro y mano derecha del rey, quien al recibir la noticia se arrodilló y agachó su cabeza ante Ermes, ocultando una sonrisa. Los planes de Ostum iban como los había anticipado, acercándose cada vez más a lo que deseaba… A los restantes ocho cortesanos les hizo elegir a cuatro personas por cada uno para que hicieran la labor de viajar por todo el reino y hacer el trabajo de apoyarlos con información, dando marcha atrás a las expediciones del gobernante. Con esto, tendría al rey al tanto de todo lo que ocurriera en los pueblos en tiempos más cortos sin la necesidad de abandonar la capital.

Entre las leyes que cambiaron, quitaron el cierre de la puerta levadiza por las noches; al mismo tiempo, Ermes creó la inversión de la corona dentro de los establecimientos más prolíficos para que la corona pudiese hacerse con más capital y así no preocuparse por el dinero perdido en préstamos de los cuales algunos eran impagables. Instauró una nueva reforma a la ley de la deuda, la cual dictaba que si había una deuda con la corona y el deudor perecía antes de poder pagarla, esta pasaba a los descendientes en su totalidad hasta ser pagada. Ermes la cambió y promovió reducirla al cincuenta por ciento de la deuda y debía ser pagada por la descendencia del deudor, pero si la descendencia del deudor perecía dejando a sus nietos vivos, la deuda era eliminada por completo, dejando así una entrada más para la corona, ya que la mayoría de los deudores solo pagaba un tercio y los hijos, al no tener parte en la negociación de la deuda, pagaban menos o bien no lo hacían, dejando la deuda a futuras generaciones que tampoco pagaban, dando así como resultado, que los hijos del deudor vieran menos deuda y estos aceptaran pagar. Dando así como resultado, que se pudiera pagar la deuda por completo o hasta un ochenta por ciento de la misma y no se perdiera tanto capital.

Por otra parte, el palacio tenía un total de más de cincuenta habitaciones desocupadas, que servían para dar asilo a los reyes, consejeros y familias reales de otros reinos para cuando llegaban a Karzos, pero estas nunca eran llenadas en su totalidad, por lo que Ermes decidió utilizar ocho de esas habitaciones para los cortesanos restantes, quienes igual que Ostum, no tenían familia alguna ni hijos, ya que en sus votos para el puesto, habían aceptado dejar toda su vida tras de ellos para servir al rey y al reino sin distracción alguna.

Los cortesanos aceptaron alegres, ya que vivían en comunión en una casa humilde cerca de las faldas de la montaña, lugar en donde tenían comida y bebida suficiente para ellos y una bañera para todos. Además, ellos no tenían caballo, por lo que debían levantarse temprano para estar en el palacio a tiempo antes de que el rey se apareciera en el trono. Esa casa se encontraba a escasos metros de la academia; en vez de desocuparse iba a ser remodelada y ampliada para crear el primer orfanato del reino a cargo del ejército y la corona, lugar en donde se le iba a dar cobijo a los niños abandonados y sin familia, cancelando así por completo el uso de infantes en trabajos riesgosos. Los que vivieran ahí serían educados en artes de guerra, matemáticas, astrología y ciencias para que, una vez llegaran a la adultez, salieran del lugar y pudieran conseguir trabajos bien remunerados o hacer sus propios negocios, apoyando los puestos más importantes y necesitados del reino.

—¿Y qué nombre tiene para el orfanato, su majestad? —pregunto uno de los cortesanos, alegre por las cosas que se estaban haciendo.

—Llamémoslo como mi padre... Elton, ya que en este, su reinado, se está creando.

—Joven Ermes, esto no solo apoyará el reinado, sino que facilitará a la población muchas cosas. El rey estará orgulloso de usted cuando regrese —comentó otro cortesano, estrechando la mano de Ermes.

—Bueno, ¿qué les puedo decir? Si no hubiera sido por mi abuelo y mi padre, ninguno de ustedes estaría aquí apoyando al reino y, sin ustedes, las cosas serían muy distintas a lo que hoy son; por lo tanto, esto no solo es gracias al rey en cargo, sino a sus consejeros —respondió Ermes mientras volteaba a ver a Ostum, quien inclinó la cabeza.

Todos los cortesanos aplaudieron las palabras de Ermes al unísono y él sonrió dejando caer una lágrima por su mejilla derecha. «Si padre consumió esto y ha logrado cosas tan magnificas, significa que yo podré hacer lo mismo que él por el reino», pensó para sí con alegría, ya que, si su padre veía lo bueno que había hecho, lo recompensaría con el puesto, o bien lo incluiría como parte de la corte para hacer más cosas por Karzos. No había duda de que Elton lo recompensaría de una u otra forma, o eso creía.

Al día siguiente, varios sirvientes ayudaron a los cortesanos a cambiarse dentro del palacio, este proceso duró dos horas, entre que hacían sus maletas y dejaban su antiguo hogar limpio. Una vez terminaron y se instauraron en sus habitaciones, que eran más amplias a las previas, bajaron al trono e hicieron llamar a sus viajeros, quienes se presentaron en el salón e hicieron una reverencia delante de Ermes.

—Levántense, mis seleccionados —dijo Ermes levantándose del trono y bajando las escaleras hasta donde ellos se encontraban.

Ellos se reincorporaron una vez Ermes estuvo a su altura.

—Estamos orgullosos de servir al reino y su causa, su majestad —cantaron todos.

—Como pueden saber, la corte los ha elegido por sus proezas y aptitudes, siendo los más rápidos y entregados en la labor que se les ha asignado. Como pueden saber, la relación entre la capital y los poblados del reino no es muy estrecha, ya que no se les visita por mucho tiempo, provocando que no se sepa qué sucede, más que por la mensajería de los lores de cada lugar, las pocas visitas del soberano y las pocas misiones de inteligencia que se hacen cada cinco años; por lo tanto, los han escogido a ustedes para que viajen por todos los rincones del territorio y sepan lo que ocurre.

—¡Con gusto, su majestad! —gritaron.

—Se les brindará un caballo a cada dos de ustedes, con comida y dinero suficiente para sus viajes de ida y regreso. En cada pueblo habrá seis de ustedes que investigarán lo que se necesita, y para Nondrül, que es el poblado más grande, irán ocho.

—¿Cuándo partimos, su majestad? —preguntó uno de ellos.

—En este mismo momento. Sus caballos y lo que necesitan ya se encuentran en el establo del palacio.

—Honor a Karzos y al rey —aplaudieron.

Hicieron una reverencia a Ermes y partieron.

II

Los días fueron pasando y Ostum siguió administrándole el suero a Ermes, quien, al despertarse, seguía sintiendo los efectos, pero al recibirlo las habilidades que le otorgaba eran más intensas, sintiéndose más despierto. Y ahora no solo se educaba con Ostum, atendía las audiencias y platicaba con los cortesanos acerca de lo que habían descubierto, sino que también entrenaba sus habilidades con la espada hasta el punto de llamar a diez cadetes de las fuerzas especiales y enfrentarse a todos ellos al mismo tiempo, sin perder alguna vez.

Gracias a la medicina que le administraba Ostum, el utilizar su Kronium no cansaba tan rápido, por lo que podía usarlo por más tiempo y combinarlo en grandes cantidades sin fatigarse. Todo esto era observado por Ostum mientras sonreía al ver como su estudiante cada vez se hacía más fuerte e inteligente. Cada vez se acercaba más el momento en que se terminarían los frascos y, con esto, la administración del regalo.

Al anochecer del cuarto día, llegaron dos guardias a la entrada del calabozo en donde se encontraban los carceleros.

—Buenas noches —saludaron los guardias a los celadores

—Buenas noches. ¿Qué se les ofrece? —preguntó uno de ellos.

—Por órdenes del regente, hemos venido a hacer el cambio de guardia.

—¿Cambio de guardia? Pero este es nuestro turno.

—Él nos pidió que se retiraran y nos dejaran el turno a nosotros.

—Eso es imposible, llevamos años haciendo la guardia nocturna y nuca nos han hecho irnos a mitad del turno.

—Si quieren vayan a preguntarle al soberano en tiempo por la mañana, por ahora ya se encuentra descansando.

—¿Y nuestro pago por cuidar a los encarcelados esta noche?

—No se preocupen por eso, sus salarios no serán alterados por este cambio.

—Respóndanme esto —preguntó el otro carcelero—. ¿Por qué los eligieron a ustedes?

—Él creé que uno de los presos es de alto riesgo y nos pidió que cuidáramos esta noche para ver si esto es verdad.

—Ninguna noche ha pasado algo, por lo que puedo decir, las cosas están tan normales como siempre.

Uno de los soldados puso la mano tras su espalda para sacar algo, pero su acompañante lo detuvo aprisa.

—Vamos, caballeros, han de estar cansados. Regresen a sus hogares y descansen con sus familias, tienen asegurado, por nosotros y por el rey, que sus pagos no serán retenidos y no habrá ningún problema.

Los carceleros se vieron el uno al otro y dijeron:

—Pues nos vendría bien una noche de descanso, ya que tenemos guardia hasta mañana por la tarde.

—Sí, por eso no hay problema. Nosotros al alba terminaremos el turno, por lo que estén atentos y lleguen a tiempo para que regresen a sus puestos.

Los carceleros les entregaron las llaves y salieron del palacio a sus hogares.

—Eso estuvo cerca —le dijo un guardia a otro.

—Todo está calculado, no debiste intentar sacar tu cuchillo, el trabajo habría sido más difícil.

—Pues no querían irse y debemos acatar nuestras órdenes.

—A la siguiente, déjame la charla a mí y no hagas nada estúpido.

Dentro del castillo había rondas de vigilancia, por lo que se esperaron a que pasara la vuelta para no alzar sospechas. Tras contar los tiempos de los movimientos, abrieron la puerta del calabozo y la cerraron tras de ellos, bajando las escaleras hasta las celdas, en donde una vez adentro, pudieron ver a los tres lores ya dormidos... o eso creían. Etinoch, se encontraba en su cama haciéndose el dormido cuando pasaron la antorcha por su celda, pero una vez la desviaron a la de enfrente, en donde se encontraban Poromo y Trubius, abrió los ojos para ver lo que ocurría. Los guardias abrieron la celda sin hacer ruido para no alertar a nadie y se introdujeron en silencio. Localizaron a Poromo y le colocaron una mano sobre la boca, que no sintió por estar dormido. El que traía el cuchillo se acercó a su cuello y se lo enterró en la yugular y en varios sitios de la espalda y los costados, cortando riñones, páncreas e hígado, haciendo que sangre brotará por todos lados. El dolor del cuchillo hizo que Poromo se despertara de golpe e intentara gritar, pero la sangre se lo impidió y, tras unos segundos, murió en su cama. Los asesinos voltearon a ver a Trubius, pero él se encontraba dormido de cara a la pared, por lo que no tuvieron que hacer nada más que dejar el cuchillo ensangrentado junto a su cama. Salieron de la celda y la cerraron, no sin antes voltear a ver de nuevo a Etinoch; no obstante, este cerró sus ojos rápido, provocando que no se dieran cuenta de nuevo. Los asesinos sacaron un pergamino doblado y se lo lanzaron a su celda. Subieron las escaleras del calabozo y salieron por la puerta, cerrándola tras de sí y dejando las llaves en una mesa.

—Cumplimos con la misión, ¿ahora qué?

—Nos vamos para no levantar sospecha alguna y amonesten a los del turno por irse y que piensen que ellos le proporcionaron el cuchillo a Trubius.

Los infiltrados volvieron a esperar la ronda de regreso, salieron del palacio a plena noche sin ser vistos más.

Etinoch, una vez seguro de que ya no había nadie, se levantó de su cama y cogió el pergamino, se dirigió a su mesa y prendió una vela para leer el contenido que decía: «Sé que estás despierto. Hablas de más como lo hizo tu compatriota y eres el siguiente».

Esto le hizo helar la sangre a Etinoch, sabía que ya no estaba seguro y si hablaba sobre lo que había visto esa noche, moriría. Tras lo ocurrido, habría interrogaciones, en donde debía guardar silencio y no meterse en problemas, ya que de vez en cuando los carceleros entraban a las celdas para hacer inspecciones. No tuvo más remedio que quemar el pedazo de papel, coger las cenizas y soplarlas fuera de su celda para no levantar sospecha alguna. Respiró hondo, se tranquilizó y volvió a la cama, ya que su vida no corría peligro, la carta lo confirmaba y si lo hubieran querido muerto como a Poromo, ya lo habrían asesinado.

Llegó el alba del quinto día, los carceleros regresaron a su puesto y vieron que los otros dos ya no estaban.

—Vaya, nos dijeron que al alba y no se encuentran para el cambio de turno —dijo uno

—No te preocupes, de seguro se fueron hace unos minutos, nos dejaron las llaves en la mesa y todo está en orden.

—Vaya, qué bueno que nos dejaron ir, con este descanso puedo aguantar sin problema alguno hasta el atardecer.

—Si, yo también, viva el rey por eso.

—Viva el rey.

—Iré a la cocina por los desayunos de los presos; mientras tanto, ve despertándolos.

—Perfecto. Te veo en unos minutos.

Uno de los carceleros subió las escaleras y se dirigió a la cocina por los desayunos que ya estaban preparados mientras que el otro abría la puerta y bajaba para despertar a los lores. Sacó de su funda un garrote de madera y comenzó a golpear todos los barrotes para despertarlos.

—¡Muy bien, señoritas, hora de despertar! —gritó el guardia.

Etinoch se estiró en su cama y se levantó para sentarse en su silla y esperar el desayuno. Por otra parte, Trubius se giró en su cama, que estaba encima de un muro de piedra, haciendo que el cuchillo cayera al suelo y el metal golpeara contra la piedra, haciendo ruido. Al oír esto, el guardia se volteó a la celda de Trubius y exclamó.

—Hey, tú. ¿Qué tienes ahí?

Trubius volteó a ver al suelo y observó el cuchillo con la sangre ya seca.

—Eso… eso no es mío —gritó Trubius mientras volteaba a ver a Poromo y observaba el charco de sangre alrededor de su cuerpo.

El carcelero acercó su antorcha a la celda y pudo ver el cuchillo ensangrentado. Volteó a ver al cuerpo de Poromo que no se había movido de su lugar y, alrededor de él, un charco espeso.

—¡Contra la pared! —gritó el carcelero, abriendo la celda y manteniendo la antorcha en dirección a Trubius para que el fuego le quemará si intentaba hacer algo.

Intentó guardar las llaves de la celda en su bolsillo, pero las manos le temblaban, por lo que se le cayeron al suelo.

—Te juro que eso no es mío. Anoche no estaba aquí —contestó Trubius con la cara a la pared y los brazos en la nuca.

—¡Cállate! —gritó el carcelero apenas metiendo las llaves y cogiendo el mango del cuchillo.

Se salió de la celda sin dejar de ver a Trubius.
La puerta del calabozo fue abierta por el otro guardia, que cargaba una charola grande de comida para Etinoch.

—Ordel, ven a ayudarme —gritó el guardia fuera de la celda.

—¿Qué sucede ahora, Trancos? —contestó el que traía la charola.

—¡Deja eso en el suelo y ven a ayudarme! Uno de los encarcelados mató al otro. Ayúdame a registrarlo por alguna otra arma escondida —habló Trancos.

Ordel bajó la charola frente a la celda de Etinoch y se dirigió a la del frente para ayudar a su compañero.

—¿Cómo sabes que lo mató? —preguntó Ordel.

—Hoy en la mañana tiró su cuchillo al suelo y míralo —Trancos enseñó el cuchillo con la sangre seca a Ordel y, tras esto, señaló al cuerpo de Poromo.

—Les juro que no fui yo, eso no estaba anoche. Alguien debió meterse a la celda sin que nos diéramos cuenta. Pregúntenle a Etinoch, pudo haber visto algo —respondió Trubius.

Los guardias voltearon a ver a Etinoch para que les respondiera.

—¿Qué me ven? Yo estaba igual de dormido que ustedes, no escuché nada.

—Vamos, Etinoch, debiste haber escuchado o visto algo, amigo. Tú te duermes después que nosotros.

—Eso no significa que haya visto algo, pero por la relación que tenemos entre los tres sé que no habrías hecho eso.

—¿Ven? Poromo era un amigo y aliado de mi nación, ¿por qué razón lo mataría con un arma que ni siquiera tendría a menos que se me fuera otorgada por alguno de ustedes?

Hubo un silencio incómodo dentro del lugar y los rostros de ambos carceleros se tornaron pálidos.

—Anoche, antes de la última guardia no había cuchillo alguno dentro de sus prisiones, por lo que... —titubeó Ordel.

—Los guardias que nos reemplazaron debieron ser.

—Trancos, manda a llamar a la policía y avísale al

rey provisional. Tenemos un caso de asesinato con probabilidad de que su compañero de celda esté diciendo la verdad, más no podemos estar seguros antes del interrogatorio.

Trancos subió corriendo a toda velocidad para ir hasta los guardias de la entrada del palacio y contarles lo ocurrido, para que uno de ellos montara un caballo y se dirigiera a la policía para alertar sobre lo ocurrido y que llegaran lo antes posible al lugar del homicidio para que hicieran un diagnóstico.

Ermes, en ese momento, se encontraba todavía en su habitación, apenas despertando cuando un sirviente golpeó a su puerta varias veces y con fuerza.

—¿Qué sucede? Les he pedido que no me molesten cuando estoy todavía en mi habitación.

—Es urgente, mi señor. Uno de los presos, el lord toxiano Poromo, se encontró muerto en su celda hace unos momentos y la policía necesita de usted.

—¡¿Qué sucedió qué?! En un momento voy para allá. Dile a Ostum que venga a mi habitación ahora y a la policía que me esperen.

El sirviente se dirigió por el pasillo largo hasta llegar a la habitación del primer canciller y decirle lo que Ermes había ordenado. Ermes removió las prendas de cama de encima suyo y prosiguió a quitarse la pijama mientras que su puerta era tocada por Ostum.

—¿Quién toca? —preguntó Ermes

—Soy yo, su majestad. Me mandó a llamar para la administración del suero, lo veo levantado más temprano que otros días, espero que no se esté haciendo un adicto.

—Entra ya. Sucedió algo en el palacio, por eso me encuentro levantado a esta hora.

Ostum se introdujo en la habitación, sosteniendo con una mano la caja de los sueros y una jeringa.

—Su majestad, vístase primero. Se encuentra desnudo.

—Lo siento, me acabo de levantar.

—Permítame un momento mientras preparo el suero, su majestad; mientras tanto, dígame, ¿qué es lo que sucedió?

—Al parecer, anoche asesinaron a Lord Poromo cuando todos los demás estaban dormidos —contestó Ermes, vistiéndose.

—Muy bien, su majestad. Listo, levante el rostro.

Ermes se sentó en una silla y levantó el cuello y el suero le fue administrado. Pasaron los segundos mientras este hacía efecto.

—El sospechoso principal debe ser su compañero de celda, lord Trubius.

—¿Cómo sabe eso, su majestad?

—Solo sé que fue asesinado y como Trubius y Poromo compartían celda, lo más razonable es pensar que uno mató al otro, pero ambos eran compatriotas y por lo que me han hablado los carceleros de ambos turnos, estos se llevaban bien, pero bueno, ahora que hable con la policía sabre lo que en verdad sucedió.

—Lo espero afuera, su majestad. Mientas usted acaba de vestirse, iré a dejar el suero a mi habitación —contestó Ostum, dirigiéndose a la puerta y cerrándola tras de sí.

Ermes ya se encontraba casi vestido, solo le faltaba colocarse la camisa, el chaleco y la capa real con la que no tardó mucho, tiempo suficiente para que Ostum fuera caminando a su alcoba, guardara en su lugar la caja y fuera de regreso a la habitación de Ermes, donde una vez afuera, intentó tocarla, pero Ermes fue más rápido y abrió la puerta antes de que este pudiera tocarla.

—¿Listo, su majestad?

—Listo para saber qué fue lo que en verdad ocurrió.

Bajaron las escaleras hasta llegar al cuarto del trono, en donde se encontraban varios miembros de la policía y el coronel Atmios.

—Muy buenos días, su majestad —dijeron los cuatro haciendo el saludo del ejercito a Ermes.

—Buenos días. Vamos al meollo del asunto, ¿qué fue lo que sucedió?

—Los carceleros encontraron este cuchillo dentro de la celda del atentado —habló Atmios, mostrándolo.

—¿Y quién se lo dio? Está prohibido dar armas a los presos. Los guardias de la prisión tienen eso claro.

—Hablamos con ellos y dicen que vinieron dos reemplazos en la noche, argumentando que fue usted quien dio la orden del cambio de turno.

—Yo no di ninguna orden. Tráiganlos para acá, necesito hablar con ellos.

—Se encuentran siendo interrogados por la policía, su majestad.

—Tráiganlos para acá, los interrogaré yo mismo en el cuarto de tribunal. Ostum, manda llamar a los demás cortesanos. Mientras yo me encargo de esto, ustedes se harán cargo de las audiencias dentro de poco.

—Pero, su majestad, usted es el regente y necesita estar en las audiencias —contestó Ostum.

—No te preocupes por eso. Eres la mano derecha del rey y por tu puesto, puedes hacer lo mismo que él mientras este no se encuentre en disposición u ocupado con otros asuntos.

—Con gusto, su majestad. —Ostum hizo una reverencia y fue en busca de los demás cortesanos.

Ermes entró en la habitación del tribunal esperando a que la policía llevara a los carceleros a la habitación. Al poco tiempo, llegaron con Atmios.

—Atmios, ¿qué haces aquí?

—Si vamos a interrogarlos, necesitaremos todas las medidas necesarias para que estos hablen sobre lo que ocurrió y, si mienten, hacerlos hablar con la verdad.

—Creo tener esto bajo control, Atmios. Puedes retirarte.

—Todo lo contrario, su majestad, me quedaré aquí, ya que yo he sido participe de los interrogatorios y puedo saber si ellos mienten. Usted puede estar entrenado en materias del reino, pero no en materias de inteligencia y cuestionamientos.

—Me parece sensato, puedes quedarte. Agarra una silla y siéntate a mi lado.

—Prefiero permanecer de pie, su majestad, si me lo permite.

—Si eso es lo que quieres, haz lo que te acomode mejor.

Ambos guardias se sentaron frente al rey, siendo divididos solo por una mesa. Ambos se encontraban nerviosos y se les podía ver por el sudor rodándoles por el rostro y las piernas, que movían de un lado al otro, chocando las rodillas.

—Si me lo permite, comenzaré el interrogatorio, su majestad.

—Concedido, coronel.

Atmios comenzó a caminar en círculos alrededor de la mesa y las personas sentadas.

—Muy bien, díganme, ¿cómo fue que ese cuchillo apareció dentro de la celda del homicidio? Al parecer, ustedes se lo proporcionaron a Trubius para que cometiera el acto.

—Por el contrario, mi señor —respondió Trancos—. Nosotros hicimos una inspección esa misma noche en todas y cada una de las celdas en las que había un preso, checamos de piso a techo por cualquier instrumento y no encontramos nada.

—¿Entonces cómo llegó el cuchillo a la celda? —Atmios volteó a ver a Ordel a los ojos, quien se mordía los labios y observaba a la mesa—. Voltea a verme cuando te estoy hablando, cadete. ¿Fuiste tú quien le dio el cuchillo mientras tu compañero se encontraba distraído o haciendo alguna otra cosa que no fuera resguardar la puerta?

—No, mi señor. Como puede saber, por lo único que nos separamos es para ir al baño que se encuentra junto a nuestro puesto de vigilancia y llevarles el desayuno, a lo que uno los despierta y otro va por la comida.

—El suceso pudo ocurrir en la mañana antes del desayuno.

—Por el contrario, coronel —interrumpió Ermes—. Si hubiese sido al alba, el cuchillo no estaría con la sangre seca, por lo que sucedió unas horas antes.

—Buena observación, su majestad —respondió Atmios ahora viéndolo a él—. Pero dígame, en los informes que escribió la policía, dice que dos guardias vinieron a reemplazarlos en el turno de noche con órdenes dadas por usted, ¿es esto cierto?

—Eso es falso, ¿por qué me estás interrogando a mi si yo no hice nada?

—Usted, sin lugar a duda, está involucrado en el homicidio de lord Poromo.

—Yo nunca di orden alguna de que los reemplazaran en el turno de noche. Mi padre, el rey, impuso esos horarios y los he mantenido.

—Su majestad, por lo que hemos escuchado, está haciendo varias reformas en las leyes y está creando nuevas, y esta podría ser una de ellas.

—Checa los registros de las nuevas leyes con Ostum, en ninguna de ellas he cambiado los horarios de trabajo en la nación y mucho menos dentro del palacio.

—Hablaré con él y le pediré tal registro para comprobar su testimonio; mientras tanto, díganme —Atmios se dirigió a Trancos y Ordel— ¿por qué no fueron a comprobar los datos con el rey suplente?

—Porque ya era muy tarde y su majestad ya se encontraba en su habitación y tenemos prohibido perturbarle el descanso a menos que sea un asunto de suma importancia, por lo que no le vimos importancia alguna —respondió Ordel.

—¿Podrían describir de la manera más detallada a los guardias que los reemplazaron en el turno nocturno?

—Uno era musculoso y tenía una nariz prominente y de gancho, con un bigote poblado y la barba recortada. El otro era voluminoso y lampiño, con ojos verdes y las cejas pobladas.

Atmios sacó una libreta de su bolsillo y comenzó a escribir la descripción de ambos.

—¿Tatuajes, *piercings* o algo que pudiera hacer que su encuentro fuera más fácil? —preguntó Atmios.

—Ambos llevaban capuchas, por lo que no se les podía ver las orejas —comentó Trancos.

—Yo si vi algo antes de marcharnos —respondió Ordel—. Uno de ellos llevaba un colgante en la oreja derecha, un cristal o una arracada brillante, no sé cuál de las dos, pero pude ver el brillo proveniente de esa oreja y el gordo tenía un parche arriba de la ceja, es probable que para cubrirse algo.

—Tenemos un sospechoso con un colgante y otro con un parche encima de la ceja. ¿Qué tan grande era el parche? —preguntó Atmios, a lo que Ordel respondió con sus manos, colocándolas desde la unión de las cejas hasta casi el lugar donde comenzaba la cabellera de un lado del cráneo, creando un cuadrado.

—Es posible que hayan sido del grupo de La Orden: delincuentes, unos experimentados y muy buenos.

—¿Cómo sabes eso, Atmios? —preguntó Ermes.

—La gente que se hace llamar La Orden, tiene tatuajes en la misma zona descrita por ellos. —Señaló a los guardias—. Entre más grande es el rango, más grande es el tatuaje, ya que empiezan con numerales del I, siendo el más bajo hasta el VIII, siendo el más grande e importante del grupo.

—¿Los más importantes?

—Así es, su majestad. Llevamos años intentando atraparlos. Sin embargo, solo conseguimos capturar rangos I y II, los cuales saben muy poco de la organización y son mandados por rangos III, quienes hacen una tarea impecable para no ser reconocidos.

—Los portavoces para los rangos bajos.

—Así es, su majestad, estos se cubren el rostro por completo y la única forma que tienen para saber quién tiene el tercer rango es por el brazo, ellos ahí tienen grabado su tatuaje, por lo que se dificulta su captura, ya que no podemos ir por las calles pidiéndole a todos que se levanten las prendas para mostrar sus brazos.

—¿Y cómo saben entonces que los del tercer rango portan el tatuaje en el brazo?

—Logramos encontrar a un tercer rango, gracias al apoyo de un primer rango. Sin embargo, al ver que lo estábamos observando, se bebió un frasco y, a los minutos de ser capturado, murió dejándonos sin respuesta alguna. Días después, cuando fuimos a hablar con nuestro informante, lo encontramos muerto en su habitación con varias heridas de cuchillo por todo el cuerpo y el cuello, justo como nos encontramos a Lord Poromo.

—Viendo las pruebas y sin poder hacer nada, escribiré un decreto para los guardias de la prisión que dirá que no pueden cambiar sus horarios y nadie irá a reemplazarlos a menos que el rey o la corte se los informe cara a cara.

—¿Y qué hacemos con ellos, su majestad? —preguntó Atmios señalando a los guardias.

—Sáquenlos a la calle con la policía y entren a establecimientos, paséense por la calle, a ver si estos dos logran identificar a los sospechosos, entre tanto esto sucede, dos guardias de la ronda dentro del palacio cambiarán de puesto y serán acomodados fuera de la prisión para que no haya más problemas.

—Pero, señor, no hemos dado de desayunar a los presos —interrumpió Trancos.

—Mandaré a los sirvientes a que les brinden el desayuno, no se preocupen por eso. Sesión terminada.

Ermes, Trancos y Ordel se levantaron de sus asientos y salieron de la habitación. Atmios, fue el último y cerró la puerta tras de sí.

Ermes se dirigió a la policía para que fueran con los carceleros fuera del palacio a intentar reconocer a los asesinos. Llamó a dos guardias a quienes puso a vigilar la entrada del calabozo y mandó a llamar a los sirvientes para que entregaran la comida a los presos. Una vez todo esto estuvo resuelto, Ermes se dirigió a su habitación a escribir la responsiva para los guardias, que dictaba que ningún reemplazo les cambiaría el turno a no ser que el soberano en turno o uno de los cortesanos les dijera lo contrario, esto sería de forma directa y no por medio de cartas o algún mensajero. Si esto ocurría, debían avisar a las autoridades pertinentes sobre el hecho y se tomarían las medidas necesarias para su resolución.

Ermes terminó todos los preparativos y llegó el mediodía, hora en la que seguían las audiencias, por lo que salió de su alcoba y entró al salón del trono para recibir a los auditores y escuchar a la gente en sus problemas y necesidades, que atendió de una manera sabia y organizada, tal como su padre lo hacía.

Al llegar el atardecer, con el sol mostrándose por el horizonte, terminó y dio por terminadas las sesiones, dando un descanso a los cortesanos, no sin antes hablarles sobre el escrito que había hecho y las nuevas reglas dentro del palacio. Mandó llamar a Ostum a su habitación para que siguiera aprendiendo sobre cómo dirigir un reino. Una vez que terminaron, Ostum se despidió de Ermes, quien le agradeció por todo su apoyo y ayuda, dándole un cálido abrazo que no se esperaba.

—Gracias por todo el apoyo que has dado al reino y a mí, Ostum, de verdad eres un sabio.

—Vaya, su majestad, esto es un gran halago, pero solo soy un fiel sirviente de la corona y lo seguiré siendo para mejorar este reino y los demás.

Ermes dejó de abrazar a Ostum tras escuchar esto.

—¿No piensas abandonarnos, o sí? Tu pueblo, Karzos, te necesita más ahora que nunca.

—¿Irme de aquí, su majestad? —Carcajeó Ostum—. Por el contrario, no me iré de aquí hasta que suelte mi último aliento, aun cuando mi apoyo llegue a otras naciones, podré no solo apoyar a Karzos, sino que mi trabajo será exponencial y podrá esparcirse por el mundo.

—Me agrada tu forma de pensar, siempre buscando qué hacer y cómo apoyar a los demás.

—Por eso me largué de Toxoc, su majestad. Ahí no habría podido hacer ni la mitad de lo que hago aquí.

—Si te hubieras quedado a apoyar al rey de tu nación y supiéramos de ti, créeme que haríamos todo lo posible por sacarte de ahí y traerte a nuestro reino.

—No lo dudo ni por un minuto, pero bueno, ha llegado la noche y es hora de que llene su estómago de combustible y coma a gusto. ¿Desea que le suban la comida a su habitación o prefiere ir al comedor?

—A mi habitación, por favor. Todavía tengo que hacer varias cosas en torno a las audiencias de hoy y prefiero no perder el tiempo bajando y subiendo.

—Como usted ordene, su majestad. —Ostum hizo una reverencia y salió de la alcoba para dirigirse a la cocina y avisar lo que Ermes le había solicitado.

Llegó el anochecer y la luna ya se encontraba en el punto más alto del cielo, tiempo en que el suero debería dejar de surtir su efecto. Sin embargo, Ermes se seguía sintiendo activo y fuerte, tanto en lo mental como en lo físico, tal y como si el suero siguiera dentro de él. Esto le hizo confirmar lo que Ostum le había dicho. Ahora solo debía recibir la última dosis y esperar a que esta hiciera su trabajo dentro de él. Ermes se desvistió y se puso su pijama, apagó las luces de su habitación, se metió a la cama y cerró los ojos para dormir.

Pasaron los minutos y alguien golpeó en la puerta de la alcoba de Ostum, era un guardia quien le dijo que Ermes ya se encontraba durmiendo, por lo que lo despidió y le ordenó regresar a su puesto. Una vez que el guardia se largó por donde vino, Ostum sacó ambas cajas para hacer la última mezcla de los componentes que yacían en los frascos. Cogió la jeringa y la metió en el frasco con el líquido transparente, colocándolo en posición diagonal para absorberlo todo. La esfera dentro del líquido se colocó al fondo, por lo que Ostum colocó la aguja cerca del objeto, lo más cerca posible para que entrara en la aguja con la distancia exacta para no hacerle daño. Fue jalando el embolo, tranquilo para que el líquido fuera entrando hasta que absorbió la perla y el líquido se acabara. Sacó la jeringa del frasco y observó la perla que se encontraba ya en la jeringa, checó por daños en esta, golpeando de forma delicada el contenido con sus dedos, haciendo que la perla girara. No vio daño alguno, por lo que procedió a absorber el líquido azul que, una vez dentro, agitó de una manera más suave que las veces anteriores para no dañar el regalo. Una vez tuvo el contenido bien mezclado, guardó la jeringa en una de las cajas y la otra la sacó fuera de su puerta, en donde se encontraba un sirviente que, al verla, dispuso de ella yendo a tirarla.

Llegó el amanecer del sexto día, Ermes se despertó con energía y salió de su habitación en dirección a la de Ostum, quien se encontraba en su mesa escribiendo. Ermes tocó la puerta.

—Pase, su majestad. —Ermes abrió la puerta.

—Vaya, Ostum, ¿cómo sabías que era yo?

—¿Quién más tocaría mi puerta a estas horas, su majestad? A menos que fuera algo de suma importancia como lo que ocurrió ayer por la mañana.

—Me conoces muy bien, pero bueno, dejémonos de charlas, sabes por lo que he venido.

—Su última administración.

—Exacto. —Ermes se sentó en la orilla de la cama de Ostum mientras el sacaba la caja—. Te espero mientras mezclas los líquidos.

—Oh, no se preocupe por eso, su majestad. Previne su llegada y ya los tengo combinados —contestó Ostum abriendo la caja y mostrándole la jeringa ya llena con el color característico de la combinación, el azul cielo—. Muy bien, su majestad, tal como las veces pasadas, levante el cuello para poder administrarle el suero.

Ermes alzó el cuello para la inyección.

—¿Sabes, Ostum? No puedo creer que mi padre nos ocultara tan valioso contenido.

—Si lo hizo es por una buena razón, el líquido no se encuentra en Karzos, sino en Bantmaus y es de difícil extracción, ya que el componente activo, el «líquido azul» proviene de un hongo muy raro, al cual se le hacen cortes debajo del capuchón, para ser precisos en el himenóforo, para que vierta el líquido.

—Suena muy fácil hacerlo, solo debe uno encontrarlo.

—Por el contrario, su majestad, el líquido que suelta al hacer contacto con la intemperie húmeda de Bantmaus se condensa y se oxida, volviéndose grumoso y los efectos desaparecen, por lo que tiene que ser cortado y llevado a un lugar seco y oscuro, en donde puede hacerse la extracción.

—¿Pero?… Siempre hay un pero en todo.

—Exacto. Tiene que ser extraído rápido; de lo contrario, el líquido se seca por el corte en el pie del hongo…, y un solo hongo apenas llena un quinto del frasco, por lo que se necesitan varios.

—¿Y el líquido transparente?

—Por favor, ya no hable, su majestad. Voy a inyectarle el líquido. —Ostum movió los dedos sobre la arteria, colocándolos alrededor de la misma para no perderla de vista; acto seguido, metió la jeringa y vació el contenido—. El líquido transparente es un disolvente que previene que el líquido del hongo se coagule dentro del cerebro, impidiendo sus efectos secundarios.

Ostum sacó la jeringa vacía del cuello de Ermes.

—¿Y de dónde proviene?

—De una planta llamada *Aspérula odorata*, crece sin problema alguno en territorio karzo y es utilizada en la medicina del pueblo.

—Vaya, entonces para lograr que no haya efectos secundarios, necesitan la planta de nosotros, creando una simbiosis entre ambos reinos.

—Oh, su majestad, por el contrario, la *Aspérula odorata* es originaria de Bantmaus y fue traída a Karzos hace siglos, en las guerras por territorio entre ambas naciones.

—Guerras en que, si no mal recuerdo, perdimos varios territorios.

—Correcto, su majestad, pero ¿sabe por qué las perdimos?

—No.

—Muy fácil. Karzos en ese tiempo intentó expandirse más allá de la frontera con Bantmaus, intentando hacerse con los bosques de la región, a lo que Bantmaus tomó como una invasión y comenzó la guerra. Sin embargo, en esta guerra los karzos resultaron probar su valor haciendo que los bantmausitas tuvieran que retroceder, lo que los llevó a utilizar todo lo que tenían a su favor, encontrando la *Aspérula odorata* que, al ser administrada, provocaba que una simple herida no dejara de sangrar, haciendo que las personas con esto dentro de su cuerpo se desangrarán y perdieran el conocimiento o se debilitaran por la pérdida de sangre.

—Pero, si es una planta, ¿cómo se la administraron a los karzos?

—Extrajeron el líquido de la planta y bañaron las flechas de sus arqueros, haciendo que, si la flecha cortaba piel o se enterraba en una persona, al principio no notara el problema y siguiera en la guerra. Tras unos minutos, esta comenzaría a perder más y más sangre, provocando que se debilitara o muriera. Esto hizo que la guerra contra los bantmausitas se perdiera y se hiciera un tratado de paz.

—Extraer madera de sus bosques a cambio de un impuesto por cortarlos dentro de su territorio, tratado que sigue vigente hasta la fecha.

—En efecto, su majestad.

—Y entonces, ¿cómo es que Karzos se hizo con la planta?

—La encontraron en una de sus talas y observaron que la gente de bantmaus la cortaba y recogía, por lo que a uno de los taladores se le hizo fácil recogerla y traerla a Karzos para hacer un sembradío con ella sin saber las propiedades que tenía, hasta que un doctor bantmausita llegó a Karzos para ayudar en el hospital y con esta planta curó a la persona enferma. Desde entonces, se siembra aquí por su efecto para la salud.

—Vaya, ¿y cómo sabes todo esto?

—He tenido tiempo libre y he leído los libros de herbolaria de la nación. Allí viene la historia.

—Interesante, deberías ponerme a leer esos libros. ¿Alguna vez te has administrado el suero, Ostum? Ya que pareces saber y recordar todo lo que has leído e investigado.

Ostum balbuceó un poco ante la pregunta, poniéndose un poco nervioso ante tal observación.

—Solo una vez, lo demás se llama ser organizado, su majestad.

—¿Con solo una dosis pudiste hacer tanto? ¿Por qué me has administrado seis?

—Cada persona necesita una dosis distinta, su majestad; por ejemplo, su padre necesitó más de veinte dosis, que le fueron administradas en distintos tiempos, en las que fue investigando varios temas acerca del reino, esto para aprenderse más rápido las cosas y entrenarse en caso de otra guerra después de la muerte de su abuelo, y usted nació con la inteligencia de su padre y madre, que fue exponencial a la de su progenitor, aparte de que ha estudiado todo lo que le he dado sin utilizarlo, provocando que no necesite tantas dosis.

—¿Y tú por qué solo utilizaste una?

—Pues, de las veinticinco que eran para el rey, yo utilicé una para mí. En ese día y los siguientes, me organicé y trabajé más rápido que antes haciendo que, por la costumbre de hacer las cosas con más velocidad, mi cerebro se reestructurará con facilidad, dándome lo que necesitaba.

—Ostum, has de ser un erudito a comparación de mi padre y de mí.

—Oh, por el contrario, su majestad, solo utilicé todo lo que tenía bajo mi control para lograr los resultados de una manera más eficaz, en la que puedo no tener los efectos ya en mi torrente. Aun así, sigo trabajando como si los siguiera teniendo.

—Deberías enseñarme eso por si dejo de sentir los efectos.

—No debe preocuparse por eso, su majestad, las seis dosis le servirán para un promedio de dos años. Una vez cesen, seguirá sintiéndolos por la práctica y el refuerzo de lo que vaya haciendo.

—Te creeré, ya que mi padre se sigue viendo igual desde que lo conozco. Vayamos al trono, se nos hace tarde para recibir las audiencias y los demás cortesanos ya deben estar esperándonos… Por cierto, ¿cuántas tenemos hoy?

Ermes se paró de la cama y se dirigió a la puerta que abrió para dirigirse al trono y Ostum lo siguió.

—Por hoy solo tocan ocho, cada día son menos porque hemos escuchado y tratado los problemas de la capital de forma rápida y eficaz, por lo que no hay citas secundarias o terciarias con la misma persona. A partir de mañana no tendremos ninguna, por lo que puede concentrarse en hacer otras cosas, como entrenar.

—Me parece una buena idea; quién pensaría que haría las cosas más rápido que mi padre.

—Como le he dicho, su majestad, nació con los dotes de su madre y su padre, ambos son gente muy inteligente.

Llegaron al trono y los cortesanos, quienes se encontraban en sus podios, saludaron a Ermes, haciendo una reverencia.

—Perdonen la tardanza, entramos en sesión.

6. CANCIÓN DE LOS CAÍDOS

I

*S*eis días antes…

—¡Eso! —señaló Jenn frente a nosotros.

Dorael caminó hacia donde Jenn había señalado, tratando de observar lo que había.

—Aquí no hay naaaa… —aulló Dorael mientras caía en la trampa.

El caballo cayó en el hoyo; a pesar de esto, Dorael fue más rápido y saltó del animal, agarrándose de la orilla del hoyo antes de que cayera al fondo, que tenía estacas, matando al animal al instante.

—Maldita sea, Jenn. Di lo que ves en vez de solo gritar: «¡Eso!» —jadeó Dorael reincorporándose del agujero.

—¡No hay tiempo de quejarse, Dorael, tenemos el mismo problema que antes! —grité.

—¿Cuál problema? —gritó Dorael.

—El problema que dejaste escapar. ¡Mira a nuestro alrededor!

Dorael se reincorporó y pudo observar a un grupo de veinte toxianos cubriendo en una «U» nuestro paso, quince de ellos con arcos y flechas apuntando en nuestra dirección y cinco con espadas, acercándose tranquilos en posiciones distintas a los arqueros para no recibir ataque aliado.

—Jenn, piensa rápido, ¿qué hacemos? —grité desenvainando mi espada.

Jenn cerró los ojos y con un dedo, comenzó a jugar con su cabello.

—Jenn, no hay tiempo de estar jugando con tu cabello. ¡Se están acercando! —gritó Dorael en tono molesto, sacando su espada y su cuchillo de su cinturón.

—¡Déjenme pensar, cabezas de haba! —respondió Jenn, agitada y nerviosa.

Los enemigos con espada se estaban acercando cada vez más a nosotros con sonrisas enormes. Nos tenían donde nos querían. Pasaron varios segundos hasta que Jenn actuó. Se bajó del caballo y ofreció la rienda a uno de los espadachines, en forma de regalo.

—Tomen los caballos y váyanse. El que tiene mi compañero y el que se cayó al hoyo tienen comida para todos ustedes si es que se encuentran hambrientos; de igual forma, tendrán dos caballos sanos y fuertes —dijo Jenn a un toxiano.

El hombre volteó a ver a sus iguales, quienes le sonrieron y negaron con la cabeza.

—Ay, niña, tendremos los caballos de una manera u otra. La verdad no estamos aquí por su cargamento, estamos aquí por ustedes, nos los comeremos —contestó el toxiano lamiéndose los labios.

—¿Para qué quieren comernos? Hay comida suficiente para ustedes en los caballos.

—La comida humana es más deliciosa y la de una mujer es más blanda que la de un hombre. —Carcajearon los toxianos.

—No tendremos otra opción más que pelear, eh, Jenn —comentó Dorael en voz baja.

—Al parecer, es la única opción.

—Maldita sea, los caballos estarán dentro de la línea de fuego, no podemos protegerlos y protegernos al mismo tiempo —comenté.

—Bájate del animal, los usaremos como escudo.

—Pero solo podrán recibir un impacto, si los toxianos son inteligentes apuntarán a la cadera para que los caballos salgan corriendo, ¿cuánto Kronium te queda, Jenn?

—Creo que la mitad, ¿por qué la pregunta?

Solté la rienda del caballo y coloqué la mano en una de las bolsas de la montura y arranqué el dinero, arrojándolo al centro. Me bajé del equino y lo moví en dirección al punto libre: acto seguido, le di una nalgada y salió corriendo. Jenn, al ver, hizo lo mismo.

—Creo que ya sé que tienes en miente, Andariel, pero no podré cubrirnos de todas las flechas.

—De las más posibles estará bien.

Jenn sacó su daga y apuntó al frente.

—Vaya. La niña ya está lista para morir —dijo el toxiano con una sonrisa enorme y retorcida en su rostro—. Hoy cenaremos como Reyes —gritó a sus compañeros.

—AAAHUU, AAAHUU, AAAHUU —aullaron los otros diecinueve.

—Es hora de comenzar. Yo, en medio de nosotros, bloqueando las flechas del frente. Dorael, toma la retaguardia y Andariel, tomará el frente. Nuestro ataque comenzará en una esquina y nos iremos moviendo al centro y después al otro extremo para bloquear todo lo que podamos en todas las direcciones.

—Correcto —respondimos ambos al unísono.

Nos movimos a paso rápido sin correr para que ninguno se quedara detrás y no hubiera una brecha en la defensa. Al ver que nos movíamos, los toxianos con espadas se agacharon y siguieron caminando en nuestra dirección. Las flechas comenzaron a llover hacia nosotros. Dorael y yo reflejamos las espadas que venían en nuestra dirección, y Jenn usaba su Kronium de aire con un movimiento horizontal de su daga, creando una onda y desviando las flechas. Los arqueros, al ver que nos acercábamos a ellos, comenzaron a retroceder, mientras que los que estaban en nuestra retaguardia se movían al frente y seguían tirando flechas.

—Esto no está sirviendo, se están alejando al mismo

paso que nosotros, nunca los alcanzaremos —gritó Jenn tras desviar las flechas.

—Tenemos dos opciones: esperamos al ataque cuerpo a cuerpo y con ellos nos cubrimos mientras les peleamos, o corremos hacia donde habíamos acordado al principio.

—Cualquiera de las dos opciones nos va a dejar indefensos. Jenn no sabe pelear. Solo quedamos nosotros dos, Andariel, y proteger a Jenn cuando evadimos las flechas y peleamos será contraproducente.

—No hay de otra. ¡Mantengan el paso! —grité. corriendo en dirección a mi primer objetivo y los demás seguían tras de mí.

El arquero frente a mi soltó su flecha a escasos metros. Sin embargo, logré parar la flecha con la cara de la espada, haciendo que gastará su tiro y tuviera que recargar y retroceder con la misma velocidad en la que corríamos hacia él. Era imposible para él alejarse y coger una flecha, ya que el carcaj rebotaba y hacía que las flechas saltaran a todos lados, por lo que decidió frenarse y agarrar una, poniéndola en el arco e intentando disparar. Tensó la cuerda. Antes de que pudiera soltarla, Dorael arrojó su cuchillo a la empuñadura del arco, haciendo que el arquero soltara el arma. La cuerda se destensó y la flecha salió sin dirección alguna contra el suelo, permitiéndome entrar al ataque, cortándole un brazo y el cuello al arquero… Solo faltaban diecinueve.

Gracias a la posición que habíamos tomado, siete arqueros se encontraban en una línea casi recta, imposibilitándoles el ataque. Su respuesta fue moverse unos pasos al centro, abriendo la línea de visión y el ataque sin dañar a ninguno de su grupo. Dorael cogió la navaja del suelo y se preparó para el siguiente lanzamiento. Por la posición en la que nos encontrábamos, ya no era necesario defender la retaguardia, por lo que Dorael se puso a mi lado, dejando detrás a Jenn para que defendiera el costado. Las flechas volvieron a llover y Jenn las volvió a desviar, esta vez jadeando un poco de cansancio. Se le estaba agotando su resistencia.

—Andariel, si seguimos así, Jenn va a caer por el cansancio antes que por muerta —mencionó Dorael.

—Dorael, tengo una idea. Coloquémonos perpendiculares a la línea de arqueros y lanza tu cuchillo —interrumpió Jenn.

—¿Y eso para qué? Solo le daré al primero y los demás van a reposicionarse de nuevo.

—Solo haz lo que digo. Andariel, quédate aquí para mantenerlos quietos. No mueras.

—No lo haré. Apúrense en lo que están haciendo.

Dorael cogió a Jenn del brazo y corrieron hasta donde Jenn le había indicado.

—¡Lánzalo ahora! —gritó Jenn.

Dorael alzó el brazo y lanzo el cuchillo con todas sus fuerzas hacia el enemigo que tenía en frente. El arma se desprendió de sus manos y giró por el aire. Jenn calculó el punto exacto y movió su daga en la misma dirección en la que iba el cuchillo para utilizar una gran cantidad de Kronium.

—¡AAAHHH! —gritó Jenn, utilizando el Kronium.

El impulso de aire le dio una velocidad vertiginosa al cuchillo, haciendo que dejara de girar y se mantuviera con el filo en dirección a los enemigos.

La velocidad fue tan grande que el cuchillo traspasó a cuatro arqueros y se clavó en el pecho del quinto, matándolos al instante… Quedaban catorce, de los cuales nueve eran arqueros y cinco con espadas, quienes al ver lo que había ocurrido se reincorporaron y corrieron hacia nosotros, dejando de importarles las flechas que seguían volando en mi dirección y que evadí con una maroma, colocándome cerca de Dorael y Jenn, quien se encontraba postrada en el suelo de rodillas, jadeando con fuerza.

—Jenn está agotada, Andariel. Al parecer, nos toca hacernos cargo de la situación —comentó Dorael cuando los espadachines corrían a nuestro encuentro.

—No hay de otra, utilicémoslos como escudo mientras los demás tiran flechas —respondí.

—Todavía puedo pelear. —Jenn comenzó a reincorporarse, pero Dorael la empujó del pecho con la mano, volviendo a tirarla al suelo.

—Descansa, nos toca a nosotros. Además, no sabes pelear, serías carne de cañón y te necesitamos para después. —Los enemigos llegaron y las espadas chocaron.

—Dorael, defiende tu posición. No podemos retroceder; de lo contrario, llegarán hasta Jenn —comenté evadiendo dos espadas.

Los cinco espadachines me escucharon e hicieron más presión, utilizando patadas y golpes para hacernos retroceder y poder llegar hasta Jenn. Poco a poco, nos fueron ganando terreno para poder llegar a su objetivo y aniquilarla. Las flechas cesaron por un momento para volver a reposicionarse y apuntarle a Jenn, quien se encontraba a una distancia segura.

—¡Andariel, esto no está funcionando! ¡Nos están empujando!

—¡Cállate y mantén la posición!

Teníamos un dos contra dos frente a nosotros. Mientras, el tercero alternaba ataques a ambos flancos para desestabilizarnos en la defensa e impedirnos contraatacar. El tercero observó una entrada en mi defensa contra los otros, a lo que contestó con una patada en mi pecho, tirándome a un lado.

—Sigan encargándose de él, yo acabaré con la muchacha —habló el líder, abriéndose paso y corriendo en dirección a Jenn.

—¡Andariel, Jenn! —gritó Dorael, volteando a verme en el suelo y desconcentrándose en su pelea, haciendo que uno de sus contrincantes le metiera un golpe en el rostro con el mango de la espada y mareándolo, tirando su espada al suelo.

—Ya los tenemos. ¡Entremos con todo! —gritó uno de ellos.

Jenn se reincorporó y el líder se abalanzó sobre ella, tirándola al suelo.

Dorael, se encontraba mirando al suelo, intentando recobrar la conciencia y buscar su espada cuando sus dos enemigos corrían a por él. No le quedaba de otra más que evadir, ya que no tenía otro método de defensa a su disposición. Volteó a ver al quinto cuerpo del arquero muerto, donde se encontraba su cuchillo y se arrastró en esa dirección hasta levantarse, dando maromas y casi cayéndose por la contusión.

Entre tanto, de mi lado, los enemigos se acercaron y se colocaron a ambos lados para clavar su espada en mi pecho con las puntas en dirección a la tierra para clavarlas… Al mismo tiempo, las bajaron. El tiempo se detuvo en ese momento, parecía no tener escape y mi muerte se acercaba. Cerré los ojos, aceptando la derrota y esperé…

Un rugido sonó tras uno de ellos, era el oso que había alimentado hace unos días. Este se aventó contra los dos enemigos y los hizo caer al suelo, mordiéndole el cráneo al que tenía más cerca, tronándoselo con la mandíbula y matándolo. Mi vida había sido salvada por un animal. Jadeé con fuerza por la adrenalina que recorría mi cuerpo, que se encontraba temblando y, al intentar reincorporarme, caí. Volteé a ver a Jenn, quien al igual que el líder, no se movían.

—¡Jenn, Jenn! —grité mientras gateaba en dirección a los cuerpos.

Con todas mis fuerzas, moví el cadáver del toxiano a un lado y pude ver debajo a Jenn con su daga apuntando al frente, y sangre en su cuello y rostro.

—¡Jenn, estás sangrando, muévete!

—No… no… no es mi sa… sa… sangre —tartamudeó con los ojos abiertos como platos y pasmada.

—¿Te encuentras bien?

—Sí… No sé qué sucedió…, creo que maté a alguien.

—Tranquila, has hecho bien. Si no era él, habrías sido tú. Quédate, tengo que ayudar a Dorael —respondí volviendo a colocar el cuerpo encima de ella para cubrirla de las flechas.

Dorael seguía confundido, por lo que corrió con todas sus fuerzas, tambaleándose sin control de un lado al otro, haciendo que las flechas lanzadas en su dirección erraran. El oso mató a ambos enemigos y comenzó a comer de ellos.

Corrí tras los toxianos de Dorael, quienes al ver que sacaba el cuchillo y que volteaba a verlos, todavía mareado, con sangre en el rostro y una postura débil, rieron y caminaron en su dirección, levantando la mano a los arqueros e indicándoles que ellos se harían cargo de él. Los arqueros bajaron la guardia, por lo que se me facilitó el trabajo de llegar hasta ellos. Los espadachines se acercaron a Dorael e hicieron un corte horizontal de ambos lados para rebanarlo por la mitad. Sin embargo, fueron interrumpidos por mí. Encendí el Kronium y salté con ambos pies al aire, pateando varios metros a uno de ellos y, al otro, cortándolo por la mitad cuando me encontraba todavía en el aire.

Los arqueros, al ver lo que había hecho, recargaron y apuntaron.

—¡Dorael, cuidado! —grité tras levantarme del suelo y correr a su encuentro, cubriéndolo de la lluvia de flechas.

Siete flechas se incrustaron en mi espalda, algunas pasando hasta el otro lado, haciéndome gritar del dolor.

—Andariel…, no debiste —contestó Dorael entrecortado por el aliento.

—No te preocupes, amigo. Tú habrías hecho lo mismo por mí.

Dorael cogió un poco de nieve y se la restregó en el rostro para recobrar conciencia.

—Descansa, amigo. Es hora de que yo me encargue de esto. —Dorael me cogió del hombro y me colocó en el suelo—. Descansa, ya has hecho mucho.

Cuando el último espadachín se reincorporaba, los arqueros apuntaron a Dorael, quien corrió hasta el enemigo con la espada y lo utilizó de escudo mientras las flechas volaban, matando a su compañero.

—¡Muy bien, inútiles. ya hemos matado a más de la mitad de ustedes. Tienen dos opciones: enfrentarse a mí y morir, o irse de aquí como lo hizo el marica de su líder en el asalto anterior. Ustedes deciden! —avisó Dorael—. Por lo visto, solo tienen arco y flechas; de lo contrario, habrían peleado con algún arma cuerpo a cuerpo. Les daré hasta la cuenta de tres para que decidan.

Los arqueros sonrieron y uno de ellos gritó:

—Solo eres uno y nosotros somos nueve.

—¡Uno!…

—Si te mueves con el cuerpo nunca podrás alcanzarnos.

—¡Dos!...

—No gastaremos flechas en un muerto, por lo que tenemos la ventaja de distancia y de munición.

—¡Tres!

Dorael tiró el cuerpo al suelo y arrojó su cuchillo al arquero más cercano, matándolo. Los demás lanzaron sus flechas, a lo que Dorael respondió levantando de nuevo el cuerpo y cubriéndose de los proyectiles.

—¡Uno menos y han gastado munición, idiotas!

Sus palabras pusieron nerviosos a los enemigos, quienes volvieron a cargar.

—Eso no volverá a suceder. Pudo haber ocurrido una vez, pero no volverá a pasar —gritó un Toxiano.

—Y eso es lo que espero —respondió Dorael, sonriendo.

Tiró el cuerpo y se dirigió a toda velocidad al de uno de sus enemigos, cogiendo el arco con una mano y varias flechas con la otra. Los toxianos tiraron las flechas a donde se encontraba, pero este las evadió corriendo a otro lado y, por la facilidad de tener los proyectiles en su mano, recargó más rápido que sus enemigos, soltando la primera flecha en el cuello del octavo en pie, haciendo que tirara su arma, retrocediera unos pasos, solo para caer al suelo muerto.

—Ahora quedan siete bastardos, ya no hay tolerancia a rendirse. Morirán como todos los demás.

Dorael corrió en dirección al cuerpo con su cuchillo, a lo que los arqueros respondieron con una lluvia de flechas. Él respondió barriéndose por la nieve y llegando hasta el cuchillo, tirando las flechas de su mano y sacándolo del cuerpo y guardándolo en su cinto; acto seguido, recogió la munición del carcaj del cuerpo y continuó disparando a tres objetivos más, matándolos antes de que pudieran recargar.

—¡Quedan cuatro infelices, destinados a morir!

Uno de los cuatro adversarios que quedaban, tiró el arco al suelo y salió corriendo.

—¡Ya no hay perdón! —gritó Dorael tras recargar su flecha y apuntar arriba del horizonte para darle al escapista. Atinó en la espina, cortándole la sensibilidad en la pierna y haciéndolo caer al suelo de golpe—. ¡Tres! Y ustedes morirán sin que utilice el arco.

—Engreído. ¡Morirás por eso!

—Ya lo veremos, cabeza de pescado —contestó Dorael con excitación.

Tiró el arco y las flechas, salvo una; con su otra mano desenvainó su cuchillo y cargó contra los tres enemigos faltantes, quienes por órdenes del que parecía ser su líder, mantuvieron su posición y comenzaron a disparar. Gracias a que se quedaron inmóviles, Dorael pudo correr en parábola, evadiendo todos los proyectiles hasta llegar al primero, clavándole el cuchillo al costado del abdomen y los riñones varias veces por el lugar por el que había entrado. Los otros dos tenían como objetivo a su compañero, quien cayó al suelo sangrando. Dorael volteó a ver a sus dos únicos contrincantes y observó sus carcajes, que solo contenían una flecha.

—Espero que sepan utilizar bien ese último recurso que tienen y me maten; de lo contrario, no tienen opción.

Corrió al siguiente toxiano más cercano, quien tiró su flecha, y él la evadió, dando un pequeño salto a un lado. Al estar cerca de él, movió la flecha en su mano, se la enterró en el cuello y jaló, abriéndoselo y desparramando sangre sobre su rostro. El último, al ver la oportunidad, tiró su flecha y se le enterró en el hombro a Dorael.

—Ya no quedan —susurró Dorael, lo necesario para que su último contrincante lo escuchara y mostró su sonrisa.

—Espera, me iré y no te causaré más problemas. —gritó el arquero, retrocediendo.

—¿Qué fue lo que dije, insecto? No hay perdón.

—Per…

Dorael le arrojó el cuchillo al estómago, haciendo que no pudiera terminar de hablar.

«Muy bien, Dorael, te has rifado, como siempre. Tus entrenamientos son la verga». Pensó tras soltar una carcajada. «Ahora solo queda ver cómo se encuentra Andariel.»

Dorael arribó conmigo y lo primero que hizo fue observar qué tan incrustadas se encontraban las flechas. Al verlas, pudo advertir que algunas heridas eran superficiales gracias las vestimentas que traía puestas.

—Vaya, Andariel, te dejaron como puercoespín.

—Siempre con tus chistes en los momentos menos oportunos, Dorael.

—¿Qué se puede hacer? Tengo humor para todos los momentos —contestó sonriendo—. Esto va a doler, así que no te muevas.

—¿Qué vas a…? ¡AHHH!

Dorael sacó la primera flecha superficial, interrumpiéndome.

—Te dije que iba a doler.

—Ya mejor deja de hablar y sácalas todas antes de que me arrepienta de haberlas recibido por ti.

—Como tú dijiste, amigo, si los papeles hubieran sido al revés, yo lo habría hecho por ti.

Tras no escuchar a nadie, salvo a nosotros hablando, Jenn se tranquilizó y levantó el cuerpo de encima suyo. Se reincorporó, caminando en dirección a nosotros.

—Muy bien, Andariel. Sacaré primero las superficiales y después nos preocupamos de las que traspasaron —comentó Dorael, buscando el siguiente proyectil superficial.

—¿Andariel, te encuentras bien? —preguntó Jenn agachándose junto a mí.

—Nada que un poco de aventura haya hecho —respondí jadeando.

—¿Dorael, hay flechas traspasadas? —preguntó.

—Por lo visto, son cuatro. No te preocupes, me encargaré de esas al final.

Jenn volteó a ver la fogata que seguía encendida.

—Movamos a Andariel para allá. Préstame tu cuchillo una vez lleguemos, Dorael. —Señaló Jenn al fuego.

—¿Para qué necesitas el cuchillo y, peor aún, para qué necesitamos estar cerca de la fogata? —pregunté con un tono angustiado.

—Para las flechas, tontito. Si las sacamos y no cauterizamos la herida, puedes desangrarte.

—Malditos bastardos y sus punterías de mierda. ¡Espero se los violen por el culo en el infierno, malditos! —grité a los cuerpos de los caídos mientras me levantaban y cargaban a la fogata.

—¿Puedes mover las piernas, Andariel? —preguntó Dorael con tono de esfuerzo.

—Me dieron en la espalda, no en la columna o en las piernas.

—Entonces úsalas porque pesas, amigo.

—Cárgame, es el precio por defenderte. —Carcajeé.

Dorael, colocó mi brazo encima de su cuello para hacer palanca y ayudó a moverme hasta la fogata.

—Muy bien. ¿Ahora qué, Jenn? —preguntó Dorael.

—Ponlo de lado y dame tu cuchillo.

—Déjame voy por él.

Dorael me acostó junto a la fogata y fue por el cuchillo incrustado en el cuerpo de la víctima. Lo recogió del mango y lo arrancó con todas sus fuerzas y observó el horizonte, donde el paralitico se había movido apenas un par de metros, por lo que no dio importancia. Clavó el cuchillo en el suelo para limpiarle la sangre y hasta que salió limpio, regresó a la fogata y se lo entregó a Jenn con el mango en dirección a ella. Jenn, al recibirlo, lo colocó en la fogata para que calentara hasta arder casi al rojo vivo.

—Muy bien, Jenn. ¿Ahora qué?

—Rompamos las flechas por la mitad y saquémoslas todas lo más rápido posible. Una vez se las quitemos, hay que levantarle la ropa.

Dorael, por su lado, cogió dos flechas con ambas manos, rompiéndolas y Jenn hizo lo mismo.

—¿Estás listo, Andariel?

—Dejen de hablar y terminemos con… ¡AHHHHH!

Las cuatro flechas salieron y comenzó a salir sangre.

—Rápido, Dorael. Levántale las ropas. Yo prepararé el cuchillo.

Dorael hizo lo que Jenn pidió: me levantó del suelo y me puso de rodillas para que pudiera quitarme la ropa lo más rápido posible. Levantó mis prendas y Jenn acercó el cuchillo caliente a las heridas.

—Muy bien, Andariel. Aquí va lo peor. Confía en mí, estarás bien.

—Gracias por haber venido, chicos. Sin ustedes no habría sobrevivido a esto.

Jenn cauterizó la primera herida.

—No hay de que, amigo. Hicimos todo juntos de pequeños y lo seguiremos haciendo —respondió Jenn con una sonrisa para tranquilizarme.

—Acabemos con esto. Cauteriza las demás, no es tan doloroso como lo pensé.

—Qué bueno que pienses así, nada más quedan tres.

Jenn cauterizó las heridas restantes, dándome una sensación de alivio cuando terminó.

—Bueno, no hay nada mejor que comer y coger tras una pelea… —comentó Dorael.

—¡Oye! —interrumpió Jenn.

—Pero como no hay nada que coger en este momento, podemos utilizar algo de comer.

—Dorael, no tenemos caballos y los alimentos se han perdido.

—No todos, el mío se encuentra todavía aquí. —Señaló Dorael a la trampa.

—¿Y cómo piensas sacar al caballo? —preguntó Jenn.

—No lo voy a sacar, haré una cuerda de prendas con las ropas de los caídos y tú Jenn vas a bajar por toda la comida que puedas. —Dorael se levantó y comenzó a desvestir los cuerpos cercanos.

—¿Por qué yo?

—Como puedes ver, no hay lugar donde amarrar la cuerda y Andariel ahorita no tiene la fuerza para detenerme y subirme con la comida una vez la consiga, por lo que tú eres más liviana y yo puedo subirte.

—No me agrada la idea.

—Solo es bajar y subir, Jenn, máximo cinco minutos ahí dentro, no es nada.

—¿Y si me niego?

—Podemos comernos los cuerpos, tal como nuestro amigo de por allá. —Señaló Dorael al oso, todavía comiendo de ambos cuerpos

—Solo porque es necesario; de lo contrario, no lo haría.

—Esa es la actitud, Jenn. Ahora ambos podemos comprendernos en qué se siente hacer el trabajo sucio.

Dorael desvistió un total de cinco cuerpos y amarró las prendas para que no se zafaran mientras Jenn bajaba.

—Las damas primero. —Dorael hizo un ademán al hoyo.

Jenn se sujetó de las prendas y se introdujo.

—Nada mas no me dejes caer, te lo advierto.

—Oh, para nada. —Sonrió Dorael.

Para darle un susto y reírse un poco, soltó la cuerda por un instante y la volvió a sujetar, haciendo que Jenn soltara un grito.

—¡Maldito, vas a ver cuando salga!

—Si es que sales. —Rio.

—¡Si no salgo, no hay nada que comer!

—Puedo cortar una pierna y comérmela.

—¡Cerdo caníbal! —gritó Jenn hasta el fondo del hoyo, parándose encima del caballo.

—Muy bien, ahora que estás abajo checa el cargamento lateral que puedas y sácalo.

Jenn comenzó a buscar en las bolsas hasta encontrar carne y un poco de pan, suficientes para los tres en ese momento.

—Listo, lo tengo. No es mucho, pero servirá por ahora... Dorael, ya puedes subirme... ¿Dorael?

Hubo silencio ante las palabras de Jenn.

—Dorael, ya súbela. Se está angustiando ahí dentro —dije.

Jenn escuchó mis palabras y se tranquilizó.

—Ya sé que estás ahí, Dorael. Súbeme, ¡ahora!

—Andariel, no hubieras dicho nada. Me estaba divirtiendo.

—Ya súbela. Después te diviertes.

Jenn se amarró a la cintura la cuerda y jaló para darle la orden a Dorael, quien, al sentir la presión, comenzó a elevarla hasta sacarla del hoyo.

—Mira, Andariel, un topo saliendo de su hoyo. —Carcajeó Dorael señalando a Jenn.

—Ay, Dorael, siempre inoportuno. —Reí en voz baja.

—¡No va a haber comida para ti, Dorael!

—Ay, vamos, mujer. Solo fue una pequeña bromita.

—¿Pequeña? Casi me matas ahí dentro.

—No sucedió, ¿o sí? Tú qué opinas Andariel, ¿la ves muerta?

—Muerta es como te va a dejar la cara si sigues molestándola.

Dorael hizo el saludo de la Guardia Real.

—Su idiota le pide una disculpa, Maestra de Inteligencia.

Jenn al oírlo y ver su pose con el rostro serio, puso su mano en su rostro para ocultar la carcajada.

—Está perdonado, idiota, pero será degradado a limpiabaños.

—Espero el día para poder limpiarle su excusado con la lengua, Maestra de Inteligencia.

—Qué asco.

—No hablaba del objeto —interrumpí.

Pasaron unos segundos hasta que Jenn entendió, ruborizándose.

—¡Eres un cerdo!

—Dime algo nuevo que no sepamos ya, Jenn.

—¡Piensa con la cabeza antes de hablar, Dorael!

—¿Cuál de las dos? Ya que una no funciona mientras la otra piensa.

—Asqueroso, le diré a Atmios cuando regresemos para que te reeduque.

—¿De dónde crees que aprendí todo esto? La respuesta correcta es: del mejor.

—Vaya, esa lógica no tiene errores, de tal palo, tal astilla —respondí—. Bueno, Jenn, basta de decirle a Dorael lo que es. Al parecer, le excita escucharlo. Mejor calienten la comida ambos y avísenme cuando esté lista. Dorael, no hagas nada estúpido mientras descanso.

—No te preocupes, amigo, no haré nada fuera de lo común.

—Eso es lo que me preocupa. —Cerré los ojos e intenté descansar un poco, pero el dolor lo impedía.

Jenn y Dorael calentaron la comida hasta que se hizo. Para ese momento, Dorael me sacudió del hombro y me despertó.

—Andariel, la comida esta lista.

—Vaya, no se tardaron nada, ¿qué hay?

—Un poco de carne y pan, suficiente para los tres —respondió Jenn.

—Vaya, sí que perdimos mucho por esta pelea.

—No importa, el primer poblado ha de estar cerca y no hemos de tardar tanto en llegar.

—Suena bien, qué bueno que saqué el dinero antes de mandar al caballo lejos.

—¿Dónde está?

—Ahí. —Señalé a la bolsa que teníamos a un lado—. Eso nos servirá para el viaje de ida, el regreso no sé cómo lo lograremos.

—No te preocupes, Andariel, de eso nos preocuparemos después —respondió Dorael.

Terminamos de comer y apagamos la fogata. Me reincorporé con fuerza por el dolor en la espalda, que era punzante, pero esto no impidió que siguiera el camino a paso lento. Nos dirigimos hacia el primer poblado, en donde, al cruzar el campo de batalla, comenzamos a escuchar gritos del lisiado, quien nos había visto movernos en su dirección y pensaba que queríamos matarlo. Dorael, se acercó corriendo al parapléjico y arrancó la flecha de su espalda sin problema alguno. El lisiado no hizo ningún gesto de dolor. Al parecer, su sensibilidad se había muerto con sus piernas.

—¿Cuánto tiempo nos falta para llegar a la capital de Toxoc? —preguntó Dorael.

—No te diré nada, maldito karzo.

—Vaya, ¿cómo sabes que somos de karzos?

—Nuestro líder nos lo advirtió.

—Miren nada más, los toxianos son más inteligentes de lo que parecen. ¿Cómo lo supo?

—Los venimos siguiendo desde que llegaron al territorio.

—Vaya, son rápidos si nos siguieron a pie.

—Basta de charlas, Dorael. Haz que hable y nos diga cuánto falta para la capital —interrumpió Jenn.

—No hablaré, muchacha. De todas formas, estoy muerto. No puedo moverme y no llegaré al primer poblado antes de congelarme.

—Entonces, ¿por qué gritabas por ayuda?

—Porque tengo esperanza y no quiero morir.

—Te podemos llevar al primer poblado si contestas lo que queremos saber, así evitarás tu muerte y nosotros sabremos lo que necesitamos.

—Espera, Dorael, eso puede ser contraproducente. Si llegamos al poblado y advierte que somos forasteros, pueden atacarnos —replicó Jenn.

—Estoy con Jenn, es algo riesgoso —respondí.

—Llévenme al poblado y les diré lo que quieren con la ruta rápida; de lo contrario, merodeen por la tundra y muéranse congelados.

—Te llevaremos, pero con una condición: antes de llegar al poblado, nos dirás la dirección de la capital y, una vez en el poblado, la ruta directa para no perdernos, ¿estamos de acuerdo?

—De acuerdo, sucio karzo.

—Dorael...

—Shhh. Lo llevaremos al poblado, lo necesitamos. Aparte, tengo una solución al problema una vez ahí.

—¿Estás seguro?

—Como la palma de mi mano para escribir.

Dorael sacó su cuchillo y arrancó un pedazo de tela del pantalón del herido.

—¿Qué haces? Se me van a congelar las piernas.

—Es un seguro para que no andes gritando y alertando al pueblo antes de que lleguemos. Además, no sentirás nada, tus piernas ya están muertas.

—Gracias a ti, maldito.

—Oye, al menos estás vivo, no como tus compañeros, a ellos al igual que a ti, les di una opción, en la que tu saliste perjudicado, pero no muerto. Agradece.

Dorael rasgó la prenda por la mitad y se la colocó en la boca, haciendo un nudo en la nuca, haciendo que la tela se incrustará en las comisuras de la boca hasta los dientes.

—Esto es para que no grites y no me muerdas mientras te cargo.

Dorael lo levantó y se lo echó a los hombros.

—Bueno, hora de irnos, más vale no perder más tiempo —dijo Dorael, caminando.

—Espero que tenga un buen plan antes de que lleguemos; de lo contrario, no saldremos de ahí —comentó Jenn.

—Dorael es inteligente, si tiene un plan es porque nos servirá, confío en él como si fuera mi hermano —respondí con una sonrisa para tranquilizar a Jenn.

—Espero tengan razón ambos de lo que va a suceder.

II

Pasaron tres días, en los que conseguimos poca comida. Los animales eran escasos entre más nos adentrábamos al territorio toxiano, aparte de tener que compartirla con el rehén para que este no muriera en el trayecto. Al anochecer del tercer día, pudimos divisar el primer poblado por las luces encendidas de varias casas a lo lejos.

—Muy bien. Hora de hablar, ¿cuánto para la capital? —Dorael lo bajó de su espalda y le quitó la mordaza al lisiado.

—Dos semanas… ¡AHHH, AHHH! Comenzó a gritar el rehén, a lo que Dorael respondió golpeándole el rostro hasta dejarlo noqueado.

Jenn y yo nos espantamos por los gritos del paralítico que con rapidez alertaron al poblado y Dorael lo calló a golpes.

—Te dije que no era sensato traerlo, ahora van a sospechar —habló Jenn en un tono de enojo y preocupación.

—¡AHHH, AHHH! —continuó gritando Dorael.

—¿Qué haces, imbécil? —Jenn intentó callar a Dorael.

—Si se callan los gritos van a sospechar más. Necesitamos alertarlos para que nos ayuden con el parapléjico.

Varios habitantes del poblado salieron de sus hogares con antorchas, corriendo en nuestra dirección.

—¡Ayuda, tenemos dos heridos! —continuó gritando Dorael, a lo que los pobladores redoblaron el paso y comenzaron a correr hasta llegar a nuestro encuentro.

—¿Qué fue lo que sucedió? —preguntó un hombre con una barba rubia tupida que le llegaba hasta el pecho.

—Una banda de forasteros nos atacó, intentamos defendernos, éramos veinte y solo nosotros logramos escapar.

—¿Con una mujer?

—Es mi esposa —interrumpió Dorael.

—Sí…, soy su esposa. Por poco y nos matan. Necesitamos ayuda con ellos dos. —Señaló Jenn al paralítico y a mí.

—¿Las heridas de que fueron? —preguntó el barbudo.

—Flechas, nos quitaron los arcos y dispararon hacia nosotros. Mi compañero me cubrió de la lluvia, pero el otro recibió una en la espalda y no se puede mover más.

—Tranquilos, llévenlos a todos a mi casa, ahí los trataremos —continuó el barbudo.

Jenn me quitó el brazo de encima de su cuello y me dio a dos personas, quienes me cogieron de los brazos y me ayudaron a caminar hasta la cabaña del hombre. Otros dos cogieron al paralítico desmayado e hicieron lo mismo dejando a Jenn, Dorael y al barbón solos.

—Síganme, mi casa está cerca de las afueras del poblado. —Caminaron.

—¿Eres un doctor? —preguntó Jenn.

—No, soy el curandero del pueblo y me hago cargo de todos los problemas, por lo que estar en mi hogar es lo mejor que pueden hacer. ¿Tienen hambre?

—Si, llevamos tr…

—Llevamos varios días caminando y morimos de hambre —interrumpió Jenn a Dorael.

—Síganme. Una vez lleguemos, mi esposa les preparará un poco de salmón para que sacien su hambre.

El hombre de la barba se adelantó al poblado.

—¿Por qué me interrumpiste?

—Si le decíamos cuanto tiempo habíamos caminado, podrían haber rastreado los cuerpos y descubierto que no somos de aquí.

—¡Excelente idea, esposa! —respondió Dorael, dándole un codazo en el brazo con una sonrisa en el rostro.

—Es la única vez que diré que somos esposos, eres insufrible.

—Me amas y lo sabes, amada mía.

—Sin comentarios…

Arribamos a la casa del curandero, quien nos metió a todos en una misma habitación con cuatro camas, en donde nos colocaron haciendo que el doctor fuera primero conmigo.

—Muy bien, puedo ver sangre en tu cuerpo. Quítate las prendas y déjame observar lo que tienes —me dijo el curandero.

Me levanté las ropas con esfuerzo, ya que la sangre se había pegado a mis heridas, creando un poco de dolor. El doctor, al ver el problema, me ayudó a quitármela de un jalón, provocando que de dos heridas volviera a surgir sangre.

—Muy bien. Por lo que puedo ver, intentaron cauterizar las heridas, muy buena idea, pero eso no sirve se mucho, ya que la mitad parecen ser superficiales y las otras penetraron hasta el otro lado. Por dentro, tu piel sigue fresca, que bueno que llegaron a tiempo; de lo contrario, la carne podría haberse congelado y el tratamiento hubiera sido peor.

—¿Qué es lo que va a hacer al respecto? —pregunté cuando Dorael y Jenn salían de la habitación para ir al comedor y cenar lo que les habían preparado.

—Vaya. Creo que no me presenté. Llámame, Víctor.

—Bueno, Víctor, ¿cuál es la propuesta por hacer acerca de lo que tengo?

—Al parecer, tendré que quitarte toda la epidermis cauterizada y coser la piel para cerrar las heridas. Esto puede doler un poco.

—No creo que sea peor que la cauterización y sacar las flechas enterradas.

—Será un dolor más o menos igual al de arrancarte las flechas.

—Prosigamos entonces —respondí con una sonrisa.

—Un momento, por favor. Tengo que traer mis instrumentos.

Víctor salió de la habitación y mientras volvía, volteé a ver al lisiado por alguna señal de que despertara, pero seguía noqueado. Pasaron los minutos y Víctor regresó con una navaja muy fina, una aguja con hilo y una bota con líquido.

Me acercó la bota a la cara con la mano y me dijo:

—Bebe un poco, es alcohol para aminorar el dolor lo demás lo utilizaré para las heridas.

—Cogí la bota y abrí para oler el contenido, apestaba como a alcohol puro.

—¿Qué es esto? —pregunté arrugando la nariz por la quemazón de haber olfateado el licor.

—Le llamamos vodka, es alcohol casi puro, por lo que unos tragos harán su efecto.

—Hasta el fondo. —Levanté la bota al aire y bebí tres tragos, lo que provocaron una arcada en mi rostro.

Le regresé la bota a Víctor, quien comenzó a verter el alcohol en mis heridas, que ardieron.

—Al parecer, no eres de este pueblo —comentó Víctor cuando terminaba de desinfectar las heridas. El comentario me puso nervioso, mi rostro le había dicho todo y podía estar en problemas.

—¿Cómo sabes que no soy de aquí?

—Muy fácil. Nunca he visto tu rostro y me lo acabas de decir todo. Ustedes, la gente de Veramul, nunca beben su licor muy fuerte a comparación de nosotros. Al escuchar el nombre de lo que parecía ser un pueblo toxiano, me tranquilicé.

—Si, somos más relajados en eso. No aguantamos tanto como ustedes. —Me reí nervioso.

El doctor comenzó a quitar la piel cauterizada con paciencia y una mano estable, haciendo que el dolor fuera casi imperceptible, o el alcohol ya estaba surtiendo efecto.

—Y dime, Víctor, ¿cuánto llevas siendo el curandero del pueblo?

—Toda mi familia se ha dedicado a esto desde que tengo memoria, por lo que mi padre, desde que era crío me metía a sus operaciones para ayudarlo con los heridos, desde ahí le tomé gusto a las cosas y heme aquí hoy, haciendo el trabajo de mis padres y los padres de sus padres.

—¿Y has salido alguna vez de aquí?

—¿De Stratf?

—Sí, de tu pueblo.

—Nunca. Mi gente me necesita, ya que todas las peleas entre pueblos suceden cerca de aquí. Los supervivientes nos traen a sus heridos y yo los atiendo. Este pueblo ha sido zona de paz gracias a mí, las redadas omiten este lugar a toda costa y gracias a lo que he hecho, nos traen tributo para que sigamos viviendo sin necesidad de salir.

—Vaya, me gustaría que en Veramul las cosas fueran iguales, como aquí.

Una vez la piel fue desprendida, el doctor volvió a verter alcohol, cogió su aguja y comenzó a coser.

—Todos desearíamos eso, pero sin redadas y todos los pueblos siendo iguales, la gente tendría que irse a vivir a la capital… Cambiado de tema, ¿de dónde se conocen? —Víctor señaló al lisiado.

—Iba a cazar con mis amigos por lobos y nos lo encontramos en el camino con su grupo, decidimos unirnos, pero fuimos atacados, y bueno, logramos escapar los cuatro.

—¿Cazar con una mujer?

—¿Qué te digo? Mi amigo y su esposa no llevan mucho de casados y tienden a hacer todo juntos.

—Eso me recuerda cuando conocí a mi esposa, y nuestros primeros años. Ella no paraba de ayudarme hasta que llegó un día en que llegó nuestro hijo y prefirió educarlo y cuidarlo. Desde entonces, se hace cargo de la casa y me apoya de una manera distinta.

—Vaya, eso es algo bueno. Mis padres desde que tengo memoria hacen cosas distintas para no entrar en monotonía y después aprender entre ellos lo nuevo.

—Vaya, se nota que tus padres saben vivir, ¿qué es de ellos?

—Pues mi padre es un armero y mi madre una sirvienta, trabajan muy duro para darnos a mi hermano y a mí lo mejor.

Víctor terminó de coser y me ayudó a ponerme las prendas de nuevo.

—Estás muy lejos de tu hogar… ¿Qué asuntos tienes aquí?

—Venimos de paso, pedimos ayuda a ustedes por ser el pueblo más cercano y henos aquí.

—Sé que no son de aquí. Veramul no existe en Toxoc.

Por el alcohol en mi sangre, mis movimientos fueron lentos. Intenté sacar mi espada, pero Víctor puso la mano encima y me tapó la boca con la otra.

—Mira, si te hubiera querido matar lo habría hecho hace rato. No pienso poner a mi familia ni a mi pueblo en peligro… ¿Qué hacen aquí? Más te vale no gritar o este lugar se va a hacer una carnicería —continuó Víctor.

Respiré profundo y solté mi espada, por lo que Víctor dejó de hacer presión sobre ella y levantó la mano de mi boca con cuidado.

—Soy de Karzos, vengo con mi grupo a la capital de Toxoc porque lord Etinoch nos manda a hablar con la heredera al trono toxiano, todo esto para que nos dé la información que necesitamos. Según Etinoch, lo que nos tiene que decir es valioso y esto puede ayudar a la primera unión con Toxoc y la liberación de sus lores.

—Lord Etinoch… No estás mintiendo. Dime, ¿sigue vivo?

—No lo sé. Partí hace más de un mes de Karzos. Cuando me fui seguía vivo.

—Lord Etinoch, es de lo pocos lores que ha intentado apoyar a Toxoc para su apertura con los demás reinos. Él no sigue a nuestro rey, ya que lo que nos manda a hacer es barbárico, como si nos odiara y quisiera mantenernos desolados.

—La heredera tiene que saber algo sobre el rey y el por qué está haciendo todo esto. Necesitamos llegar con ella.

—¿Qué hay de él? —Señalo al paralítico que estaba despertando.

—No es nuestro, hicimos un acuerdo de traerlo si nos indicaba la ruta más rápida a la capital.

—¿Do… dónde estoy? —preguntó el lisiado, despertando.

—Víctor, si de verdad estás de nuestro lado, hay que callarlo porque comenzará a gritar.

El paralítico levantó la cabeza al oír tal observación y se me quedó viendo.

—¡Víctor, ten cuidado, es un forastero! ¡Estoy así por ellos!

Víctor se separó de mí, colocándose al lado del paralítico, sacando su navaja y apuntándome a mí.

—No te preocupes, no dejaré que te hagan más daño. Acabo de sacarle información y se encuentra mareado, por lo que puedo deshacerme de él.

Escuchar aquello me alertó. Sin embargo, no podía gritar; de lo contrario, el pueblo podría enterarse y, si lo que me había contado Víctor sobre su esposa era cierto, ella sabía cómo utilizar cuchillos y podría matar a Dorael y a Jenn.

—Víctor, tú me lo dijiste, pudiste haberme matado en cualquier momento, pero no lo hiciste. Sabes que no vengo para hacer daño, solo necesito hablar con ella.

—¡Está mintiendo, Víctor! Éramos un grupo de veinte y los aniquilaron a todos. ¡Son peligrosos! La única razón por la que sigo vivo es porque no les he dicho lo que quieren saber.

—Tranquilo, muchacho, has hecho bien —comentó Víctor volteando a verlo con una sonrisa.

De un momento a otro, con una mano, le arrancó la almohada en la que estaba recostado y le cubrió el rostro, apretando con todas sus fuerzas. El cuerpo del lisiado comenzó a agitarse con fuerza, intentando zafarse de la asfixia; no obstante, Víctor era más fuerte y lo apretó hasta que el cuerpo dejó de moverse.

—Muy bien, forastero si lo que me dices es cierto, confiaré en ti. ¡Margarita, ven!

—La esposa abrió la puerta que estaba cerrada con seguro por fuera y entro a la habitación.

—¿Qué sucede, mi amor?

—Tenemos un traidor, avísale a lord Péntos que su hijo murió por una herida de guerra y que fue imposible salvarlo. Tú —dijo señalándome—, ayúdame a quitarle las prendas y sacar el cuerpo de la cabaña por la puerta trasera. Mi esposa tardará una hora en avisarle al lord de Stratf y regresar, tiempo en el que el cuerpo se enfriará lo suficiente para que no parezca que murió aquí.

—¡Jenn, Dorael, vengan! —grité, haciendo que se levantaran de la mesa y corrieran a mi encuentro.

—¿Qué sucede?, ¿por qué está… muerto? —preguntó Jenn, actuando como si lo conociera de hace mucho tiempo.

—Basta de teatralidades, señorita. Necesitamos desvestirlo y arrojarlo a la nieve para que se enfríe antes de que su padre llegue —dijo Víctor.

—Tranquilos, está con nosotros, conoce a Etinoch.

—¿En qué ayudamos entonces? —preguntó Dorael.

—Ve a la puerta trasera y quítale el seguro mientras nosotros y la señorita desvestimos el cuerpo.

Dorael salió corriendo de la habitación y fue a abrir el portón cuando los demás desvestíamos el cuerpo.

—Un momento, por favor —dijo Víctor mientras salía de la habitación volando y regresaba con un tapón y una bota con una boquilla ancha.

—¿Para qué es eso? —preguntó Jenn.

—Para que no se defeque mientras está caliente. Una vez fuera, puede chorrearse lo que quiera. ¡Voltéenlo, rápido!

Jenn y yo lo giramos lo más rápido posible y Víctor tapó el ano para impedir que el excremento saliera; acto seguido, colocó la bota en el miembro justo en el momento que la orina comenzó a salir hasta que cesó. Retiró la bota y la tapó.

—Muy bien, saquemos el cuerpo.

Jenn cogió los pies del cadáver mientras Víctor y yo lo tomábamos de los brazos y lo levantábamos en dirección a la puerta trasera.

—¿Pusiste bien el tapón? No se vaya a defecar encima de mí.

—No se preocupe, señorita, lo metí lo suficiente como para que no se salga, pero no tanto para quitárselo con dificultad.

—Rayos, ¿por qué no se lo pusiste hasta el fondo?

—Para poderlo retirar una vez afuera; de lo contrario, el padre del cadáver va a sospechar.

Salimos de la cabaña a la tempestad, una tormenta había envuelto por completo el poblado y la nieve caía con fuerza. Caminamos unos metros de la cabaña para que el calor no le llegara al cuerpo y se congelará más rápido.

—Señorita, hágame el favor de ir por los pantalones del difunto mientras yo le quito el tapón al cuerpo y su amigo lo cubre de nieve.

Tiramos el cuerpo y Víctor lo colocó de lado, quitándole el tapón del ano para que comenzara a defecar.

Jenn corrió dentro de la cabaña por los pantalones y se los entregó a Víctor, quien, al tenerlos, cogió un poco de la mierda que había en el suelo y con las manos se la embarró al pantalón.

-¿Qué haces? —pregunté entre tanto juntaba la nieve y se la colocaba encima.

—Haciéndolo ver verídico. La mierda en el frío se mantiene un poco fresca, por lo que no se dará cuenta de lo ocurrido. La orina no es necesaria ya que después de varios días se seca y apesta muy poco.

—¿Has hecho esto antes? —preguntó Jenn con miedo.

—Varias veces, una de ellas en apoyo a lord Etinoch. Tuvimos que matar a alguien de similar forma porque sabía demasiado. La persona llegó aquí con una herida buena para curarla o que muriera, lord Etinoch lo encontró aquí y me pidió que nos deshiciéramos de él porque podía avisar de lo que había descubierto sobre él. Por lo que abrí más la herida y lo hice desangrar, haciendo que la muerte pareciera por la misma. Entremos, tenemos más cosas que hacer y tienes que comer, muchacho —me dijo

Entramos los cuatro a la cabaña y nos sentamos en la mesa para comer. Víctor utilizó la bolsa de orina para lavarse las manos llenas de mierda y que el olor se perdiera, después le pidió a Dorael que le vertiera un poco de vodka para quitar el olor de los meados y se enjuagó las manos. La comida ya estaba preparada para los tres en la mesa y una cuarta colocada en una tabla de madera, para el muerto.

—Coman hasta saciarse, los amigos de Etinoch son mis amigos también —dijo Víctor, cogiendo una silla y sentándose junto a la mesa.

—Muchas gracias, Víctor. No sé qué habríamos hecho sin ti —repliqué.

—No hay de qué. Solo terminen sus platos y colóquenlos en la cocina una vez que terminen.

—Necesitamos saber algo. Nuestro acompañante, cuando lo recogimos, nos dijo que había una ruta rápida para llegar a la capital, ¿sabes algo sobre eso? —preguntó Dorael.

—La conozco, es lamentable, mi hijo solía hacer esa ruta para llegar a la capital.

—Excelente…, espera. ¿Por qué lamentable, qué tiene esa ruta?

—Mi hijo casi muere en ella. No se pasa por pueblo alguno, la comida comienza a escasear y los osos polares toman ventaja de cualquiera que se topen en ese camino.

—¿Qué nos recomiendas, entonces?, ¿irnos por esa ruta para tardarnos dos semanas o ir por los pueblos y tardar cuatro?

—Lo más seguro para ustedes sería irse por la ruta corta, ya que, si llegan a un poblado, no creo ni espero los reciban tal y como yo lo hice. Hay que tener cuidado.

—¿Podrías darnos provisiones para el viaje? A cambio de pagártelas —respondí sacando la bolsa de dinero que tenía en el cinto.

Víctor abrió la bolsa y encontró varias monedas de plata y oro dentro con el escudo Karzo de la montaña de un lado y el rostro de Elton en el otro.

—Va a ser difícil cambiar estas monedas aquí. Tendré que hablar con un amigo forjador para que las derrita y me entregue latones toxianos.

—Esperamos no causarte problemas por esto.

—No se preocupen, muchachos, el forjador y yo nos conocemos desde hace mucho tiempo, puedo inventarle una historia de cómo me hice con ellas.

Seguimos comiendo y platicando hasta casi la hora de arribo del lord de Stratf.

—Muy bien, ya es momento. Hay que meter el cuerpo y volver a vestirlo. Una vez hagamos eso, métanlo a la cama. Cuando terminen, suban las escaleras y métanse a mi habitación para esconderse, yo haré el resto.

Hicimos todo lo que Víctor nos pidió, le quitamos la nieve al cuerpo y lo intentamos cargar de la misma forma en la que lo habíamos hecho, pero el cuerpo ya se encontraba un poco tieso, lo suficiente para recostarlo en la cama. Con esfuerzo, lo metimos a la cabaña y lo vestimos. Una vez terminamos y lo colocamos dentro de su cama, subimos las escaleras y nos escondimos tal y como Víctor nos había dicho. No tardo el momento en el que Margarita y lord Péntos tocaron la puerta. Víctor los recibió a ambos con una cara sombría.

—¡¿Dónde...?!, ¡¿dónde está mi hijo?! —gritó Lord Péntos con lágrimas en los ojos.

—Se encuentra en una habitación ya descansando, mi señor —contestó Víctor—. En verdad lo siento, intenté hacer algo, pero cuando llegó ya estaba frío.

—¡Déjame verlo!

—Con gusto mi señor, por aquí.

Víctor lo llevó hasta la habitación donde se encontraba el cadáver de su hijo.

—Mi hijo, mi pobre hijo, ¿qué le sucedió, Víctor?, ¿quién le hizo esto? ¡Pagará con sangre!

—Murió antes de que pudiera hacer algo, tres de sus compañeros lo trajeron de regreso.

—¿Dónde están? Necesito hablar con ellos.

—No se encontraban heridos, salvo uno de ellos que intentó cubrir a tu hijo, pero ya partieron de aquí hace una hora.

—¿Sabes a dónde fueron?

—No lo sé, los atendí y se fueron. Me dijeron que tu hijo peleó tan valiente como pudo.

—Mandaré una redada a buscar a los muertos, para enterrarlos y entregárselos a sus respectivas familias.

—Me llevaré a mi hijo para que su madre pueda llorarle, gracias por el intento, Víctor.

—No hay de qué, mi señor.

Lord Péntos cargó a su hijo y lo sacó de la habitación no sin antes observar la cocina y ver los platos en el fregadero.

—¿Me dijiste que después de atenderlos se fueron de aquí?

—Sí, mi señor.

—Entonces, ¿qué hacen cinco platos en el fregadero? Dos son de ustedes, pero ¿los otros tres de quiénes son?

—De las personas que atendí, mi señor. Tenían varios días de no comer, por lo que los alimenté.

—Si los vuelves a ver, diles que mi hijo está en mi hogar por si quieren ir a visitarlo antes de la cremación.

—Con mucho gusto, mi señor. De nuevo, lamento la muerte de su hijo.

—No te preocupes, Víctor. Las personas responsables por esto morirán, yo me encargaré de eso.

—Espero que las pueda encontrar.

Lord Péntos salió de la cabaña y colocó a su hijo dentro del carruaje que traía. Se subió él y partieron de vuelta a su hogar. Víctor esperó unos minutos fuera de su cabaña, viendo partir a su lord hasta verlo alejarse lo suficiente. Se metió a la cabaña y cerró la puerta con seguro, subió las escaleras y tocó la puerta de su alcoba.

—Ya pueden salir, el lord se ha ido.

Jenn salió del closet para abrir la puerta mientras Dorael y yo salíamos de debajo de la cama. Tras la puerta se encontraban Víctor y su esposa, quienes al vernos salir de la cama rieron un poco.

—¡Vaya lugar para esconderse, ni yo lo hubiera imaginado! —Sonrió Víctor.

—Pues, ¿qué te digo?, las cobijas eran largas para tapar los hoyos de abajo —respondió Dorael rascándose la nuca.

El rostro de Víctor se enserió y con un ademán nos pidió que bajáramos a la mesa del comedor. Nos sentamos, a excepción de Margarita, quien se fue a la cocina a limpiar los platos. Víctor se metió a un cuarto alterno y tardó unos minutos en buscar lo que necesitaba; al encontrarlo, salió de la habitación con un pergamino enrollado.

—Muy bien. Aquí tengo el mapa que utilizaba mi hijo en su ruta, está un poco viejo, pero las cosas y condiciones del lugar deben de ser las mismas. Miren.

Víctor desenrolló el mapa y nos lo mostró. La salida del pueblo de Stratf era en dirección diagonal al camino marcado, que llevaba al siguiente pueblo, pero la ruta rápida omitía todos los pueblos y el más cercano se encontraba a mitad del camino.

—Muy bien, mañana saldrán una vez pase la tormenta, caminarán por el centro del pueblo hasta llegar a esta casa. —Señaló Víctor una de la esquina—. Después de eso, se irán en diagonal, tomando en cuenta el vértice de la cabaña. Caminarán por varios días, cuatro a lo mucho, pensando que se habrán perdido hasta encontrar esto. —Señaló un círculo en el mapa marcado en negro.

—¿Qué es eso? —preguntó Jenn.

—Eso es el lago congelado, podrán darse cuenta de que han llegado a él porque la nieve nunca lo cubre, dando como resultado que se vea el hielo sin problema alguno. No lo rodeen, sigan avanzando en la misma dirección; de lo contrario, podrían alterar su curso y no llegar a la capital. Además, es un buen lugar para pescar si necesitan comida.

—Pan comido, lo cruzaremos muy rápido y si necesitamos provisiones podemos abastecernos ahí —comentó Dorael, con un rostro de relajación.

—Por el contrario, muchacho, el lago es un lugar peligroso. Por lo que me ha contado mi hijo, hay ciertas zonas en donde el hielo es tan frágil que puede romperse y se puede caer en él, además varios toxianos, no muchos, van a pescar ahí para dar alimento a su familia.

—¿Qué tan grande es el lago? —pregunté.

—Si no mal recuerdo, si caminan con cuidado y no pierden el rumbo, serán dos días de cruce, por lo que les recomiendo conseguir toda la comida que puedan.

—¡Dos días! —exclamo Jenn.

—Sí, muchacha, así que más te vale cuidar de tu esposo.

—Ya que estamos en confianza, no estamos casados, solo lo hicimos para que no hubiera sospechas.

—Harían una buena pareja.

—¿Ya ves, Jenn? Víctor sabe lo que dice —respondió Dorael guiñándole un ojo.

—¿Casarme… contigo? ¡Estás loco!

—Vaya. Ya van a empezar… —dije en voz alta para que todos lo escucharan, a lo que Víctor carcajeó.

—Se parecen a mi esposa y a mí antes de que nos juntáramos. Ella odiaba mi forma de ser y después la amó.

—Pues verá, señor Víctor, yo no pienso ni siquiera un segundo en casarme con él.

—Ya veremos que sucede en el futuro, señorita; pero bueno, les decía del mapa. Una vez que crucen el lago, seguirán avanzando por varios días hasta llegar a esta zona. —Señaló otra marcación, esta vez con color rojo.

—¿Por qué el cambio de color? —preguntó Dorael tras intentar cogerle la mano a Jenn sin que se diera cuenta.

Ella reaccionó y le metió un manotazo.

—Esa es la zona de mayor peligro. Tardarán cinco días en llegar, se les agotará la comida, los osos polares merodean el lugar y las provisiones escasean en ese mismo punto, haciendo que haya una pelea de vida o muerte por ver quién se alimenta y quién no. Varias personas al tomar esta ruta no se encuentran con osos polares, sino algo peor…

—¿Qué puede ser peor a un oso polar? Son los reyes de la tundra —comentó Jenn.

—Caníbales, gente desesperada que tiene la intención de hacer la ruta y encontrarse con algún animal, aunque sea más grande que ellos para alimentar esa hambruna que lleva días impidiéndoles dormir, esa hambre que pide a gritos aunque sea por un pedazo de carne. Pues bien, si el grupo de viajeros es grande y no encuentran animales, entre ellos se van a pelear y matarán al más débil para utilizarlo como alimento y combustible para los días siguientes y llegar a la capital. Si el grupo de personas sabe que otros viajeros van a pasar por ahí, los esperarán e intentarán comérselos, al menos a uno de ellos; por lo tanto, tengan cuidado en esa zona, cualquier cosa ahí, si se mueve, es indicio de supervivencia.

—¿Y si nos desviamos y entramos aquí por unos días para conseguir el alimento? —Señalé a mitad del mapa al poblado.

—Podrían ir, pero no tienen dinero y solo les quitaría tiempo, ya que, si pescan en el lago, sería lo mismo que ir al poblado a comprar algo y seguir la ruta. Si el pueblo estuviera más cerca de la zona roja sería una gran idea, pero no lo es, está más cerca al lago y perderían un día en llegar y salir. Les daré comida y leña para los primeros cuatro días, una caña para pescar, mochilas para el viaje y una tienda para pasar las noches; después de eso, están por ustedes mismos.

—Muchas gracias por todo, Víctor. Estamos en deuda contigo. —Puse mi mano en su hombro.

—Por el contrario, me están pagando por todo eso, es un intercambio justo.

—Aun así, gracias por ayudarnos y no habernos entregado.

—Todo sea por el bien de Toxoc.

—Y el de Karzos, para que ambas naciones puedan unirse y se rompa el ciclo.

—Espero que así sea, hijo. —Me sonrió Víctor.

—Bueno, váyanse a dormir que mañana temprano tendrán que salir para no levantar sospecha alguna.

Dorael y yo nos dirigimos a la habitación para dormir mientras Jenn se quedaba en la mesa.

—Víctor, tengo una duda. ¿Dónde está tu hijo?

—Tras el último viaje que hizo de regreso y casi morir, me contó que había conocido a una chica en la capital y que se habían enamorado, por lo que una vez sano, regresó a la capital por la ruta normal, dejando atrás sus mapas y cualquier indicio de la ruta rápida. Su experiencia lo marcó de por vida, haciendo que nunca más la tomara. Desde entonces, no sé de él. Se llama Etrickon. Si lo llegan a ver, díganle que le mando saludos.

—¿Cómo vamos a saber que es él?

—Se parece mucho a mí, pero sin barba. Nunca le ha gustado.

—Si lo encontramos le diré que le mandas saludos.

—Espera, tengo algo que darte... —Víctor se paró de la mesa y fue a la habitación donde había sacado el mapa, regresó con un sobre y se lo entregó a Jenn.

—¿Qué es esto?

—Una carta para mi hijo. La escribí desde la última vez que vino, esperando que volviera a regresar, pero no lo ha hecho. Si lo encuentras, dásela por mí.

—Será un gusto, Víctor. No te defraudaré. —Jenn volteó a ver a la cara del sobre y pudo leer: Para Etrickon, de tu padre.

Jenn se guardó la carta en el bolsillo y se despidió de la pareja, quienes la abrazaron antes de que se metiera a la habitación. Una vez Jenn entró a la habitación, se quitó el abrigo de piel y metió a la cama para dormir.

—Vaya, Margarita, tener a estos chicos aquí me recuerda a cuando Etrickon vivía con nosotros.

—Nos han llenado de felicidad y calor en esta casa —contestó ella.

—Espero que puedan encontrarlo y darle la carta. Espero que mi muchacho pueda entender.

—Lo hará, Víctor. Sabe que todo lo que hicimos lo hemos hecho no solo por nosotros, sino por él también.

—A veces siento que se largó por nuestra culpa.

—No pienses así, Víctor. Él ya era un hombre cuando decidió marcharse, lo hizo por su propia voluntad.

—Lo sé, pero aún pienso que las cosas podrían haber sido distintas si le hubiéramos dicho desde el principio todo.

—Víctor, nuestro hijo es inteligente, sabrá que lo que hacemos lo hacemos por el bien de todos. Al fin y al cabo, él también quiere un mejor reino del que existe ahora.

—No lo entendió en su momento, pero creo lo que me dices, Margarita, nuestro hijo es inteligente y con esa carta le explicaré todo con razones… Nos entenderá.

—Y vaya que lo hará.

—Espero ya tenga hijos y podamos conocerlos. Me agradaría mucho ser abuelo y enseñarles a mis nietos mi oficio.

—Pues, ¿cuánto lleva fuera de aquí?, ¿recuerdas?

—Si mis cálculos no son erróneos, ya son ocho años desde que partió y no volvió.

—Algún día volverá y estaremos orgullosos de él, como él de nosotros.

—Vamos a dormir, Margarita, que se hace tarde y necesito estar descansado para mañana.

Ambos subieron las escaleras y se metieron a su habitación. Margarita se quitó su ropa y se puso su pijama mientras que Víctor se desvestía y quedaba en calzones. Ambos entraron a la cama y se dieron un beso en la boca y sonrieron. Víctor cogió la vela de su cómoda y sopló, apagando la luz.

III

Llegó el amanecer del siguiente día, en el que fuimos despertados por la puerta siendo tocada por Víctor. Me levanté de la cama y abrí la puerta mientras Dorael y Jenn todavía se encontraban estirándose en la cama.

—Sus cosas están listas, la tormenta ha cesado y sus desayunos están recién hechos. Esperaré a que se vistan, estaré en la mesa para que comamos juntos.

—Gracias, Víctor, en un momento salimos. —Volví a cerrar la puerta tras de mí.

Dorael se sentó en su cama mientras Jenn tapaba su rostro con las manos y bostezaba.

—Vaya, es muy temprano para despertarnos. Nos hubieran dejado una hora más de descanso —comentó Dorael, rascándose la cabeza y bostezando.

—No hay tiempo. En cualquier momento pueden llegarle pacientes a Víctor y estar aquí con el equipaje puede levantar sospechas. —Me puse el abrigo y me estiré.

Jenn se levantó de su cama e hizo estiramientos cuando Dorael la observaba.

—Vaya que tienes mucha flexibilidad, Jenn —comentó Dorael.

—Lo hago siempre tras levantarme para evitar cualquier problema, deberías hacer lo mismo.

Dorael se paró de su cama y se puso junto a Jenn, no sin antes observarle los pezones que se marcaban en su playera por el frío.

—Enséñame entonces, ¿cómo le haces?

—Mira, estira tus brazos e intenta tocar tus pies primero.

—Muéstrame para imitarte.

—Así. —Jenn se agachó y tocó sus pies mientras Dorael le observaba el trasero hasta que se reincorporó.

—Ahora, hazlo tú.

—¿Qué? Perdona, me distraje. ¿Podrías hacerlo una vez más?

—Vaya que no te concentras mucho, ¿con qué te distrajiste?

—Con tu trasero —respondí volteándolo a ver serio...

—¡Dorael!

—Vaya, Andariel, deja de interrumpirla. Claro que no vi nada, Jenn.

—Lo que digas, Dorael. —Jenn terminó de hacer sus estiramientos y se colocó el abrigo—. Vamos, muchachos, hay que apurarnos para irnos de aquí lo antes posible.

Los tres salimos de la habitación ya vestidos hacia la mesa, en donde Víctor nos esperaba con Margarita, con un pescado marinado en vodka y unas rodajas de camote como acompañamiento. Nos sentamos en la mesa y desayunamos. Pláticas y risas sobre acontecimientos iluminaron la mesa con alegría. Víctor se sorprendió al saber quiénes éramos y lo que hacíamos en Karzos.

—Vaya, muchachos, quién pensaría que tendría a las tres personas más importantes de Karzos en mi mesa —comentó.

—Me llamó «importante» —dijo Dorael a Jenn sonrojándose un poco.

—No somos tan importantes, Víctor, si lo fuéramos, no estaríamos aquí en esta misión suicida —dije.

—¿Cómo no? Estoy en la mesa con la hija de los lores más importantes de Karzos, el hijo del coronel que rige toda la defensa de Karzos y el mismo príncipe de la corona que algún día podría gobernar.

—Mi hermano gemelo va a obtener el poder, yo no lo quiero. Además, sabe más que yo en materia de regimiento.

—Nunca digas que no. Algo podría pasar y tú, ser elegido el siguiente gobernante. Tus viajes por Toxoc te han demostrado lo divididos y necesitados que estamos; contigo a la cabeza de Karzos, podríamos cambiar a Toxoc y hacernos un reino aliado y terminar este terror que tenemos, unificarnos por primera vez en cientos de años y ser más que solo un pueblo de gente guerrera y carroñera moviéndose sin sentido alguno.

—Yo creo que, igual con mi hermano, las cosas cambiarían. La corona tiene a su servicio a una persona que se fue de aquí, ha probado ser muy inteligente y organizada, tanto así que es la cabeza de nuestra corte. Si ustedes dos dejan este pueblo y van a la capital pidiendo trabajar y estudiar la medicina de Karzos, podrían ganar más y establecerse en una posición alta, tal como Ostum lo hizo.

—¿Ostum? —preguntó Víctor, extrañado.

—Sí, así se llama el exiliado de Toxoc que es la cabeza de la corte —interrumpió Jenn—. ¿Por qué la pregunta?

—Ese nombre no es originario de aquí. ¿Están seguros de que lo exiliaron de Toxoc?

—La historia del abuelo de Andariel indica que Ostum arribó de las tierras del norte y dijo que provenía de Toxoc.

—Que extraño, es posible sea un hijo de algún desconocido de algún pueblo lejano, cercano a la capital.

—Nosotros no sabemos más que lo que está escrito. Las pocas ocasiones en que se le ha preguntado del lugar exacto de su procedencia, y cuando se hace responde: «No recuerdo muy bien, pero creo que está muy alejado de aquí, en algún lugar de Toxoc»

—Es una persona muy cerrada entonces, eso es muy normal en los poblados cercanos a la capital y la misma.

Al terminar de comer, cogimos las mochilas, que ya venían cargadas con lo que Víctor había prometido el día anterior. Víctor nos llevó a la puerta trasera y la abrió, no sin antes abrazar a todos con calidez.

—Espero verlos de regreso. No olviden la ruta del mapa. Si llegan a necesitarlo, se encuentra dentro de tu maleta, Andariel —dijo Víctor alzando el brazo y moviéndolo de un lado al otro, despidiéndose.

—Volveremos antes de que te des cuenta —comentó Dorael, despidiéndose.

—Esperen, tengo algo que decirles sobre nuestro gobernante antes de que partan. —Nos detuvo Víctor.

—¿Qué sucede? Si nos quieres decir que se hace pasar por un sirviente del castillo, ya lo sabemos — respondí.

—No solo es eso. Torbul es un regente despiadado y, como les dije antes, parece odiarnos a todos. Tanto ha sido su odio, que ha mandado a juntar hordas de osos polares, dejarlos hambrientos por una semana y soltarlos dentro de la capital para observar cuánta gente muere mientras él se queda observando y riendo dentro del castillo. Otras veces, a quienes no son de su agrado, los lanza a manadas de lobos para que los despedacen. Todo esto lo hace para divertirse. El castillo en el que vive fue ampliado en los primeros años de su gobierno, le gustó tanto como lo dejó el arquitecto que para que no volviera a crear algo mejor, le mandó cortar los brazos.

—Tendremos cuidado; por lo visto, es peor de lo que creíamos —respondí poniendo mi mano en el hombro de Víctor—. No te preocupes por nosotros, seremos cautelosos.

No dimos la media vuelta y comenzamos nuestra trayectoria. El viaje que tendríamos por delante sería una prueba sobre todo lo que habíamos aprendido y vivido hasta ese momento. El sobrevivir los tres unidos como una familia, cuidándonos las espaldas y aguantar la prueba para llegar a la capital toxiana y, una vez allí, buscar al hijo de Víctor, enfrentarnos al Torbul y encontrar a la heredera para solucionar nuestras dudas sobre Toxoc y el por qué Etinoch me había confiado con una misión que, hasta el momento, me di cuenta, no solo era para salvar a Karzos de los sucesos del futuro, sino ayudar también a su reino y sacarlo adelante para que dejara de ser lo que hasta el momento era y se dirigiera a un futuro brillante y esperanzador.

Salimos del poblado de Stratf en dirección a nuestra aventura. Pasaron los cuatro días y llegamos al lago, en donde al quinto día de haberlo cruzado por la mitad, decidimos comenzar a pescar para tener alimentos suficientes para cruzar por la zona del peligro sin tener la necesidad de pelear con algún animal o enfrentarnos a otro grupo. Llenamos las mochilas hasta reventar, dejándonos comida suficiente para siete días para cada uno. Si racionábamos bien los pescados, tendríamos alimento suficiente para llegar a Toxoc sin problema; de lo contrario, pasaríamos dos días con hambre antes de llegar a la capital.

Al décimo día, salimos de la tienda de campaña y recogimos todo. En el camino, saqué el mapa de mi mochila y observé la ruta; al parecer, ya habíamos entrado en la zona del peligro. Volví a guardarlo en mi mochila y continuamos con el paso. Por los racionamientos que habíamos tenido, nos quedaba un poco más de la mitad de la comida en las maletas, que ya no se encontraban tan pesadas, dándonos mejor movilidad si algo ocurría. El viento rugía y poca nieve caía, lo único que se podía ver en el paisaje era un tapiz blanco que parecía alfombrar el mundo entero como la misma muerte. El silencio que había era sepulcral, no había nada a nuestro alrededor. Jenn se frotaba los guantes y soplaba en ellos con la boca. Dorael, por otro lado, ya se había acostumbrado y se encontraba tranquilo y concentrado a todo lo que se apareciera en cualquier momento. Por mi parte, el frío seguía siendo una adversidad. Mis músculos se sentían agarrotados y mis dedos lentos al reaccionar, pero no sentía frío. De alguna forma u otra, mi cuerpo se había acostumbrado al clima, pero mis músculos adoloridos por los proyectiles no.

Caminamos por varias horas dentro de la zona del peligro hasta llegar al mediodía y prender las últimas ramas y madera que nos quedaban para comer algo. Sacamos cada uno una trucha de buen tamaño, les quitamos todas las escamas de la piel y los abrimos para vaciarles las vísceras y poder comerlos. Jenn les cortó la cabeza en la nieve y los puso a cocer dentro del fuego, que era muy pequeño. Una vez listos, comimos hasta dejarlos en huesos. Sería la única comida del día y esperaríamos hasta la noche para comer el siguiente pescado.

Apagamos la fogata y Jenn recogió el carbón y los pocos pedazos de madera que quedaban. Si nos iba bien, podríamos encender una fogata más; de lo contrario, tendríamos que comer crudo y eso para ninguno de los tres era apetecible. Pasó el día entero sin haber señal de algún animal o persona, las cosas se encontraban en una calma inquietante, en cualquier momento podría suceder algo, llegar algún oso por nuestras espaldas o algún grupo hambriento en busca de comida, eligiéndonos como blanco para saciarse. Más temprano que tarde, llegó la medianoche, tiempo en que decidimos armar la tienda de campaña para dormir un poco.

—Jenn, tengo hambre. Prepara la fogata —comentó Dorael terminando de clavar la tienda en el suelo.

—No queda mucha madera. Tenemos dos opciones: comer ahora y desde mañana en crudo o esperarnos a mañana a mediodía.

—Vamos, debe de quedar madera suficiente para hoy y mañana.

—Esto es todo lo que queda. —Jenn abrió su mochila y le enseño a Dorael los pocos pedazos que quedaban.

—Maldita sea. Víctor debió darnos más madera para el viaje, seguro quiere que muramos en el camino.

—No hables así de la persona que nos apoyó para llegar a la capital. Si no mal recuerdas, Dorael, nos dijo que nos daría madera suficiente para cuatro días, nos ha quedado para diez, es más de lo que nos dijo.

—La razón es simple. Desde el principio, la hemos estado racionando, solo cocinando dos veces por día.

—Si hacemos el cálculo de lo que dices, nos habría durado para cinco días, ¡no diez!

—Hubiéramos pescado de más, ir al poblado cerca del lago y cambiar la comida por más madera.

—Pues, ya es tarde para eso. Si regresamos, nos tardaremos tres días en llegar y perderemos tiempo —interrumpí—. Voto porque hoy no haya cena y mañana tengamos la última comida caliente, después veremos que hacemos.

—Voto por lo mismo —replicó Jenn

—Vaya, pues qué más da. Me uno a la moción, más vale comer bien mañana que devorar esta noche y no utilizar esa energía para nada.

—Qué forma más sensata de pensar, Dorael, empiezas a agradarme —contestó Jenn.

—Ahora que lo dices, Jenn, esta noche podría comerme otra cosa —Dorael respondió guiñándole a Jenn.

—No lo arruines, cerdo. Mejor vayamos a dormir.

—Voto por lo mismo antes de que me dé más hambre —respondí.

Los tres nos metimos a la tienda y cerramos los ojos. La noche trajo una tormenta de nieve, haciendo que cayera en abundancia. Horas antes de despertar, sonidos a nuestro alrededor me despertaron. Eran voces y pasos de gente. Me levanté y caminé hasta la entrada para abrir la tienda y observar lo que sucedía, pero solo pude ver aquel manto blanco del otro lado. La tormenta nos había enterrado por completo. Al no saber si la tienda estaba cubierta, intenté salir, pero antes de hacerlo, Jenn me agarró las manos y puso un dedo en su boca, indicándome que guardara silencio y escuchara lo que sucedía afuera.

—¿Estás seguro de qué estaban aquí?

—Los vi anoche. Deben estar en alguna parte.

—Maldita sea, Snatch, llevamos horas excavando. Estoy seguro de que me estás mintiendo para salvarte el pellejo.

—No, espera, te juro que vi a tres personas armando una tienda de campaña por aquí antes de la tormenta.

—Entonces, dime, ¿dónde están, Snatch? ¡Muero de hambre y el frío me hace daño!

—Deben estar por aquí, te lo juro.

—Te daré unos minutos para encontrarlos...

—Yo los encontraré, su grandísimo. Cuente con ello.

La conversación siguió afuera, alguien gritándole a Snatch mientras seguía excavando varios hoyos en la nieve en busca de nosotros.

—¿Qué hacemos? —preguntó Jenn en voz baja.

—Quedarnos aquí. Lo mejor es no hacer movimiento alguno y que se harten y vayan; de lo contrario, pueden haber más de dos y tendremos un problema mucho peor.

—Tienes razón, intentar salir les va a dar la señal para que se acerquen antes de que lo logremos y no habrá un buen resultado ante eso.

Dorael se giró hacia nosotros y nos volteó a ver, observando lo cerca que estábamos el uno del otro.

—¡Andar...! —Jenn se le acercó y le tapó la boca.

—Cállate, Dorael, estamos siendo acechados, habla en voz baja. —Jenn le soltó la boca para que pudiera hablar.

—¿Y por qué no salimos a enfrentarnos?

—Por esto. —Abrí la tienda de campaña y le mostré la nieve.

—Excelente... —comentó Dorael con tono de desaprobación.

—¡Ya te di suficiente tiempo, Snatch! ¡Me mentiste!

—No, su excelencia, te juro los vi por a...

Hubo un silencio espectral.

—Eso le pasa a la gente que me miente, Snatch. Debiste aceptar las consecuencias antes de mentirme, ahora
mírate.

Las pisadas se escucharon pesadas, alejándose poco
a poco hasta no escucharse más.

—Creo que es hora de salir, antes de que la nieve
cubra de más el campamento.

—Carajo, quitar la tienda va a ser un problema.

—Claro que no, solo necesitamos un poco de esto.

Jenn abrió la tienda y sacó su daga, empujando hacia el frente con su Kronium y haciendo que la nieve saliera volando y se despejara.

—Muy bien, ahora solo quedan tres lados más por
descubrir.

—Qué bueno que viniste, Jenn. Sin ti, no sabríamos
qué hacer en esta situación —dije alegre.

—No hay problema, chicos. Si no hubiera venido,
en más de una ocasión habrían muerto sin mí. Podré no
saber cómo pelear. Sin embargo, todo se arregla con este
cerebrito que me cargo.

—¿No querrás decir: cerebrote? —preguntó Dorael.

—No, por si no sabías, entre más pequeño el cerebro, más ágil y rápida es la persona o animal, esto se debe
a que las conexiones neuronales son más cortas, dándole
así al ser vivo una capacidad más rápida de razonamiento
e inteligencia... ¿Por qué crees que, a diferencia de nosotros, los animales tardan menos tiempo en pararse y moverse tras nacidos?

—Buena hipótesis.

—No es una hipótesis, es la realidad. Hay investigaciones sobre eso, si has ido a visitar las bibliotecas en los dibujos de nuestros antepasados, estos tenían un cráneo más grande para contener un cerebro del mismo tamaño a comparación del nuestro.

—Vaya, Jenn, sí que sabes mucho —contesté.

—Es en lo que soy buena: aprender, comprender y realizar.

Jenn salió de la tienda y despejó los otros tres lados, haciendo que la nieve quedara en una línea diagonal para poder salir con facilidad del hoyo en el que estábamos.

—Muy bien, chicos. Ya hice mi trabajo, ahora les toca a ustedes el resto. Me daré una vuelta por aquí para ver si no dejaron algo valioso los que estaban aquí hace un momento.

—No te alejes demasiado y, si sucede algo, no dudes en gritar —respondí.

Jenn subió por una rampa de nieve en la dirección en donde se habían escuchado las voces. Encontró varios hoyos que parecían haber sido excavados con las manos. Siguió observando los agujeros hasta que, en uno de ellos, logró encontrar un paquete con envoltura de papel y una cuerda para mantener el contenido fijo y en su lugar. Desamarró y desenvolvió el papel. Dentro, se encontraba un poco de leña.

—¡Chicos, chicos, encontré leña, estamos salvados!

—¿Qué dijo? —preguntó Dorael sacando las mochilas de la tienda de campaña mientras yo la desclavaba del suelo.

—Que no vamos a tener que comer crudo por varios días. Encontró leña.

—Ja, a los idiotas se les olvido su madera, ahora es nuestra y la utilizaremos lo mejor posible.

Jenn regresó para mostrarnos lo que había encontrado.

—Muy bien, chicos. No nos haría mal un poco de comida, ¿quién tiene hambre?

—¡Vaya, Jenn, estuve esperando por este momento desde ayer! —rugió Dorael de felicidad.

—Muy bien. Mientras ustedes terminan de guardar la tienda, yo prepararé el desayuno.

Jenn abrió las tres mochilas para sacar tres truchas y prepararlas mientras desarmábamos la tienda y la guardábamos. Ya listos, nos sentamos junto al fuego y comimos.

—¿Saben?, creo que cuando regresemos a Karzos escribiré un libro acerca de Toxoc y todo lo que hemos vivido para hacer conciencia entre la gente de Karzos sobre lo que se vive en esta región y que hagan algo por la gente de aquí —mencionó Jenn tras darle una mordida a la trucha.

—Es una gran idea, Jenn. Los tres podemos hacer cosas por Toxoc cuando regresemos. Al final, no todos son tan malos como se pinta en los libros —respondí.

—Sí, Víctor nos demostró que hay gente buena en Toxoc que lucha por su reino.

—Yo entrenaré a mi pelotón y Andariel me ayudará con ambas manos para que en dado caso de que pierdan un brazo, todavía puedan defenderse con el otro, tal y como lo intentan aquí —dijo Dorael.

—Es una gran idea, Dorael. Seremos un pelotón más fuerte con las tácticas que me enseñó mi padre y tus enseñanzas.

—Seremos el pelotón más fuerte y mejor educado de toda la Guardia Real. Nadie se enfrentará a nosotros. ¡Nos temerán! —Dorael levantó los brazos en señal de excitación y con su sonrisa, haciendo que la trucha se le cayera al suelo y haciendo que Jenn se riera un poco.

—Primero, aprende a no tirar la comida; después, los entrenas.

—Nada que un poco de frío no mejore el sabor de las victorias que tendremos por delante.

—Ese es mi amigo, esa es la actitud que se necesita —dije con alegría.

Terminamos de desayunar y apagamos la fogata. Jenn volvió a guardar el carbón y la leña que habían sobrado y continuamos con nuestro camino. Poco a poco, nos estábamos acercando a nuestro destino y esto me mantenía alegre y con la expectativa en alto. Todo estaba yendo a la perfección, a pesar de lo que nos habíamos topado.

Seguimos el rumbo hasta que Jenn se tropezó y cayó con algo en el suelo.

—¿Jenn, estas bien? —Fui a su encuentro y la ayudé a levantarse.

—Sí, solo me tropecé con una piedra, creo.

Volteamos a ver al objeto que no parecía un pedazo del terreno. Escarbé un poco y pude ver que aquella cosa tenía cabello. Pronto, descubrí el rostro de lo que parecía ser una persona. En el cráneo, parecía haber una contusión de un golpe con algo duro y pesado. Seguí escarbando hasta llegar al cuello y pude ver que se encontraba mordido y no había carne, solo la espina al descubierto. Escarbé más y más y pude observar que le habían abierto el estómago y varios órganos no se encontraban.

—Lo utilizaron como comida —balbuceé entre dientes.

Jenn movió el brazo del cadáver, el cual todavía podía moverse con normalidad. Lo habían enterrado hace poco.

—Debió ser una de las personas que estaban afuera de nuestra tienda hace unas horas, pero... ¿dónde estará el otro?

—Lejos, por lo visto. Comió lo que pudo para saciarse y quedarse con un poco para el viaje. Ha de estar varios metros delante nuestro. Hay que hacer todo lo posible por no toparnos con él; de lo contrario, las cosas podrían salir mal. No sabemos qué tan peligroso pueda ser.

—¿Qué tan difícil puede ser enfrentarse a una sola persona, Andariel? Ya nos enfrentamos a veinte toxianos y salimos sin rasguño alguno.

—Hablas por ti, Dorael.

—Ah, cierto, mi fiel acompañante sufrió una lluvia de flechas por mí, qué gran persona es mi amigo.

—Cuando quieras, Dorael, para eso somos los amigos.

Los días fueron pasando y salimos de la zona del peligro. Ese día, volteé al cielo y pude observar cuervos viajando en dirección a la capital. No di importancia a esto y seguimos nuestro camino. Llegamos a Toxoc en el anochecer el catorceavo día. La ciudad estaba posicionada al lado de una montaña, que servía como el castillo de la capital. Nos encontrábamos cansados y la tienda de campaña se veía extraña en medio de la ciudad, por lo que entramos a una posada sin dinero para descansar.

—Una habitación con tres camas —dije al posadero.

—Solo tengo de dos.

—Tomaremos esa.

—Son diez latones por la habitación.

Busqué en mis prendas por algo de valor sin fruto alguno.

—Se lo pagaré mañana por la mañana —respondí.

—No me fío, latones ahora o dormirán en la calle.

Jenn se acercó a la mesa del posadero con una mirada y sonrisa seductoras.

—Vamos, buen hombre. Mis lacayos te pagarán por la mañana o dime, ¿hay algo que traigamos que sea de tu interés para pagarte la noche?

—Pues, esas dos podrían ser un buen pago. —Señaló el posadero a las cañas de pescar.

—Una por la habitación.

—Dos.

—Hagamos un trato, lo que haremos es una por el asilo, otra por comida y otra por un buen baño caliente para los tres, así tendrás una de más y nosotros lo que queremos.

El posadero se quedó pensando en silencio, a lo que Jenn respondió tocándole la mano y acariciándosela.

—Vamos, no causaremos problema alguno y de verdad lo necesitamos.

—Está bien, señorita, una habitación, comida para los tres y un baño.

—Necesitamos tres.

—Solo uno, la bañera es tan grande como para albergar cinco personas.

—Gracias. —Sonrió Jenn y guiñó el ojo.

El posadero le entregó la llave de la habitación y le indicó en dónde se encontraba.

—Les tocarán la puerta cuando el baño esté listo y, una vez terminen, se les llevará a su habitación la comida.

Caminamos por un pasillo largo y subimos unas escaleras hasta topar el fondo en donde nuestra habitación se encontraba. Jenn abrió la puerta y entró primero.

—Vaya, Jenn, sí que hiciste un buen trabajo con el posadero.

—Me deben tres, lo que una sonrisa y unos ojos pueden hacer.

—Vaya, después de tantos días, un buen baño hará el trabajo de relajarme —dijo Dorael.

—Vaya que sí, ya apesto —respondió Jenn.

—Dorael se va a morir cuando entremos al baño.

—¿Por qué lo dices, Andariel?

—Solo tenemos derecho a un baño.

—Vaya, vaya… —Sonrió Dorael

—Dorael, entra con una venda en los ojos.

—Oye, ¿qué hay de Andariel?

—A él parece no importarle mi cuerpo, por lo que no tengo problema alguno con que me vea.

—¡Eso no es justo!

—Debiste comportarte de otra manera conmigo, cerdo…

—¿Qué hay de igualdad en eso? Tú también vas a ver mi cuerpo desnudo.

—Pero no me pondré loca al verlo.

—Ya lo veremos...

La habitación contenía dos camas, una mesa con cuatro sillas, una ventana amplia que mostraba la calle por donde cruzaba gente de todas las edades y se podía ver una taberna en la esquina, y una chimenea encendida con madera suficiente a los lados para dejarla encendida por toda la noche. Me quité la mochila de la espalda y la coloqué en la cama próxima a la puerta, Jenn y Dorael hicieron lo mismo. Jenn colocando su mochila en mi cama y Dorael en la otra.

—Podemos juntarlas para mayor amplitud, así todos tendremos espacio —dije en voz alta al ver la cara de Dorael de tristeza porque le tocaba solo.

—Buena idea, Andariel, así no estarán ustedes dos apretados en una misma y los tres tendremos el espacio suficiente para movernos —respondió Dorael viéndome con señal de alegría.

—¿Y por qué no las dejamos así? —preguntó Jenn.

—Porque en la noche me muevo mucho y podría no dejarte dormir y, por lo bien que te llevas con Dorael, podrías dormirte con él —dije en un tono sarcástico.

—Juntemos las camas, gracias por decírmelo, Andariel.

—Todo por tener una buena noche para dormir.

El calor de la chimenea comenzó a hacerse presente, por lo que los tres nos quitamos el abrigo y nos quedamos en playeras. Jenn dejó su abrigo encima de una silla y la colocó junto a la chimenea.

—¿Para qué haces eso? Los abrigos ya se encuentran calientes por nosotros —preguntó Dorael.

—Es simple, intento hacer que el olor del carbón y el humo impregnen el abrigo para que se le quite lo apestoso. Llevamos días con ellos, si el mío apesta, los de ustedes hieden.

—Buena idea, olerá a carbón, pero no a sudor. —contesté agarrando otra silla y haciendo lo mismo.

—¡Alto ahí, dejen espacio para el mío también! —replicó Dorael haciendo lo mismo.

Movimos las sillas para que las tres cupieran y se les quitara el tufo que traían. Nos quitamos los cinturones que contenían nuestras armas cargadas y las dejamos en la mesa.

—Ahora que lo pienso, Andariel, me hubiera quedado con un arco y flechas para ofrecerlas por nuevas ropas —comentó Dorael, dándose golpecitos en la cabeza.

—No te preocupes por eso, Dorael. Cuando lleguemos al castillo y hablemos con la heredera, podremos pedirle ropas nuevas y limpias y, si se puede, comida para el regreso y unos lindos caballos enormes.

—Esos «caballos enormes» se llaman *stallions*, tienen un pelaje muy grueso, lo que les permite aguantar estas terribles temperaturas.

—Vaya, vaya, la erudita sabe de corceles de todo el mundo. —Dorael hizo un gesto de sarcasmo, moviendo las manos de un lado al otro.

—Por algo soy la Maestra de Inteligencia, debo conocer no solo las fortalezas y debilidades de Karzos, sino del mundo. Agradece que Toxoc no tiene *stallions* en todos sus poblados; de lo contrario, una guerra contra ellos provocaría que nos derrotaran. El tamaño de esas bestias no solo embiste a quien tenga al frente, lo aplasta y mata de un solo pisotón, hasta puede derribar a otros caballos si se utiliza bien.

—Vaya, pues podríamos pedir dos *stallions*, un macho y una hembra para tener en Karzos y poder cambiarlos con el tiempo por los normales —dije en voz alta.

—Sería una gran ventaja para nosotros el obtenerlos, aun así, no creo que nos los dé sin algo a cambio —comentó Jenn dando vueltas en su mismo eje.

—Lo tengo en cuenta. La información que nos dé acerca de lo que Etinoch nos mandó a hacer aquí no será gratuita de igual forma. Tengo muchas dudas y espero que sean respondidas, pero todo esto tendrá un costo y espero pueda pagarlo.

—Que «podamos», recuerda que estamos los tres aquí y que todo lo necesario para la misión lo lograremos los tres juntos —respondió Jenn.

—Gracias por las palabras de aliento, Jenn, pero como decía Etinoch, la heredera me busca a mí, no a ustedes y me cobrará algo por ayudarnos.

La puerta de la habitación fue tocada varias veces.

—Ya está listo el baño, bajen antes de que se enfríe —dijo una voz del otro lado de la puerta.

—Bueno, ¿quién quiere un buen baño caliente? —grité entusiasmado.

—¡Yo! —gritaron Jenn y Dorael al mismo tiempo.

Abrí la puerta. Del otro lado, se encontraba un muchacho de apenas dieciséis años.

—Síganme por aquí —nos dijo a los tres.

Jenn salió al último y cerró la puerta tras ella con seguro. Seguimos al muchacho, quien nos guió bajo las escaleras hasta una habitación enorme sin ventanas y hecha de pura piedra. En el centro, se encontraba una bañera enorme de piedra, con cinco asientos puestos como si formaran una estrella y el centro un poco más hondo para que, si alguien se paraba ahí, le llegara el agua hasta el estómago. Junto a la bañera, se encontraban una serie de tuberías de hierro que pasaban por varias chimeneas para calentar el agua y esta, una vez caliente, era vertida en la bañera. Además, en la orilla se encontraban tres cubetas, estropajos y jabones artesanales que no tenían olor alguno. El joven colocó unas escaleras de madera para que subiéramos a la bañera y, tras esto, salió de la habitación. El vapor comenzó a llenar la habitación. Tras unos minutos, se hizo tan denso que no se podían ver las paredes de la habitación.

—Bueno, es hora. Me quité la ropa por completo, dejando ver mi cuerpo esbelto y semimarcado.

Jenn volteó a verme, quedándose pasmada al verme entrar tranquilo al agua. Dorael hizo lo mismo, reluciendo su cuerpo marcado y fuerte.

—Vamos, Jenn, si no se enfría el agua. —Dorael le sonrió a Jenn, quien estaba sólida como una piedra.

—Dorael, Jenn es muy tímida desde que la conozco, dale espacio para que se tranquilice.

—Tengo una idea. Mira, Jenn, un rehilete. —Dorael movió la cadera haciendo que su miembro diera vueltas y vueltas.

Esto hizo que Jenn se riera a carcajadas y se ruborizara como un tomate.

—Vamos, mujer. Un buen baño te espera.

Jenn se relajó y se quitó la ropa.

—Solo les pido que no me vean —dijo Jenn.

—Vamos, Jenn. Tú ya nos viste, no tenemos nada que ocultar. Dorael se comportará como yo, te tendremos cuidado, respeto y paciencia, ¿no es así, Dorael?

Dorael al ver que los nervios de Jenn eran muy fuertes se tranquilizó.

—Jenn, pásame mi playera para hacerme una venda en los ojos si eso te tranquiliza más.

—No…, no te preocupes. Me has ayudado a relajarme con tu chistecito.

—¡Oye, no es tan pequeño!

—¡Hablaba de lo que hiciste, no de su tamaño!

Una vez sin ropa, Jenn se acercó a las escaleras y las subió. Antes de entrar, me encontró mojándome el cabello y tallándolo con jabón mientras que Dorael la veía a los ojos.

—Te dije que no me vieras, lerdo.

—¿Hay algo de malo en verte a los ojos? Llevamos haciéndolo por años, esto es lo mismo, ¿o quieres que te vuelva a mostrar el rehilete?

Jenn se sentó en su silla frente a Dorael, llegándole el agua hasta el pecho.

—Gracias por entender, Dorael.

—No te preocupes, Jenn. No sabía que eras tan tímida. Si alguien me lo hubiera dicho antes habría reaccionado de otra forma desde el principio. —Me señaló Dorael con la mirada.

—Pudiste haberte dado cuenta por ti mismo desde la primera vez que quisiste verla. Si no fuera tímida, no se habría cambiado tras los caballos donde no se le podía ver.

—No entendí en ese momento. Creí que, como cualquier mujer, no quería ser vista.

—Vaya que tienes mucha experiencia en eso —comentó Jenn sonriendo.

—Pues, ¿qué te digo? He recibido varias cachetadas por entrometerme en los momentos más inoportunos.

—No me arrepiento de haberte dado la mía.

—Yo tampoco me arrepiento de haberla recibido, muñeca.

—No te alteres, hombrecito, que puedo cortarte el miembro con mi Kronium.

—Tranquila, solo… lo decía… porque eres muy linda —balbuceó Dorael ruborizado.

—Bueno. Ya terminé de bañarme, ¿a quién le ayudo con su parte? —interrumpí haciendo que Jenn se distrajera y volteara a verme.

—Ayúdame a tallarme la espalda mientras yo me enjabono el cabello.

Jenn se sumergió en el centro por completo para poder enjabonarse el cabello. Se volvió a sentar en su silla, en lo que yo me salía del agua y me dirigía a su espalda. Dorael, al ver esto, no se quedó detrás, por lo que se fue al centro y cogió uno de los pies de Jenn y comenzó a masajear.

—Hemos caminado por días, un buen masaje en los pies te vendría bien.

—Gracias, Dorael. Vaya, se siente muy… muy bien.

—Todo para mi muñeca —habló entre dientes, para que ella apenas lo escuchara.

Terminé de tallarle la espalda y ella de enjabonar su cabello, por lo que retiró su pie de las manos de Dorael y se sumergió en el centro para quitarse la espuma.

—Antes de que salga, te recomiendo que te bañes primero antes de intentar algo —le dije a Dorael con una sonrisa.

—Gracias por la sugerencia, amigo. —guiñó el ojo.

Dorael se sumergió por igual y comenzó a enjabonarse el cuerpo lo mejor posible en su asiento. Jenn salió del agua, dándole cara a Dorael con sus senos pequeños a la altura de su rostro. Con intención, la empujé con suavidad para que perdiera el equilibrio y cayera encima de Dorael, quien levantó las manos para sujetarla, cayendo en sus senos, haciendo que Dorael se ruborizara por completo.

—¿Qué pasó? —hablo Jenn nerviosa, volteando hacia mí sin darse cuenta en donde Dorael la seguía agarrando.

—Perdona, me moví y te empujé con la cadera, mala mía.

—No te preocupes, solo avisa. —Volteó Jenn al frente y vio a Dorael, quien estaba rojo viéndole los pechos. Jenn se quedó en silencio, pasmada y sin saber qué hacer por varios segundos.

—Creo que te sostuve la caída, muñeca. —Dorael volteó a verla a los ojos.

—Gra… Gracias, Dorael. —Jenn se reincorporó haciendo que las manos de Dorael se resbalarán de sus se-

nos hasta su abdomen, haciendo que el miembro de Dorael se pusiera duro como la piedra de la pared sin que
Jenn se diera cuenta.

—¿Sabes, Jenn? Nos has ayudado con mucho y has
tenido un viaje muy cansado como nosotros. Déjame ayudarte a bañar. Considera esto un favor pagado. —Volteé a
ver a Dorael y le guiñé el ojo.

—Gracias, Andariel. Acepto que me ayudes.

Cogí jabón untándolo en mis manos y pegué mi pecho contra su espalda. Mi miembro estaba parándose y
restregándose en el trasero de Jenn.

—Andariel, creo que siento algo ahí abajo.

—No te preocupes, no muerde, solo pica. Levanta
los brazos para ayudarte con las axilas.

Jenn los levantó y enjaboné con las manos firmes sus
costados hasta la cintura, masajeando varias veces y haciendo que las flores de Jenn se levantaran.

—Creo que es suficiente jabón ahí... —dijo Jenn con
la respiración entrecortada.

—Venimos de un camino largo. Hay que eliminar
cualquier olor —contesté cuando Jenn soltó una sonrisa de
aprobación—. Dorael, ayúdame con las piernas de Jenn.

Dorael, que ya se había terminado de quitar todo el
jabón, se reincorporó y levantó una pierna de Jenn fuera
del agua y comenzó a masajear las piernas y la entrepier-
na con jabón. La temperatura de Jenn comenzó a subir
mientras seguíamos tocándola. Dejé de masajearle los
costados y cogí una cubeta para llenarla de agua y quitarle el exceso del cuerpo. Dorael, al mismo tiempo, bajó
la pierna y subió la otra para repetir lo que había hecho.

—No te preocupes, Jenn. Deja todo en nuestras manos. Vamos a dejarte limpia —habló Dorael.

—Eso... eso espero de ustedes...

—Como diga nuestra reina.

Con espuma en mis manos de nuevo, comencé masajeando el estómago, haciendo círculos y subiendo poco a poco. Una vez arriba, evadí los senos y enjaboné hasta los hombros.

—Esa zona… puedo hacerla yo si quieres —jadeó Jenn.

—Tú, tranquila y yo, nervioso —contesté.

Cogí más jabón y me dirigí a sus senos, a lo que primero toqué fueron las flores, haciendo círculos sobre ellos y, después, pellizcarlos con el jabón, haciendo que se me resbalaran de los dedos. Jenn jadeaba más y más con sus flores levantadas y listas para experimentar un éxtasis. Tapé con ambas manos sus senos y masajeé, apretando y haciendo círculos.

Dorael terminó con la otra pierna y se acercó a Jenn. Ambos se estaban viendo a los ojos.

—No olvidemos limpiar también aquí, Jenn —dijo Dorael, colocando sus manos en su estigma y masajeando.

La cintura de Jenn se alzó y jadeó, sonriendo de placer hacia el frente, en donde chocó su clítoris contra el miembro de Dorael. Él, al sentirlo con su mano libre, la agarró de la barbilla y levantó su mentón para que se vieran cara a cara.

—Oh, muñeca, tranquila, primero hay que dejarte limpia. Los labios de Dorael se acercaron a los de Jenn y la besó mientras que, con la otra mano, seguía acariciándole el estigma levantado.

Jenn comenzó a gemir mientras su pelvis se movía hacia el frente y hacia atrás para sentir más los dedos de Dorael. Terminé de bañarle el pecho, cogí una cubeta y separé a Dorael.

—¡Oye, estoy trabajando por aquí!

—¡Y yo también! Apártate para poderle quitar el jabón, sino le va a salir una erupción en la piel.

Dorael se separó de Jenn, pero esta, para acabar rápido con la espuma en su torso, se sumergió y lo eliminó resurgiendo y agarrando ambos miembros con las manos, acariciándolos de un lado al otro.

—Vaya, creo que estoy lista para que me terminen de consentir. —Sonrió Jenn.

—Claro que sí, muñeca.

Dorael la levantó de la cadera hasta tener sus piernas en sus brazos por detrás. Yo le levanté del corazón para colocarme al mismo tiempo que Dorael y que ambos entráramos al mismo tiempo con gentileza.

—Háganlo lento…, me gusta disfrutarlo.

Jenn, al sentir como entrábamos, gimió de placer. Mientras Dorael salía, yo entraba. El cuerpo de Jenn se soltó, colgándose con un brazo de mi hombro para recargarse.

—Un poco más rápido —dijo Jenn entre gemidos.

Subimos la velocidad y gimió más fuerte cuando Dorael se acercó a su boca y la besó. Los labios y las lenguas chocaron mientras que Dorael subía la velocidad hasta el punto de que Jenn no pudo moverse y solo pudo abrir la boca para seguir gimiendo. Los movimientos de los tres se hicieron violentos, excitados y listos para el final.

—Sigan así, dénmelo más rápido… más rápido… Siento que me voy a venir…

—Eso es, muñeca, córrete en nosotros…

—No paren, no paren… eso… así… así… ¡¡Así!!

Jenn comenzó a temblar por el orgasmo, haciendo que Dorael se saliera y me enterrara más en ella, lo que la hizo gritar un poco.

—Está muy adentro —gimió Jenn.

—Lo sacaré un poco si te incómoda —respondí.

—No, déjalo así, métalo hasta el fondo, se siente muy bien. Dorael, no hemos terminado, vuélvelo a poner.

Dorael volvió a entrar y esta vez no fue lento, siguió con la misma velocidad que tenía antes, en conjunto a la mía.

—Me voy a venir… —jadeó Dorael.

—No eres el único —respondí.

—No paren, yo igual lo siento de nuevo. Quiero sentir su calor junto al mío —gimió Jenn con una sonrisa enorme en su rostro por el placer.

Los tres nos movimos rápido, el interior de Jenn se sentía fantástico, suave y cálido. Avanzamos más y más rápido, provocando que Jenn comenzará a gemir cada vez más fuerte.

—¡Ya casi llego, ya casi, ya casi! ¡¡¡Ya casi!!!

Dorael y yo gritamos por el esfuerzo y terminamos, con ella al mismo tiempo.

Ambos nos salimos y la colocamos en un asiento para que se relajara. Los tres estábamos jadeando de la velocidad y relajados por lo que habíamos concluido.

—Vaya, muchachos, sí que son buenos consintiendo a una mujer. Les debo una a cada uno.

—Cuando quieras pagar estoy dispuesto a recibir tal costo —contestó Dorael, sonriéndole y dándole un beso en la mejilla.

—No te alces demasiado, Dorael; de lo contrario sufrirás las consecuencias. Te dejaré hecho un estropajo.

—Vaya apetito que tienes. Podrás haber sido tímida, pero eres lo contrario ahora.

—¿Qué les puedo decir? Ya tenemos la confianza entre los tres, sin esto no habría ocurrido. Gracias por la idea, Andariel, y gracias por el esfuerzo, Dorael, ambos hicieron un grandioso trabajo.

—¿Qué puedo decir...? Te vi estresada y con la necesidad de relajarte —respondí.

—Qué amable de tu parte. —Sonrió Jenn.

—Muy bien, hora de salir.

Ambos nos salimos y Jenn pujó un poco. Sé levantó de su asiento y se remojó un poco, luego salió. Nos secamos con las toallas que nos habían dejado en una mesa. Los tres nos quitamos el exceso de agua y nos volvimos a vestir con las ropas que traíamos. Abrí la puerta del cuarto de baño, encontrándome con el joven pegado con la oreja a la puerta y la mano en los pantalones. Al levantar el rostro y observarme a los ojos, se ruborizó y comenzó a tartamudear, sacándose la mano del pantalón.

—Es… es… espero les haya gus… gustado la ducha, déjenme las to… to… toallas. Yo me encargaré de ellas.

—Tra… tra… tranquilo, solo no te arranques el pescuezo —habló Dorael en voz alta, a lo que Jenn soltó una risa nerviosa.

El muchacho se sonrojó todavía más, a lo que respondí poniendo una mano en su hombro.

—No le hagas caso a mi compañero, solo quiere burlarse de ti, algún día tendrás una muchacha. Toma las toallas.

Dorael y Jenn le entregaron su toalla al joven.

—Nada más te digo lo siguiente, niño, van a tener que drenar la bañera; de lo contrario, los siguientes se van a llevar una sorpresa. —Le guiñó el ojo Dorael.

—Siempre vaciamos la bañera tras cualquier baño, señor —respondió el joven.

—Vaya, que buen trabajo. Estaremos esperando nuestra cena en la habitación.

—En un momento se las suben.

—Gracias, niño.

Los tres dejamos atrás al muchacho y nos subimos a la habitación, en donde nos volvimos a quitar la ropa para ponerla en las sillas en vez de los abrigos para que se les quitara el olor. No pasó ni un minuto cuando la puerta fue tocada de nuevo.

—La cena ha llegado, justo como nos lo pidieron —habló una voz tras la puerta.

—Vaya, qué rápido y nosotros en puro cuero —dijo Dorael.

—Yo abro, no se preocupen.

Me dirigí a la puerta y, antes de abrirla, escuché algo

del otro lado. No sonaba a comida o platos, sino a armas siendo desenfundadas.

—Un momento, por favor. Déjenme me visto —avisé.

—La cena se va a enfriar, mejor recíbala en este momento.

Volteé a ver a Dorael y con las manos le hice unas señas de peligro tras la puerta, este reaccionó y me aventó mi espada por los aires, que cogí con una mano y desenfundé.

—Jenn ocúltate bajo la cama, esto puede ponerse feo —dijo Dorael en un susurro.

—Muy bien, ya me vestí. Ahorita te abro —dije a la voz de la puerta.

Abrí el portón de golpe y di una maroma para salirme del marco de la puerta. Un hacha entró volando por la habitación, clavándose en la pared a unos centímetros del rostro de Dorael.

—¡Maldita sea, hijos de puta! —gritó Dorael.

El muchacho, que estaba al frente de cuatro hombres dispuestos a pelear, fue empujado a un lado y ellos entraron corriendo para enfrentársenos.

—Alguien dentro del establecimiento está cacareando —dijo Dorael tras sacar su espada de la funda y aventando el cinturón a la cara de uno de los asesinos para distraerlo. Entró por el otro, metiéndole una patada para hacerlo retroceder un poco mientras le clavaba la espada al distraído en el pecho.

—Nos haremos cargo de eso una vez salgamos de esto —respondí.

Todos ellos traían machetes en ambas manos, excepto del que yacía muerto. Me reincorporé y encendí mi Kronium. Uno de mis adversarios me lanzó un hacha, que fue a parar al costado del asesino que Dorael había pateado antes. Sin perder tiempo, hice un movimiento horizontal, haciendo que una onda expansiva empujara a los otros dos contra la pared y los cortara a la mitad. El muchacho seguía en el suelo, petrificado por lo que había visto. Al ver que Dorael se le acercaba, intentó reincorporarse y correr; no obstante, Dorael fue más rápido y lo cogió del cuello de su ropa y lo arrastró hasta dentro de la habitación, cerrando la puerta.

—Vaya, Andariel, si no hubiera empujado a ese imbécil, tendrías una rajadota en el estómago. Le debes una a aquel que tomó el golpe por ti.

—Déjame pagarle el favor.

Aquel asesino seguía vivo y con una herida profunda intentando arrastrarse a la salida.

—Gracias por ayudarme, amigo. Aquí está tu pago por haberlo hecho. Saqué el machete de su carne, haciendo que sangre saliera y gritara, y le metí una en la cabeza con tanta fuerza que el filo entró hasta la madera, dejándolo inerte en el suelo.

Jenn salió de su escondite y vio a Dorael, quien tiró al joven al suelo, aventándolo y recogiendo su cinturón para sacar el cuchillo y llevarlo hasta él. Una vez junto al muchacho, agarró su mano y puso el cuchillo encima de un dedo.

—Mira, niño, más te vale guardar silencio y no gritar; de lo contrario, perderás algo más que la mano, ¿me oíste?

El joven afirmó con la cabeza.

—Muy bien. Te noto nervioso, por lo que te voy a interrogar. Si veo que me mientes en alguna cosa, te voy a cortar dedo a dedo hasta llegar al de en medio. —Señaló a su pantalón—. En cambio, si me dices lo que quiero saber, te dejaré ir en paz, ¿correcto?

—Fue mi patrón, desde que llegaron supo identificarlos por su acento. No son de aquí y hay una recompensa por ustedes que llegó hace días por haber matado al hijo de un lord de Toxoc.

—¿Cuánto cobran por nosotros?

—Trescientos latones por los tres, vivos o muertos.

—Quédate aquí y no te muevas mientras mis amigos se visten.

Jenn y yo cogimos nuestras ropas y nos vestimos.

—Andariel, cuida la puerta mientras me visto. Jenn, toma. —Dorael le entregó su cuchillo en las manos—. Si ves que hace el movimiento más mínimo, entiérraselo en el cuello.

—Está bien.

—No tengas miedo, más vale quitarle la vida rápido a que seamos nosotros.

Dorael cogió sus prendas y se vistió rápido. Una vez listo, recogió el cuchillo de las manos de Jenn y se lo guardó en su cinturón.

—Muy bien, mocoso. No caigas de mi gracia y presta mucha atención a lo que te voy a decir.

El muchacho afirmó con la cabeza. Pasaron los minutos y el joven regresó con el posadero que se encontraba en la mesa del comedor, con los pies encima de la mesa, contando la bolsa de latones.

—¿Qué me ves? ¿Ya terminaron de matarlos?

—Sí, señor —respondió el muchacho.

—Muy bien, qué bueno que nos topamos con esas sabandijas. No pudieron contra cuatro toxianos. Hiciste bien tu trabajo al llevarles la cena justo a sus narices.

—Señor, tengo algo que decirle.

—¿Qué cosa, que mi plan fue magnifico? Claro que sí, muchacho, ahora el lord de Stratf va a venir a mi posada, me dará dinero para agrandarla y hacerme el favor de poner un puterío para hacer crecer mi negocio.

Entramos al comedor y nos posicionamos tras el posadero sin que se diera cuenta mientras celebraba.

—Mi señor…

—¿Ahora qué quieres, imbécil? Si es un pago por lo que hiciste, toma. —El posadero cogió un latón de cobre y se lo arrojó al suelo—. Por tus servicios.

—¿Y qué hay de los nuestros? —susurré en el oído del posadero, quien aventó el costal de latones al techo y casi cae al suelo.

Antes de que cayera, Dorael lo sentó y le colocó el cuchillo en el cuello.

—Vaya, vaya. Tenemos a un puerquito codicioso. Dime, puerquito, ¿a cuántos más estamos esperando? —Dorael se colocó frente a él.

—Esperen, si quieren el dinero se los pue… Dorael le puso un dedo en la boca para callarlo.

—Miren nada más, el puerquito está gruñendo y no entiende la pregunta. —Dorael alejó el cuchillo del cuello del posadero y le cortó un dedo, haciendo que comenzara a gritar. Jenn lo calló, colocándole un trapo en la boca y otro en el meñique cortado—. Ahora, hazme caso, puerquito. —Dorael le metió una bofetada al rostro, haciendo que el posadero dejara de llorar y se tranquilizara—. ¿A cuántos más estamos esperando? Gritas o dices otra estupidez y te cortaré otro de tus dedos de salchicha. —Le quitó el trapo de la boca.

—¡A nadie más! —sollozó el posadero.

—¿Cuánto les ofreciste por nosotros?

—La mitad después de acabar con ustedes.

—Bien hecho, ahora dime, lindo puerquito. —Dorael le acarició los cachetes llenos de sudor—. ¿Dónde está la mitad del pago?

—En el suelo está todo.

—Chico, recoge todo el dinero, es tuyo. Después cierra la puerta y no dejes entrar a nadie más. Andariel, acompáñalo para que no se le ocurra nada estúpido. Jenn, ayúdale al muchacho para que no se tarde. Yo cuidaré al puerquito para que no gruña o se intente comer uno de sus dedos de salchicha.

Todos hicimos lo pedido, el dinero fue recogido, la puerta fue cerrada con llave y la luz de la entrada fue apagada mientras Dorael seguía entrevistando al posadero.

—¿Cómo se llama el que los rige? —preguntó con el cuchillo en el siguiente dedo.

—Se llama Torbul —contestó el posadero, confirmando el nombre que ya sabíamos.

—Mira, posadero, lo único que deseábamos era una buena y tranquila noche antes de lo que tendríamos que hacer mañana. Tú serás nuestro pase al amanecer.

—Sí, podemos meterlo con nosotros a la habitación y hacer turnos de guardias —comentó Jenn.

—Se me hace una buena idea. ¿Qué hay de él? —Señalé al muchacho.

—Pasará la noche con nosotros.

—Miren, señores, no quiero más problemas. Es solo que necesitaba el dinero y fue un momento de debilidad para mí —habló el posadero.

—Tú, cállate, estás en serios problemas como nosotros lo estuvimos.

—Dorael, ya es medianoche. Lo mejor es que descansemos —interrumpí.

—Buena idea, Andariel. ¡Anda, muévete, gordinflón! —Dorael paró al posadero y se lo llevó caminando por las escaleras mientras yo cogía al chico con otra llave para otro cuarto con dos camas.

Subimos las escaleras al cuarto contiguo al que estábamos. Jenn recogió nuestras mochilas y las metió a la nueva habitación. Dentro, Dorael sentó al gordo y al joven en unas sillas y se les quedó viendo.

—Saquen las cuerdas para amarrarlos y amordazarlos para que no hagan nada estúpido.

Jenn abrió su mochila y desamarró la madera que le quedaba. Decidimos quién haría la primera guardia tras haberlos amarrado.

—Yo tomaré la primera guardia, estaré por dos horas despierto. Después le toca a uno de ustedes dos —hablé.

—Yo tomaré la segunda —respondió Jenn.

—Entonces a mí me toca la tercera y última. Partiremos de aquí al alba.

La noche fue pasando y las rondas fueron sucediendo una tras otra hasta que llegó el amanecer por la ventana. Dorael nos despertó, sacudiéndonos, ya que nos encontrábamos en la misma cama.

—Ya es hora. Despierten.

Ambos nos levantamos de la cama con la ropa y los abrigos puestos, listos para salir de ahí.

—¿Qué hacemos con ellos? —preguntó Jenn.

—Lo mejor será dejarlos ahí, en algún momento alguien entrará y los encontrarán. Espero que eso nos dé el tiempo suficiente para hacer todo lo que vinimos a hacer antes de levantar sospecha alguna —respondí

—Buena idea, Andariel. Yo pensaba en deshacerme de ellos, pero el muchacho no tiene la culpa y el puerquito solo es avaro. —Dorael encaró al posadero—. A lo que me viene a la mente: el dinero es del muchacho, si me llego a enterar que se lo quitaste o hiciste algo con él, vendré de regreso a cortarte tu dedito de porcino. ¿Me oíste? —mencionó Dorael señalándole el pantalón.

El posadero afirmó apresurado con la cabeza.

Volvimos a encender la luz de la entrada de la posada y salimos por la puerta. Para sorpresa nuestra, ya había personas caminando por la calle, y estas no nos prestaban atención.

—Muy bien, ¿ahora qué toca, Andariel? —preguntó Dorael.

—Dirigirnos al castillo y esperar lo peor. Como saben, Torbul es un eunuco del Kronium, tiene una fortaleza y resistencia superiores a la mía, por lo que hay que tener cuidado con él. Un paso en falso y moriremos los tres de un solo momento.

—Pero es un eunuco del Kronium. Tiene sus desventajas, ¿no?, como debilidad en el cuerpo o imposibilidad para moverse —comentó Jenn.

—Exacto, por lo que sabemos tiene un cuerpo débil, pero que esto no sea un engaño. Si pudo llegar hasta ese puesto sin ser asesinado, significa que tiene mucha fuerza, aunque no lo parezca.

—Estamos cerca de nuestro destino final, Andariel. Espero que estés preparado para lo que suceda dentro del castillo.

—He estado entrenando toda mi vida para esto, no nos derrotará tan fácil.

—¿Alguien sabe cuántos Kroniums puede utilizar este sujeto? —preguntó Dorael.

—Nadie sabe, pero por lo que se ha investigado sobre los eunucos del Kronium, es que pueden ser maestros en un solo elemento o bien abarcan la mayoría. —Jenn hizo la observación.

—¿Hasta el de Andariel?

—Sí, hasta el elemento del vacío.

—Bueno, será un buen entrenamiento para enfrentarme a ti una vez que regresemos a Karzos, Andariel.

—Será un buen entrenamiento para enfrentarme a mi hermano de manera amistosa cuando regresemos.

Caminamos por las calles de la capital, que se hacía llamar como el reino por el número de calles y establecimientos que tenía que, a comparación de Karzos, estos eran máximo de un piso de altura y los hogares solo contaban con la planta baja y eran muy pequeños para el número de personas que salían de ahí.

Por lo que pudimos ver, la mayoría de los mercaderes que había vendían pescado, truchas y cañas para pescar, también madera y velas. La media se dedicaba a vender armas y cobijas, y la minoría vendía ropa y abrigos para las bajas temperaturas.

Los niños y jóvenes eran entrenados en academias para la ascensión y los torneos. Se podía ver a los infantes aprendiendo a usar armas sin filo contra muñecos de piedra, otros entrenando con un compañero, atacando y defendiendo, haciendo movimientos rápidos para acabar con su oponente y obtener la victoria.

Los jóvenes entrenaban con armas de verdad, y si uno salía herido con el filo del arma de su oponente, podía rendirse e ir a atenderse o seguir la pelea hasta que uno de los dos se rindiera. Todo esto se hacía con una razón: los mejores serían llevados a la ascensión a formar parte de los cazadores y ejercito toxiano; mientras que los débiles trabajarían en las tiendas de la capital o se formarían en pescadores.

El ambiente en Toxoc era brutal, la ley parecía ser la del más fuerte, ya que los supervivientes de la ascensión y los torneos podían conseguir más de una esposa para esparcir su semilla y crear hijos tan fuertes como el ganador. Mientras que los débiles tenían derecho a solo una si sobresalían en sus actividades, o ninguna si el caso era el contrario.

—Vaya, nunca pensé que Toxoc fuera así de agresiva —comentó Jenn en voz baja para que las personas a nuestro alrededor no escucharan.

—Es un reino contrapolarizado al nuestro. Nosotros tenemos estabilidad, ellos la crean con sus costumbres —respondí.

—Podríamos aprender de ellos, invitar a los infantes a formar parte de la Guardia Real y entrenarlos desde pequeños para que, una vez grandes, sean los mejores en todo sentido.

—¿Y entrenar con los mayores? Eso sería injusto para un niño —respondió Jenn.

—Estoy con ella. Entrenarlos con gente experimentada y más grande que ellos haría casi imposible que pudiesen sacar una ventaja —continué.

—No, no. Se harían grupos de infantes con infantes y estos tendrían dos superiores que los entrenarían. Los adultos jamás pelearían con los niños, estos solo les demostrarían lo que harían.

—¿Y si no solo hay niños sino niñas que quieran entrar de igual forma a practicar? —preguntó Jenn para ver la respuesta de Dorael.

—Pues, se unirían al grupo de los infantes y primero pelearían entre ellas, después no habría distinción para tener a todos por igual y entrenarlos sin división.

—Pero una mujer no tiene la misma fuerza que un hombre.

—Exacto, por eso entrenarían primero entre ellas para quitarse el miedo y, una vez adecuadas, se enfrentarían a los hombres, que por enfrentarse a mujeres bajarán la guardia, dándoles una ventaja al principio y esto les enseñaría a los hombres a pelear contra cualquier oponente frente a ellos, ya que una mujer, si está bien entrenada, puede matar a más de un hombre. Si no me crees, mírate a ti, no has entrenado nada y has matado a dos personas.

—Solo una, la otra fue mi caballo, y preferiría mantener el número lo más bajo posible.

—Tienes miedo a matar y es entendible, pero debes entender que en una situación de vida o muerte debes pelear hasta el final; de lo contrario, morirás y no conozco a ninguna persona que no desee preservar la vida —comenté.

—Andariel tiene razón. El día que tengas un enfrentamiento no te vas a quedar parada esperando tu muerte, vas a intentar sobrevivir, aun si eso significa tener que dejar morir a otro —respondió Dorael.

—Es un mundo muy cruel, desearía que las cosas cambiaran —dijo Jenn en un tono triste.

—Siempre habrá muerte en algún lugar, incluso si todos los reinos se unen, siempre habrá un asesino a sueldo, una persona que muere de hambre y debe matar a su compañero para sobrevivir, un asesino que se divierte manchando el mundo de sangre, una guerra por algo injusto, o bien por venganza. Lo has visto en Karzos con los grupos delictivos que no hemos logrado detener, varios de ellos son agrupaciones de asesinos a sueldo y a eso se dedican. Otros, roban y esto provoca que los robados quieran vengarse.

—No entiendo por qué la gente no puede mantenerse tranquila y satis...

—¿Satisfecha? —interrumpí—. La verdadera razón de eso es porque nadie lo estará hasta obtener todo lo que el otro tiene. El deseo de poseer no solo objetos materiales, sino gente, poder e intentar mover al mundo en la dirección que ellos quieren. Por eso son las guerras entre reinos, por acaparar lo que tiene el otro, utilizarlo en beneficio de ellos y cada vez estar más cerca de dominar un todo.

—Aunque sea, se podría compartir.

—Cuando compartes, no siempre hay igualdad. Siempre habrá una persona que haga más con el objeto o por el objeto que otra, y esto crea una desigualdad en el compartir, ya que si es mío pero te lo presto tienes derecho a usarlo, pero como tú no lo conseguiste con sudor y esfuerzo, no lo vas a cuidar de la misma forma en que el verdadero dueño lo cuida. Por lo tanto, compartir, en pocas palabras, es desigual en muchos casos. No hablo de todos.

—Yo cuidaría de sus cosas.

—Exacto. Tú sí tienes un sentido de compartir igualitario, por eso no generalizo, porque sé qué harías bien con lo que te preste.

—Chicos, dejemos la plática para otro momento. Hemos llegado —interrumpió Dorael, señalando la plaza central.

Pudimos ver frente a nosotros sangre seca en todo el suelo, que era limpiada por personas, de quienes pudimos concluir eran sirvientes del castillo.

A lo lejos, se podía ver una carreta tapada y, por debajo de la manta, un brazo ensangrentado asomándose. Torbul se había divertido con la gente de la capital tal y como Víctor nos había advertido. Un ser tan repugnante a cargo de un reino. Frente a nosotros, se divisaba la montaña y el castillo al pie de ella con un aura sombría y helada. Nos acercamos hasta la puerta enorme de metal, que no se encontraba resguardada por guardias.

—Muy bien, toquemos la puerta y esperemos por alguna respuesta. No hay marcha atrás —dije, acercando mi mano para tocarla.

—Cualquier cosa que suceda, recuerden que estamos juntos en esto —respondió Jenn.

Toqué la puerta varias veces con fuerza. Nadie respondió.

—No ha de estar nadie dentro —respondió, Dorael.

—Siempre hay alguien dentro de un castillo, ya sea el rey o algún sirviente. Volveré a tocar.

Toqué la puerta de nuevo con más fuerza. Pasaron los segundos y, detrás de la puerta, se escuchó que alguien movía un mecanismo para abrirla. Los engranes se movieron y la puerta fue abierta por una persona abrigada con piel de oso, que se mantuvo frente a nosotros en silencio por unos instantes.

—¿Qué desean? —habló una voz conocida que no ubicaron en el momento.

—Venimos a ver a la heredera al trono, le tenemos un regalo y noticias sobre Karzos.

—Pasen, por favor.

La persona movió el brazo hacia dentro para darnos paso al castillo. Entramos primero y él, al final.

—Esperen un momento, permítanme cerrar la puerta para que el castillo no se enfríe.

La persona caminó hacia un extremo de la puerta, donde había una palanca y la empujó, lo que hizo que la puerta se volviera a cerrar.

—Acompáñenme, por favor.

Seguimos a la persona, que nos llevó hasta el salón del trono que se encontraba vacío, lo que provocó que nos relajáramos un poco. Si todo salía bien, hablaríamos con la heredera, no tendríamos que enfrentarnos a nadie. Volteé a ver al trono y, en ese momento, me percaté de algo: la estructura, el lugar del trono, las escaleras que subían y que estaban detrás del trono, las columnas de piedra y hielo con antorchas en ellas para la iluminación. Todo era igual a lo que había soñado.

—¿De casualidad sabes dónde se encuentra el rey en estos momentos? —pregunté.

—Se encuentra en el castillo, descansando por el momento, ¿quieren que le hable?

—Con la heredera estamos bien, no queremos molestar a su majestad.

—Un momento, por favor.

El hombre subió las escaleras en dirección a la parte de atrás del trono, parándose en seco junto al asiento.

—Acabo de acordarme: la heredera Gillian no se encuentra disponible por el momento. Si me dejan su mensaje podré decirle que vinieron a buscarla.

—No hay tiempo, le traemos información de Karzos.

—Ya hemos recibido información sobre lo que sucedió en Karzos…, forasteros.

El hombre se quitó el abrigo de oso, mostrando su cabellera rubia y lo aventó a la silla, mostrando su cuerpo esbelto, alto, casi desnutrido y, en su cintura, una espada y dos machetes, lo que hizo que cogiera mi espada sin desenvainarla todavía.

—Es él. Estén listos para todo.

—¿Estás seguro, Andariel? —preguntó Dorael.

—¿Quién más pondría el abrigo más difícil de conseguir sobre un trono que no es suyo?

—Los he estado esperando por mucho tiempo, y más a ti…, Andariel de Karzos. Hoy me bañaré en la sangre de tus compañeros y te haré observar mientras los devoró. Una vez termine con ellos, te haré lo mismo a ti —dijo la persona.

—¡Eso es lo que quiero ver! Somos tres contra uno, no tienes opción, eres un eunuco, un deforme gracias a las prácticas de tus antepasados. ¡Si te llego a tocar, estás muerto! —gritó Dorael.

—Permítanme presentarme: soy Torbul de Toxoc, monarca de este reino. Podré ser un eunuco, pero no llegué hasta aquí por títulos o herencia. Me lo gané con sangre y sudor.

—¡Tienes razón, tú eres el muchacho huérfano que mató a todo el grupo en la ascensión, excepto a cinco! —Lo señaló Jenn.

—Es un halago, alguien sabe mi historia. Permíteme hacerte una demostración de cómo maté a más de cien toxianos entrenados.

—¡Jenn, retírate, esto déjanoslo a nosotros! —grité desenvainando mi espada con Dorael.

Torbul comenzó a observar todo, cerró los ojos y, por fin, hizo su primer movimiento. Desenfundó una de las hachas y combinó Agua y Aire, haciendo un movimiento, creando una lanza de hielo y cogiéndola con la otra mano. Cargó y apunto a Jenn… Tras unos segundos de analizar la distancia, la lanzó por los aires con una velocidad estrepitosa, logró alcanzarla en el brazo y hacerle una cortada, tirándola al suelo por la velocidad del proyectil.

—Hace tiempo no practico; la siguiente será en el pecho —habló Torbul.

—¡Jenn! —Volteó Dorael a ver cómo se encontraba.

—¡No apartes la vista de la pelea, muchacho! —gritó Torbul corriendo hacia Dorael.

—Dorael, Jenn estará bien. ¡Hay que enfocarnos en Torbul, de lo contrario, perderemos!

Torbul sacó su espada y utilizó Kronium de Aire en ella para atacarnos. Se fue contra Dorael, quien intentó atacar, pero por el Kronium y lo liviano que era, la espada se movía tres veces más rápido de lo normal, provocando que Torbul pudiera defenderse de cualquier movimiento con una gracia y tranquilidad perfecta.

—Mueves bien la espada para atacar, pero dime, ¿qué tan bueno eres para defenderte? —Sonrió Torbul.

Los ataques de Dorael se volvieron defensivos mientras Torbul movía la espada e iba haciendo pequeñas incisiones en las piernas, torso y rostro de Dorael, que apenas podía defenderse de los letales ataques de su oponente.

No podía dejar a mi amigo resistir eso solo, por lo que me posicioné a un lado de Torbul, donde encontré una entrada y cargué a atacarlo. Torbul, al verme entrar, cambió la espada de su mano y cogió uno de sus machetes, reflejando mi ataque con facilidad.

—¿Esto es todo lo que tienen los karzos? Qué decepcionante.

—Cállate, maldito engendro —gritó Dorael enojado.

—Eso es, muchacho, enójate, cunde a la ira y perece.

—Dorael, tranquilízate y recuerda nuestros entrenamientos. Intentemos hacer una táctica.

Dorael volteó a verme y asintió con la cabeza. Encendí mi Kronium, buscando distraer así a Torbul y que Dorael pudiera lanzarle su cuchillo. Moví la espada en dirección al machete de Torbul para cortárselo y que este no pudiera hacer nada, más que defenderse de mí. Dorael, al ver la entrada, sacó su daga y se la aventó al pecho, pero al tocar el machete con mi espada, este no se rompió. El cuchillo fue reflejado por un muro de Tierra que Torbul formó, clavando su espada en el suelo, que formó pegado a su cuerpo y muy delgado, por lo que el filo del cuchillo arrojado traspasó la pared y le hizo una pequeña herida.

—¡Maldito karzo, verás lo que sucede por lastimar a un dios!

Torbul retrocedió deprisa unos metros con ayuda del Kronium de Aire y guardó su espada. Volvió a combinar

Agua y Aire con su machete, creando otra lanza, pero esta vez tiró el machete al suelo y con la lanza creada hizo otra, cogiéndola con la otra mano y lanzando la primera en la dirección de Dorael, quien dio un salto de tigre para evadirla.

—Bien hecho, pero veamos que pueden hacer ambos contra una lluvia de lanzas.

Creó otra lanza y arrojó la primera a mi dirección, que también evadí. Torbul siguió haciendo este mecanismo, creaba otra lanza y la anterior la lanzaba, haciendo que una mano quedara libre para crear otra y lanzar la anterior una y otra vez, limitando nuestra reacción a evadir rodando y saltando de un lugar a otro.

Dos lanzas me hicieron incisiones en la pierna y el rostro mientras que a Dorael, se le clavaba una en la clavícula, causándole mucho dolor y haciendo que, por la fuerza del lanzamiento, cayera al suelo.

Torbul, al ver su puntería, sonrió y creó otra lanza en dirección a Dorael para matarlo ahí en el suelo.

—Uno menos. —Sonrió Torbul.

No me hice esperar y volví a encender mi Kronium de Vacío, formando una onda transversal en dirección a Torbul, que esperó al último momento para reflejarla con una de sus lanzas que, al tocar mi Kronium, se deshizo en agua. Seguí lanzado onda tras onda para distraerlo de su intento por matar a Dorael. Por cada onda que le lanzaba, Torbul hacía una nueva lanza para defenderse.

—¡Dorael, levántate y escóndete tras un pilar, de esa forma no podrá darnos!

Dorael se arrancó la lanza de su hombro y se arrastró detrás de un pilar e hice lo mismo una vez Dorael se escondió.

—¡Esto no va bien, Andariel! —gritó Dorael desde el otro lado de la habitación.

—Con que vamos a jugar a las escondidas. Si ustedes dos pueden, yo también —interrumpió Torbul, cogiendo su espada y combinando Fuego y Agua, creando un vapor muy espeso que cubría todo.

—Podemos contra él, sus lanzas se hacen Agua en contacto con el Vacío, juntémonos —grité saliendo de mi escondite y yendo con Dorael, no sin antes voltear a donde estaba Jenn, quien había desaparecido.

Corrí de un extremo al otro de la habitación, haciendo resonar mis pisadas por todo el lugar como un eco. Una vez ahí, cogí a Dorael del hombro y lo levanté.

—¿Te encuentras bien?

—Sí, solo es una herida superficial —contestó Dorael, cogiéndose del hombro para tapar la herida.

—¿Escuchas eso?

—No oigo nada…

—Exacto. ¿Dónde estará Torbul?

—Aquí estoy —dijo una voz tras de nosotros, moviendo su espada en diagonal para cortarnos.

Cogí del cuello a Dorael y lo jalé por el suelo conmigo. La espada de Torbul se incrustó en el pilar, dándonos el tiempo necesario para reincorporarnos y salir de ahí. Nuestros pasos resonaban por todo el lugar mientras que los de Torbul eran livianos y silenciosos como el vapor que había creado.

—¿Cómo rayos lo vamos a emboscar si se aparece de la nada? —preguntó Dorael.

—No lo sé. Tenemos que idear algo.

Un sonido de viento se movió tras nosotros, era la espada de Torbul, había hecho un movimiento con esta, haciendo un corte en mi espalda y antes de dar el siguiente corte, Dorael me cogió del hombro y me sacó de ahí. La espada de Torbul chocó con el suelo haciendo un sonido contundente.

—Vamos, Andariel, no podemos seguir corriendo, hacemos ruido y Torbul siempre se para atrás de nosotros.

—Tengo una idea: quitémonos los zapatos y andemos descalzos.

—¿Estás loco, Andariel? El piso ha de estar congelado.

—Escúchame: la única razón por la que nos escu-
chamos es por los zapatos que traemos. En algún punto,
cuando Torbul creó el vapor, debió de habérselos quita-
do, por eso no lo oímos.

—Odio tu idea, pero no encuentro otra alternativa.
Hagámoslo.

Ambos nos quitamos los zapatos y los recogimos
con las manos.

—El suelo está helado.

—Cállate y aguanta el frío.

—Maldita sea, Andariel, espero que esto funcione.
Muy bien, ¿ahora qué?

—Vendrá en nuestra dirección porque este es el último lugar en donde nos escuchó. Rodeemos el pilar y
esperemos por él. Está vez, nosotros tendremos la ventaja
de estar tras de él.

Caminamos por el suelo helado, agachados para hacer el menor ruido posible y esperar el momento preciso.
La sombra de Torbul cruzó por la habitación como un es-
pectro hasta llegar a donde había escuchado el último ruido, esperando encontrarnos. Sin embargo, al llegar y no
ver nada, fue recibido por un corte en su espalda por mi
espada, haciendo que avanzara y se agachara por el dolor.

—¡Malditos, los aplastaré como a insectos cuando
los encuentre! —gritó Torbul mientras sangre salía de la
herida.

Para detenerla, prendió su espada en fuego y la colocó en la zona de la herida, gritando por la cauterización
que se había hecho. El fuego hizo que, alrededor de él, el
vapor subiera al techo y hubiera un punto de visibilidad
dentro de la habitación, por lo que corrimos a otro lado,
alejándonos de él.

—Muy bien. Ahora, jugaremos a las escondidas. No

sabemos a dónde se va a mover y no sabrá a dónde nos moveremos —comentó Dorael.

—No es así, mira.

Aventé un zapato por los aires hasta que cayó en el centro de la habitación pegando con la suela y haciendo ruido.

—¡Los encontraré, karzos, y cuando lo haga pagarán por lo que me han hecho! —gritó Torbul desde su posición.

—Muy bien, coloquémonos cerca del ruido y esperemos a que se aparezca —comenté.

Caminamos al centro de la habitación, donde se encontraba el cuchillo de Dorael, todavía clavado en la piedra que había creado Torbul. Dorael la arrancó siendo lo más silencioso posible. Pronto, se volvió a aparecer de entre la niebla en el lugar del ruido.

—Ataquemos ahora que está distraído —susurró Dorael.

Ambos nos acercamos para atacarlo, ambos movimos las espadas en diferentes direcciones para hacerle una pinza. Torbul, como si supiera de la emboscada, se volteó de un momento a otro y, con el Kronium de Aire en su espada, cubrió ambos ataques con agilidad.

—Vaya. Los he encontrado, basta de juegos, probarán las habilidades de un dios —Sonrió Torbul.

Desapareció de nuestra visión, escabulléndose entre la niebla hasta el lugar donde el vapor se había levantado y disipado.

—Con esto no hay posibilidad de que sobrevivan. ¡¡Mueran!! —rugió Torbul.

Encendió el Kronium de Fuego en la espada, creando una llamarada enorme, más grande que su espada, y la agitó por los aires, haciendo que todo el vapor de la habitación se levantara y pudiéramos verlo.

—Quería jugar un poco más con ustedes, pero eso ha terminado.

—Dorael, está distraído, ¡ahora!

Dorael arrojó su cuchillo al pecho de Torbul y antes de que se le lograra clavar, este utilizó Aire y saltó hasta el techo, donde se encontraba todo el vapor condensado.

—¡Despídanse de sus miserables vidas! —gritó Torbul.

Combinó Agua y Aire en una onda expansiva, el vapor se condensó en estalactitas de hielo que, una vez formadas, cayeron al suelo. Volteamos a ver lo que había hecho, parecía que no tendríamos salida alguna. Dorael volteó a verme y le sonreí. Lo jalé junto a mí y encendí el Kronium, me quedaba la mitad y era posible que, tras defendernos, quedaría agotado. Volteé al techo mientras los picos de hielo caían y Torbul se reía. Moví la espada en varias direcciones, creando múltiples ondas de choque de vacío. Todos los hielos que iban cayendo sobre nosotros regresaban al techo y se rompían. El suelo en donde nos encontrábamos se encontraba lleno de picos de hielo rotos por el contacto. Una vez a salvo, apagué el Kronium y comencé a jadear, tirándome al suelo por lo exhausto. A lo lejos, Torbul había ya descendido y continuaba riéndose, pensando que habíamos muerto, ya que había un pilar entre él y nosotros, imposibilitando la visión de lo que había ocurrido.

Dorael me cogió del hombro y me levantó, llevándome hasta detrás de un pilar, fuera de la visión de Torbul.

—Vamos, Andariel, no es tiempo de descansos. Entre los dos apenas le hemos hecho dos heridas.

—Déjame, gasté todo mi Kronium y, por lo visto, a él todavía le quedan suficientes reservas. Es un erudito del Kronium.

—Calla, Andariel. Recuerda: solo es un eunuco. En algún momento se le va a agotar el Kronium y será más débil que nosotros. Anda, levántate.

—No puedo, estoy exhausto —jadeé con fuerza.

—Oh, pequeños insectos. ¿Dónde se encuentran? —interrumpió Torbul, cantando y caminando en nuestra dirección.

—Maldita sea, Andariel. Me enfrentaré a él y haré todo lo posible. Mientras tanto, descansa.

—Espera, Dorael. Solo no podrás. —Lo paré, cogiéndolo del hombro.

—Tú me salvaste de una, amigo mío, es hora de que te devuelva el favor.

Dorael me agarró de la mano y la retiró, cogió mi espada con la otra mano, teniendo una en cada mano—. Es hora de que el tigre de Karzos te muestre todo su potencial. Tú descansa y observa la pelea.

—¡Dorael, espera! ¡No lo hagas!

Dorael salió detrás del pilar y encaró a Torbul.

—Mira nada más, el insecto viene a morir solo. Dime, ¿qué le sucedió a Andariel?

—¡Está detrás de ti!

Ante esta respuesta, Torbul volteó el rostro en espera a un ataque trasero, a lo que Dorael, con ambas espadas, entró al ataque. Torbul, por la distracción, reaccionó con lentitud, logrando evadir una espada, pero la otra le hizo una herida en el muslo derecho.

—Mira nada más, he herido a un dios. Ahora matare a un dios. —Sonrió Dorael al furioso Torbul.

—Insolente hasta la muerte. ¿Quieres jugar? Vamos a jugar.

Torbul encendió el Kronium de aire en su espada y, con agilidad, comenzó a atacar, por lo que Dorael, gracias a su práctica con armas en ambas manos, pudo cubrirse con facilidad de todos y cada uno de los ataques. La confianza de Dorael aumentó, permitiéndole no solo defenderse de los ataques, sino contraatacar haciendo retroceder a Torbul con cada movimiento y paso que Dorael hacia.

Yo observaba la batalla y veía como Dorael, poco a poco, iba sacando ventaja. Jenn apareció tras de mí.

—Andariel, ¿estás bien? —preguntó Jenn.

—Solo necesito recobrar el aliento, gasté demasiado Kronium en el último enfrentamiento.

—¿Y dejaste a Dorael solo?

—No está solo, míralo. En este momento, no solo se encuentra peleando por el mismo, se encuentra peleando por nosotros, ya que, si perece, sabe que moriremos nosotros también y no puede permitírselo. Es mi mejor amigo y te ama.

—¿Cómo sabes eso? —Se ruborizó Jenn.

—Eres la única mujer con la que lo he visto ser insistente en su forma.

—Eso lo hace con todas.

—Por el contrario, si una le niega lo que quiere, no insiste. Lo intenta, pero no insiste.

—Debemos ayudarlo de alguna forma.

—Tengo un plan…

—¿Estás seguro de que va a funcionar?

—Lo leí mientras estudiaba el Kronium. Solo hay que esperar que Dorael aguante un poco más; de lo contrario, no funcionará.

La pelea se veía muy pareja hasta que, Dorael logró asestar otro corte en la mejilla de Torbul, haciéndolo enfurecer aún más y sacar un machete y cortarle tres dedos de una mano a Dorael, tirando su espada al suelo, quedándose solo con la mía.

—Esto va mal. ¡Dorael! —gritó Jenn.

—Vaya. Tu amiga no quiere que mueras. Sabe que, si lo haces, todos, incluso ella, morirán —habló Torbul, sintiendo su confianza de nuevo.

—Hablas mucho, maldito deforme. Acabemos con esto —replicó Dorael jadeando de dolor.

—Hagamos esto más divertido, a ver cuánto aguantas. —Torbul tiró su hacha al suelo y quitó el Kronium de Aire de su espada, cambiándolo por tierra—. Veamos si aguantas.

—Dancemos, eunuco —respondió Dorael.

Los ataques de Torbul redujeron su velocidad. Sin embargo, eran más pesados y fuertes, provocando que, al chocar espadas, la de Dorael se levantara. No había tiempo de descansos. Debía reincorporarme y hacer algo. Dorael estaba entrando en desventaja.

Intenté levantarme, pero caí al primer intento. Por otro lado, Dorael estaba siendo empujado sin opción de contraataque, ya que, ante cualquier choque de espadas, la suya era reflejada.

Torbul le sonrió, sentía que la victoria estaba cerca a cada movimiento que hacía. Segundo intento para levantarme, logré hacerlo y me dirigí lo más rápido posible hacia la daga de Dorael, que se encontraba en el suelo. La cogí y me encaminé hacia donde se encontraban peleando. Torbul comenzó a desesperarse, ya que aún con el Kronium de Tierra y toda su fuerza acumulada, no podía hacer nada, por lo que cambió a Fuego, encendiendo su espada, que tendría un problema y pronto Dorael lo descubriría: la gran y última ventaja de Torbul.

—Hace años no tengo un enfrentamiento como este, lo siento; con esto termina la pelea. —Sonrió Torbul mientras las espadas chocaban y salían chispas.

—Tus golpes son fáciles de detener. Te hubieras quedado con la Tierra en vez de encender Fuego.

—Eso mismo era lo que creí hace años en mi último enfrentamiento, casi muero en él, pero gracias al utilizar Fuego última opción, logré salir vencedor.

Las espadas a cada choque iban sacando más y más chispas mientras que la espada de Dorael se comenzaba a tornar al rojo vivo por el calor y de su mano, alía vapor, siendo cada vez más difícil aguantarlo hasta el punto de tirarla al suelo por el ardor tan intenso que ya tenía.

Torbul sonrió y cargó con todo al frente.

—¡Dorael, es la última oportunidad, utilízala bien!

—grité lanzándole el cuchillo que agarró con su mano—. ¡Jenn, hazlo ahora!

Jenn apareció detrás de Dorael con su daga en mano y apuntando hacia el frente y, utilizando todo el Kronium que tenía, lanzó una onda de viento en dirección a Torbul y Dorael. El avance que había hecho Torbul ya era imposible frenarse, por lo que Dorael se aventó para intentar matarlo. Era la única y última oportunidad que tenía. El aire de Jenn se combinó con el fuego de Torbul, provocando que hicieran reacción, creando un poderoso relámpago que golpeó a ambos, creando una humareda y una cadena de reacciones que nos lanzó volando a Jenn y a mí por los aires. Me reincorporé al mismo tiempo que Jenn y vimos cómo la humareda se desvanecía y Dorael era el único en pie. Le había enterrado el cuchillo por completo a Torbul en el cráneo y su cuerpo yacía en el suelo. Lo había logrado... a un costo muy grande.

—¡Dorael, lo lograste! —gritó Jenn corriendo a su encuentro para abrazarlo.

Dorael se volteó y ahí fue cuando pudimos observarlo. La espada de Torbul se había clavado en el corazón de Dorael. Cayó de rodillas y después al suelo.

Jenn llegó a su encuentro y lo cogió de la cabeza, colocándola encima de sus rodillas.

—¿Lo... logramos? —jadeó Dorael.

—Sí, terminaste con él. Gracias a ti estamos vivos.

—Eso... Eso es bueno... escucharlo. No sé qué haría... si te perdiera.

—No hables más. Te estás desangrando, vas a estar bien, conserva tus energías.

—¿Quieres... ser... mi esposa?

—Cuando regresemos pídemelo de nuevo —respondió Jenn entre lágrimas.

—Un idiota a tu servicio..., Maestra de inteligencia —respondió Dorael poniendo su mano en el pecho para hacer el saludo del ejército.

—No eres solo un idiota, eres mi idiota y estarás bien.

—Eso es bueno oírlo… Te amo —suspiró Dorael con su típica sonrisa y cerró sus ojos.

—¿Dorael? ¡Háblame, Dorael!

—Déjalo, Jenn. Ya se fue —dije entre lágrimas y con el rostro lleno de furia.

—No, podemos hacer algo. Llevémoslo con Víctor, él sabrá qué hacer.

—Jenn. —Me coloqué a su altura y la cogí de la barbilla para que me viera a los ojos—. Dorael ya se fue, no hay nada que hacer más que seguir adelante; él hubiera querido eso.

Jenn, que había intentado contener las lágrimas, comenzó a llorar y me abrazó.

—Fui tan mala con él todo este tiempo —dijo Jenn entre sollozos.

—No lo fuiste, nunca lo heriste. Si lo hubieras sido, se habría alejado de ti, pero se acercó más.

—Lo pude haber tratado mejor.

—Lo trataste de la mejor manera que él pudo esperar. Recuerda sus últimas palabras: «Te amo». Eso dice mucho y de lo que significaste para él. Guarda las buenas memorias y elimina lo malo.

—Gracias por las palabras de aliento, Andariel.

—No hay de qué. Busquemos a Gillian y acabemos con esto. No te preocupes por Dorael, no irá a ningún lado. Dejémoslo descansar un poco.

Jenn cogió la cabeza de Dorael y la dejó en el piso. Una vez ahí, se agachó y le dio un beso en los labios. Me reincorporé y le tendí la mano para que se levantara. Cogí mi espada del suelo y la intenté envainar, pero el cuerpo de Torbul comenzó a convulsionar y se levantó de golpe.

—¡No se van a deshacer de mi tan fácil! Si yo me voy, ¡me lo llevo al infierno conmigo! —gritó Torbul.

Respondí separándole la cabeza del cuerpo, haciendo que cayera y no se moviera más.

Jenn al ver y oír esto, se sorprendió y gritó del enojo, pateando el cráneo de Torbul, haciéndolo chocar con una columna.

—¡Ya muérete, hijo de perra!

—Ya no se va a mover más, Jenn. Vayamos por Gillian, debe estar esperándonos —dije cogiéndola del hombro y llevándola a las escaleras detrás del trono, en busca de la habitación de la heredera.

EPÍLOGO:
CANCIÓN DE RETORNO

I

Jenn se paró junto al trono y cogió el abrigo de piel de
oso para llevarlo al cuerpo de Dorael y cubrirlo. Regresó conmigo y subimos las escaleras, pasamos
por varios lugares; el comedor, la sala y varias habitaciones, en donde se encontraban varios sirvientes limpiando y haciendo arreglos. Seguimos caminando hasta
toparnos de frente con uno de los sirvientes.

—Venimos a hablar con Gillian, la heredera al trono.

—Por aquí, por favor —contestó el sirviente.

Nos llevó por varios pasillos y escaleras hasta llegar
a la cima del castillo, en donde cruzamos por un pasillo
lleno de ventanas hasta una puerta de madera enorme.
El sirviente tocó el portón y una mujer de pelo negro con
ojos verdes y esbelta abrió la puerta.

—¿Qué deseas, Vitrikom? —preguntó Gillian al sirviente.

—Estas dos personas han venido a buscarla.

—Estoy ocupada. Diles que regresen otro día —respondió Gillian intentando cerrar la puerta.

Antes de lograrlo, metí el pie en el travesaño.

—Gillian, soy Andariel de Karzos y vengo a hablar
contigo. Me manda lord Etinoch.

El rostro de Gillian palideció y volteó a verme a los
ojos.

—Según los informes, el pequeño ejército que man-
damos a Karzos pereció.

—Vengo por cuenta propia, necesitamos hablar de
asuntos importantes.

—¿Quién es ella? —Señaló a Jenn.

—Es mi acompañante, viene conmigo.

—Muy bien, pasa tú. Vitrikom, lleva a la acompañante del príncipe Andariel a descansar y ofrézcanle comida. Tengo que hablar en privado con el caballero.

—En seguida, su majestad.

—Andariel, será mejor que entre contigo —replicó Jenn ante la respuesta de Gillian.

—No te preocupes por mí, solo charlaremos un poco. No hay necesidad de preocuparse —respondí.

—Por aquí, señorita —dijo Vitrikom mostrándole el camino.

Yo entré en la habitación de Gillian, que tenía una cama enorme llena de varias almohadas y cobijas hechas con pieles, varios muebles y cómodas, una ventana de tamaño considerable con vista a toda la capital y una rueca en la que se veía que Gillian estaba creando algo.

—¿Cómo llegaron hasta aquí? Torbul no permite el paso a forasteros.

—Torbul está muerto —respondí serio.

—Bueno, ¿qué puedo decir? No era un buen rey, solo estaba calentando el asiento para mi hermano.

—¿Quién es tu hermano?

—Midas.

—¿Dónde se encuentra ahora?

—Toma asiento primero —replicó Gillian, señalándome una mesa con varias sillas.

Me senté y ella se sentó tras de mí.

—¿Entonces?

—Entonces, ¿qué? ¿Vienes a mi morada, matas a mi protector y esperas a que yo responda tus preguntas?

—¿Qué deseas entonces?

—Déjame hacerte las preguntas primero, después te responderé a todo lo que me preguntes. ¿Licor?

—Estoy bien, gracias

—¿Acaso no tienes modales frente a una heredera del trono de Toxoc? Voy a servir y espero te lo tomes.

—Como ordene, su majestad.

Gillian se paró de la silla y fue a un mueble con ventanal, donde sacó dos vasos de vidrio con patrones fascinantes de color azul y una botella de vidrio con vodka dentro. Los puso en la mesa y sirvió un cuarto en cada vaso; acto seguido, fue hacia la ventana y la abrió. Había dos estalactitas de hielo en el marco de la ventana, que trozó y las metió a la habitación cerrando la ventana.

—¿Hielo para la bebida?

—Por favor.

Gillian partió un hielo por la mitad y lo colocó en los dos vasos mientras que el otro lo dejó reposando en un plato al lado de ella.

—Muy bien, Andariel. ¿Cómo puedo estar segura de que eres quien dices y no un mensajero o asesino enviado por Karzos tras el ataque a tu ciudad?

—Mi nombre es Andariel, mi padre se llama Elton, actual rey de Karzos. Su esposa, mi madre, se llama Antonela, reina de Karzos. Mi hermano gemelo se llama Ermes.

—Muy bien, sabes el nombre de los regentes de tu reino, pero dime, ¿cómo se llaman los lores de Toxoc que fueron a Karzos? Si dices ser quién eres, sabrás sus nombres.

—Lord Etinoch, Alcaz, Spanx, Trone, Trubius, Vitur, Poromo y Tresta, si mal no recuerdo.

—¿Cuáles son tus planes al venir aquí, Andariel de Karzos?

—Hablar contigo sobre varios temas y lograr una alianza y tratado de paz entre ambos territorios para eliminar toda señal de conflicto entre reinos.

—¿Y qué hay de los lores encerrados en tu calabozo?

—Serán liberados y regresados a Toxoc sanos y salvos.

—¿Quiénes de mis lores siguen vivos? Lo digo para confirmar lo que sabemos.

—Antes de partir, quedaban vivos Etinoch, Trubius y Poromo. Los demás perecieron en el ataque.

—Muy bien, Andariel. ¿Cuáles son tus preguntas y qué quieres que te ofrezca? No creo que te vayas a ir con las manos vacías.

Le di un sorbo al alcohol, que estaba igual de potente que el que habíamos tomado con Víctor. Sin embargo, el hielo se había derretido lo suficiente como para hacerlo menos deplorable.

El licor bajó por mi garganta, quemándola, por lo que mostré una mueca de disgusto.

—Ustedes los Karzos no saben de alcohol. Solo toman cosas diluidas —comentó Gillian con una sonrisa.

—A diferencia de ustedes, nosotros tomamos licores más apetecibles y menos irritantes, pero bueno, no cambiemos de tema, no vengo a hablar de las diferencias de cada reino.

—Muy bien, pregunta entonces.

—¿Dónde está Midas?

—Nadie sabe su ubicación, ni yo.

—¿Cómo se comunican con él entonces?

—Nos manda cuervos con un cifrado toxiano para que sepamos que es él.

—¿A dónde mandan los cuervos de regreso?

—No lo sabemos, salen en dirección al sur, bien podría ser Bantmaus o Murlok.

—Puede regresar a Karzos también.

—Exacto. Podría venir de ahí, pero ¿por qué atacaría la misma ciudad en la que residiría?

—No lo sé, algún plan debía tener para atacar Karzos. ¿Desde hace cuánto partió de Toxoc?

—Desde la muerte de nuestros padres.

—Quiero tiempo, no eventos.

—Haces las cosas más complicadas. Quieres información cruda, déjame pensar… más o menos treinta años.

—¿Desde ese entonces les escribe?

—No, pasaron seis años para comenzar a saber de él.

—¿Cómo sabes que es él y no un usurpador?

—En su primera carta, escribió cosas que solo yo sabía de él y del cifrado que solo es aprendido por la realeza toxiana, sus herederos y también los lores más cercanos a la corona.

Me quedé pensando, según la teoría toxiana que teníamos escrita en las bibliotecas de Karzos, los toxianos solo se reverenciaban ante su rey, por lo que, cuando los recibimos hicieron una reverencia, lo que me dio a pensar en que Ostum era Midas, pero algo estaba mal. Según la edad de Ostum, él ahora tenía cuarenta y dos años y había llegado a Karzos a la edad de dieciséis, haciéndolo imposible el heredero al trono de Toxoc, ya que el verdadero heredero había partido de su ciudad natal cuatro años antes de que Ostum llegara a Karzos, tachando mi teoría de que Ostum era rey de Toxoc.

—¿Sus costumbres siguen en pie?

—¿Cuál de todas las costumbres? Tenemos muchas.

La de solo reverenciarse ante su rey y no ante los de otro reino.

—Sí, nuestra gente solo hace reverencia a la corona y a sus herederos.

—Entonces, a ti también te hacen una reverencia al saludarte o verte.

—Correcto.

Gillian terminó su vaso y se sirvió otro poco.

—Te estás quedando atrás, querido. Acábate el vaso para servirte otro poco.

Cogí el vaso y me empiné la bebida, esta vez no raspó, ya me había acostumbrado a la quemazón.

Gillian me sirvió otro vaso, esta vez llenándolo a la mitad.

—Gracias —respondí—. ¿Qué información les manda Midas?

—Algunas nuevas leyes, reglas y tácticas.

—¿Si ha hecho eso, porque Toxoc no ha cambiado?

—Midas es un hombre metódico y de costumbres arraigadas, prefiere mantenerlas tal y como lo han estado desde hace siglos, a excepción de algunas reformas sobre los precios de los mercaderes y la adquisición de recursos por parte de la corona. Esto nos ha ayudado a generar una estabilidad dentro de la capital.

—¿Qué hay de los pueblos?

—No se ha logrado, la gente de ahí no recibe de buena forma los cambios, haciendo que los lores creen sus propias leyes, basándose en las problemáticas de cada lugar, haciendo que en algunos poblados haya reglas de preservación mientras que, en otras, se promueva la matanza.

—Qué complicado.

—Lo es, Toxoc hace siglos fue una gran nación, pero, debido al mal gobierno de nuestros antepasados, se convirtió en lo que hoy en día es. En ciertos lugares, un caos. En otros, algo semejante a una utopía. ¿Alguna otra pregunta que tengas o pasamos a lo que necesitas para regresar a Karzos?

—Etinoch, fue encerrado y, desde entonces, nos ha dado poca información y nos pidió que viniéramos hasta acá. ¿Bajo el mando de quién accedió a hacer lo que está haciendo y lo que hizo?

—Yo le pedí que fuera e hiciera algo que los demás no sabían.

—¿Qué le pediste?

—De haber rendido fruto nuestra pequeña invasión, te traería preso y te escondería en su hogar para, una vez tenerte, avisarme y yo ir a tu encuentro con una solución para poder dejarte libre o matarte en ese mismo lugar.

—Un heredero...

—Sí, al principio no lo hacía porque quería, sino por el bien de mi nación. Si pudiera casarme y engendrar los hijos de la persona que amaba, el pueblo se rebelaría, pero eso era antes de conocerte. No te ves tan mal, estás más guapo de lo que creía.

—Hablemos de eso después, necesito dos *stallions*, comida y los latones suficientes para el viaje de regreso, para poder comprar lo necesario.

—Muy bien. Todo te será otorgado para tu partida. Ahora nada más falta el pago por todo —Gillian se paró de la silla y me mostró sus senos.

—¿Cuántos años tienes?

—Treinta y seis.

—Acabemos con esto…

Jenn había sido llevada a la mesa del comedor en donde se le sirvió un caldo de zorro invernal con carne, unas papas y zanahorias de acompañamiento. No tenía hambre, se sentía devastada por Dorael, quien seguía en el suelo del castillo a unos metros de distancia de ella. El estómago le rugía, por lo que comió del caldo a sorbos hasta terminárselo.

—¿Quiere algo de beber? —preguntó Vitrikom.

—Tráeme vodka —respondió Jenn.

Vitrikom fue a la cocina por una botella y un vaso. Al regresar con Jenn, le sirvió medio vaso y le puso un hielo. Jenn, triste, cogió el recipiente y se empinó todo el alcohol de un solo tajo.

—Sírveme otra, esta vez lleno —habló Jenn, a lo que Vitrikom, con un poco de duda, volvió a servirle hasta llenárselo.

Jenn esta vez bebió despacio y comenzó a llorar, movió los platos, cruzó sus brazos encima de la mesa y metió la cabeza entre ellos. Vitrikom, al ver esto, le dejó la botella y se retiró a la cocina.

Pasaron treinta minutos hasta que Jenn se relajó y se limpió las lágrimas de los ojos.

«Andariel tiene razón. Dorael no querría verme así, me habría levantado los ánimos con su rehilete y me habría alentado a seguir adelante», pensó riéndose y tomando un sorbo del vaso.

La puerta del comedor se abrió y entré con Gillian, quien me tenía agarrado del hombro.

—Muy bien, muchacha. Los adultos terminamos de hablar, es hora de que partan. Ya hablé con mis sirvientes y les tienen todo preparado para su regreso.

—¿Y qué va a pasar con Dorael? —preguntó Jenn.

—Su amigo muerto está siendo cremado en estos momentos. Les daremos una urna para que lleven sus cenizas de regreso.

—¡Maldita! ¡Nadie te dio el permiso de hacerle algo a Dorael! —gritó Jenn parándose de su asiento y señalándola.

—Jenn, está bien, cargar el cuerpo de regreso habría sido un problema. Se habría descompuesto a medio camino y podría enfermarnos. Aparte, su padre no merecía verlo así, es lo mejor. Yo le pedí que lo hiciera; de esa forma, Dorael viajará con nosotros sin problema y no ocupará espacio.

—¿Qué hay de sus cosas?

—Vitrikom, trae las pertenencias de su compañero —ordenó Gillian.

Vitrikom salió por unos minutos.

—Muy bien. Torbul está muerto, lo que significa que yo ahora soy la reina de Toxoc.

—¿Y qué vas a hacer al respecto?

—Le mandaré la noticia a mi hermano, diciéndole que Torbul murió por una enfermedad muy grave y no pudo sobrevivir.

—¿Te creerá?

—Midas sabía que Torbul era un eunuco debilucho y que tenía propensión a enfermarse con facilidad gracias a su cuerpo, por lo que no habrá problema.

Vitrikom regresó con las cosas de Dorael, Jenn cogió su cinturón con sus armas y se lo colocó en la cintura. Vitrikom se acercó a Gillian y le susurró algo al oído.

—Muy bien. Al parecer, las cenizas de su amigo ya están listas y puestas en una urna. Cuando quieran partir, son libres de hacerlo —comentó Gillian en voz alta—. Les sugiero irse lo antes posible, antes de la ceremonia de cremación de Torbul. La gente tendrá muchas preguntas.

—Muchas gracias por el apoyo, su majestad, partiremos en este instante. Ven, Jenn, es hora de irnos.

—Está bien, Andariel. No espero el momento de largarme de este inhóspito lugar —respondió volviendo a coger su vaso y terminándose el vodka que quedaba.

Bajamos las escaleras hasta llegar al cuarto del trono, donde Jenn volteó a ver una última vez el lugar donde murió Dorael. Nos abrieron las puertas del castillo y afuera nos esperaban dos *stallions* cargados de comida, latones y madera para el viaje, la suficiente para llegar hasta Stratf. De ahí en adelante, nos moveríamos por nuestra cuenta. Nos subimos a los caballos para partir. Sin embargo, Gillian me paró cogiéndome del brazo.

—Nos veremos en unos años, Andariel —dijo con una sonrisa y guiñándome el ojo.

—Estoy al tanto de eso.

—Ojalá pudieras quedarte más tiempo. Me divertí mucho contigo.

—El placer fue mío, su majestad, pero no hay tiempo que perder. Debemos regresar a Karzos antes de que mi padre intente hacer algo estúpido respecto a mi ausencia.

—Muy bien, no los detengo más. Gracias por haber venido.

—Gracias por habernos recibido —respondí con una reverencia y besando su mano.

Vitrikom se acercó a Jenn y le entregó la urna con las cenizas de Dorael.

—Señorita, la urna se encuentra sellada con cera para que no se abra por el camino. Lo siento mucho por su perdida.

—Gracias. Yo también lo lamento.

Vitrikom y Gillian se apartaron de nosotros para dejarnos partir. Tomamos la misma ruta por la que habíamos llegado.

Una vez alejados, Gillian volteó a ver a Vitrikom.

—Mándale un cuervo a mi hermano, dile que Torbul ha muerto y ahora soy la reina, que no se entrometa de nuevo con Toxoc o revelaremos su paradero, posición y nombre a sus enemigos.

—Enseguida, su majestad. —Vitrikom se metió al castillo.

«Hora de cambiar a Toxoc y volverlo una nación tan buena como las demás», pensó Gillian antes de regresar al castillo y cerrar la puerta tras ella.

GUÍA DE KRONIUM

TÍTULO DE KROMIUM	ELEMENTOS	FORTALEZAS Y DEBILIDADES
Unium	De los cinco elementos existentes solo dominan uno. (Aire, Fuego, Agua, Tierra o Vacío).	Dependiendo de su elemento, tienen debilidad ante su contraparte.
Duanium	De los cinco elementos existentes, dominan dos de ellos. (Aire, Fuego, Agua, Tierra o Vacío).	Dependiendo de su elemento, tienen debilidad ante su contraparte
Trianium	De los cinco elementos existentes, dominan tres de ellos. (Aire, Fuego, Agua, Tierra o Vacío).	Su debilidad yace en el elemento que menos dominan; se les considera como eruditos del Kronium ya que el contrincante no sabe si ocultan el cuarto elemento.
Erudito del Kronium	Dominan Aire, Fuego, Tierra, Aire; y los más raros hasta Vacío.	Por el título que tienen se cree que no tienen debilidad alguna... Varias veces se ha mostrado lo contrario.
Eunuco del Kronium	Pueden dominar uno o varios elementos del Kronium, sin embargo, por la práctica familiar, son muy débiles en lo físico, pero su Kronium es peligroso si se les enfrenta.	Dependiendo de la cantidad de elementos que sepan utilizar, pueden no tener desventajas contra otros Kroniums, sin embargo, un golpe al cuerpo puede matarlos.

ELEMENTO	BENEFICIO	TIPO DE ELEMENTO
Aire	Por lo que se ha visto y descrito en los libros antiguos, el usuario es capaz de crear ondas de choque y aumentar su velocidad de ataque… Existen otras notas, pero se cree que son mentira.	Ofensivo
Fuego	Por lo que se ha visto y descrito en los libros antiguos, el usuario tiene la habilidad de encender su espada en Fuego, crear ondas de Fuego y calentar el arma del enemigo.	Ofensivo
Tierra	Por lo que se ha visto y descrito en los libros antiguos, el usuario tiene la habilidad de cubrir su arma en piedra, crear muros y estalagmitas del suelo.	Defensivo
Agua	Por lo que se ha visto y descrito en los libros antiguos, el usuario tiene la habilidad de cubrir su arma en Agua, ralentizando con esto los movimientos del enemigo y puede lanzar gotas o chorros de agua del arma, que han sido vistos.	Defensivo
Vacío	No hay mucha información del elemento, salvo que tiene un aura negra sin forma, muchos dicen que parece ser como si tuviera piedra, otros Agua, Viento o Fuego… No se conoce más, salvo que puede cortar las armas de los enemigos como si se fueran de mantequilla.	Ofensivo/ Defensivo

COMBINACIÓN DE KRONIUM	RESULTADO	FORTALEZA Y DEBILIDAD
Fuego-Aire	**Relámpago** 	Si dos Unium chocan los diferentes Kroniums, el elemento golpeará al más débil. Si un Duanium o de mayor rango utiliza ambos Kronium, un usuario de Aire pierde su utilidad.
Tierra-Agua	**Lodo** 	Si dos Unium chocan los diferentes Kroniums, el elemento golpeará al más débil. Si un Duanium o de mayor rango utiliza ambos Kronium, un usuario de Agua pierde su utilidad.
Fuego-Agua	**Vapor** 	Si dos Unium chocan los diferentes Kroniums, el elemento golpeará al más débil. Si un Duanium o de mayor rango utiliza ambos Kronium, ambos usuarios pierden su utilidad.
Tierra-Aire	**Arena** 	Si dos Unium chocan los diferentes Kroniums, el elemento golpeará al más débil. Si un Duanium o de mayor rango utiliza ambos Kronium, un usuario de Tierra pierde su utilidad.

COMBINACIÓN DE KRONIUM	RESULTADO	FORTALEZA Y DEBILIDAD
Agua-Aire	**Hielo**	Si dos Unium chocan los diferentes Kroniums, el elemento golpeará al más débil. Si un Duanium o de mayor rango utiliza ambos Kronium, ambos usuarios pierden su utilidad.
Fuego-Tierra	**Lava**	Si dos Unium chocan los diferentes Kroniums, el elemento golpeará al más débil. Si un Duanium o de mayor rango utiliza ambos Kronium, un usuario de Fuego pierde su utilidad
Vacío-Agua	**Fuego**	El usuario de Vacío siempre tendrá la ventaja contra el elemento al que se enfrente, ya que la unión de ambos Kronium solo creará el elemento contrario al que el enemigo usa.
Vacío-Fuego	**Agua**	"
Vacío-Tierra	**Aire**	"
Vacío-Aire	**Tierra**	"

SOBRE EL AUTOR

X. Müggenburg. Nacido en México en los años 19XX, comenzó a escribir esta novela once años antes de ser publicada. Es amante de la literatura de fantasía y ciencia ficción.

ÍNDICE

6. CANCIÓN DE LOS CAÍDOS

EPÍLOGO. CANCIÓN DE RETORNO

www.ingramcontent.com/pod-product-compliance
Lightning Source LLC
Chambersburg PA
CBHW060226030726
47499CB00004B/1205